武田信玄と四天王

人物文庫

学陽書房

〈武田信玄系図〉

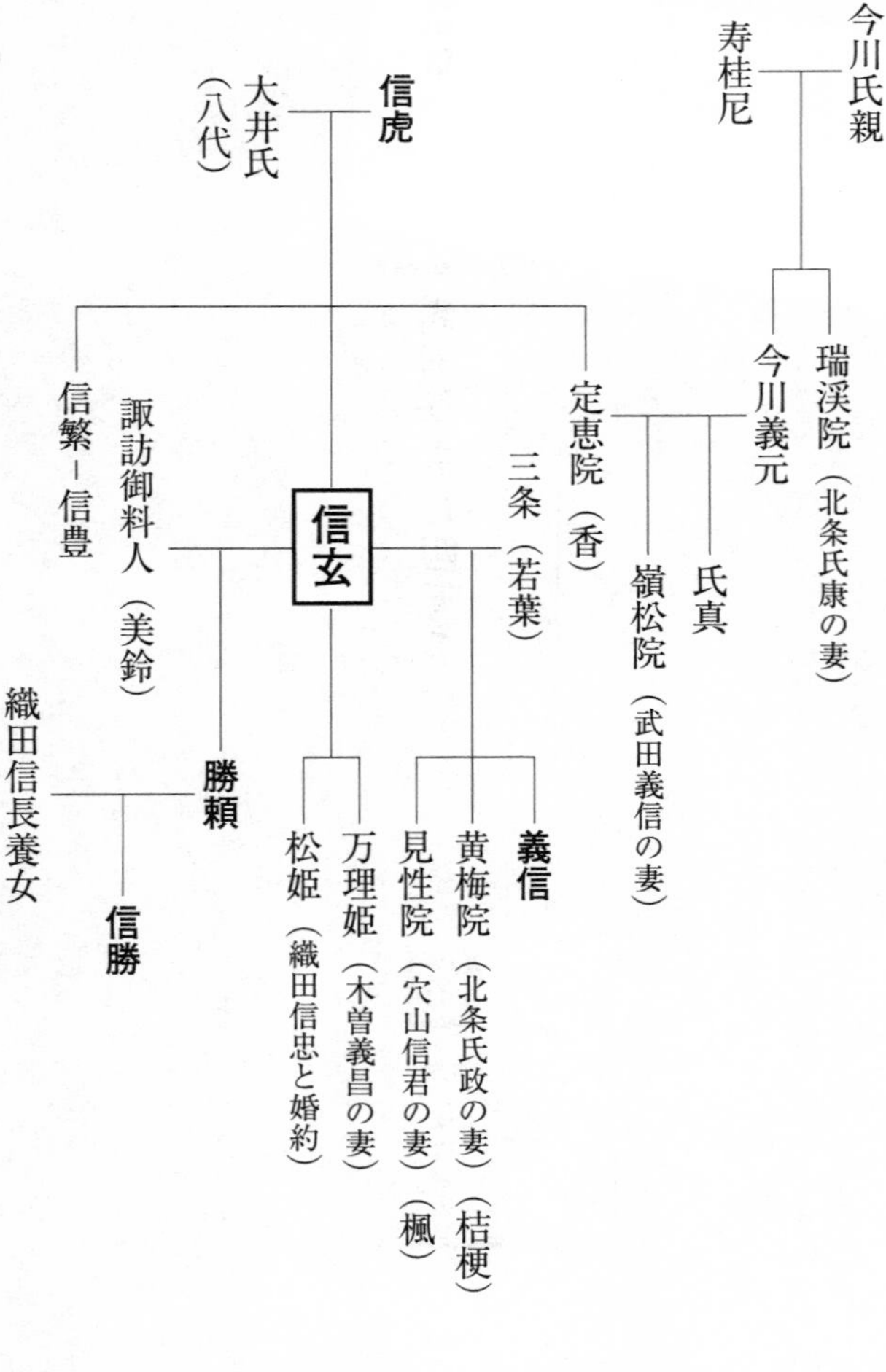

今川氏親
寿桂尼
瑞渓院（北条氏康の妻）
今川義元
氏真
嶺松院（武田義信の妻）
信虎
大井氏（八代）
定恵院（香）
三条（若葉）
信玄
諏訪御料人（美鈴）
信繁
信豊
義信
黄梅院（北条氏政の妻）（桔梗）
見性院（穴山信君の妻）（楓）
万理姫（木曽義昌の妻）
松姫（織田信忠と婚約）
勝頼
織田信長養女
信勝

〈武田家臣団〉

武田四天王

- 馬場信春
- 山県昌景（源四郎）
- 高坂虎綱（源五郎）
- 内藤昌秀（源左衛門尉）

宿老

- 板垣信方
- 甘利虎泰
- 飯富虎昌
- 秋山信友
- 原　昌胤
- 土屋昌続

昌忠

譜代・家老衆

一門衆

- 武田信繁
- 武田勝頼
- 穴山信君
- 小山田信茂

先方衆

- 真田幸隆
- 小幡憲重

昌幸

足軽大将

- 山本勘助
- 小畠虎盛
- 原　虎胤

〈甲斐・信濃・西上野の勢力図〉

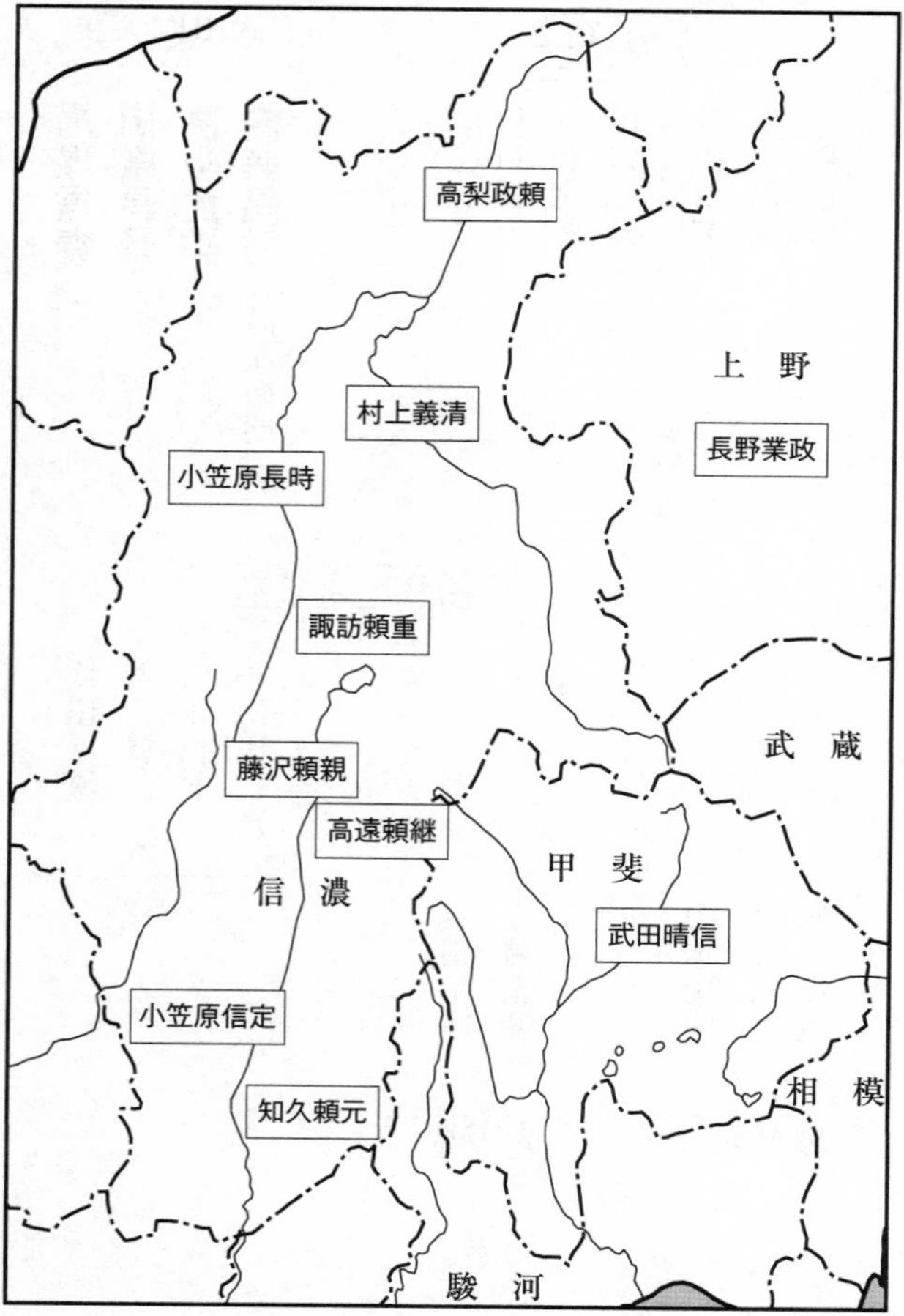

〈川中島決戦地〉

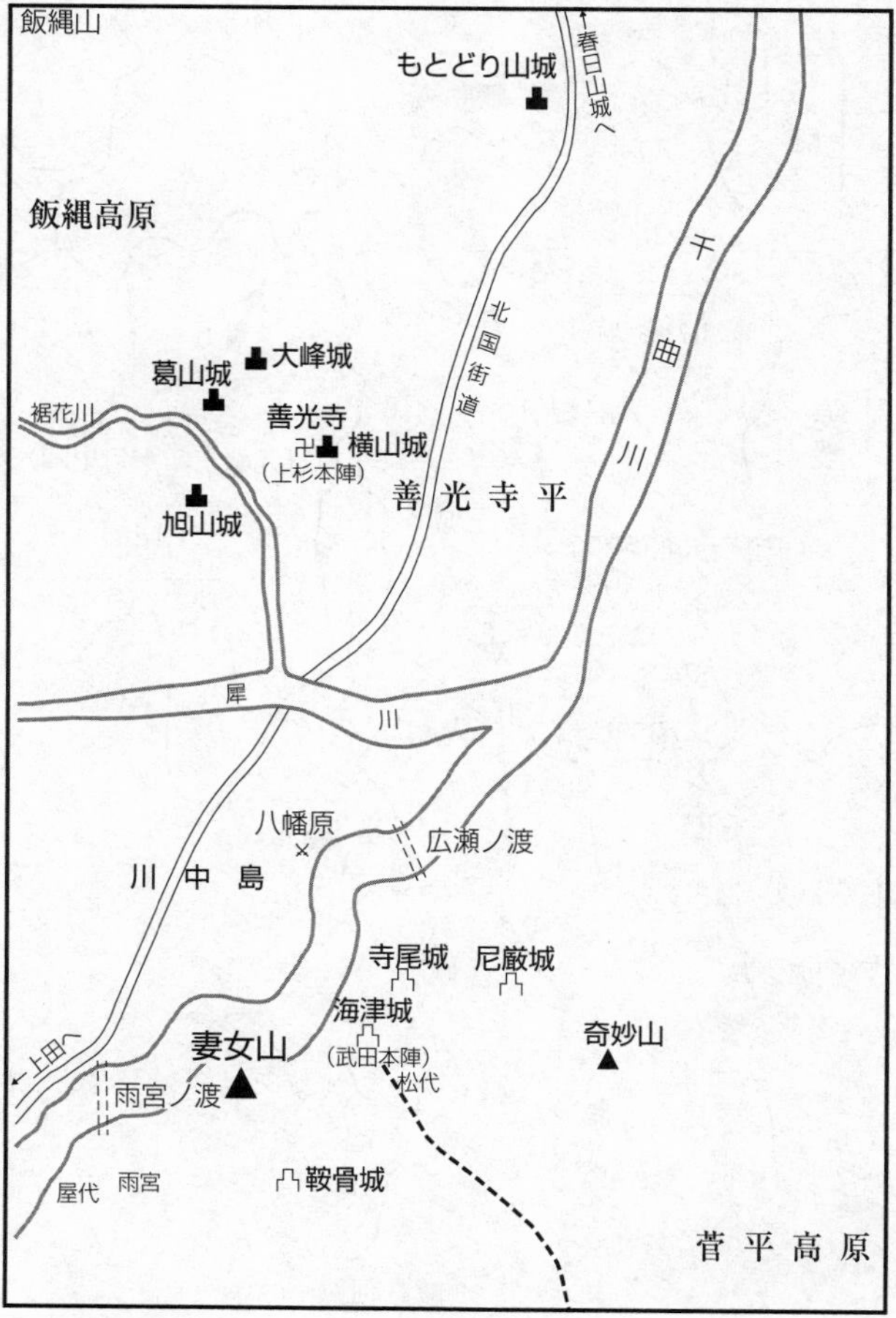

飯縄山
もとどり山城
春日山城へ
飯縄高原
千曲川
北国街道
大峰城
葛山城
裾花川
善光寺
横山城
（上杉本陣）
善光寺平
旭山城
犀川
八幡原
広瀬ノ渡
川中島
寺尾城
尼厳城
海津城
（武田本陣）
松代
奇妙山
妻女山
上田へ
雨宮ノ渡
屋代
雨宮
鞍骨城
菅平高原

〈信玄上洛経路〉

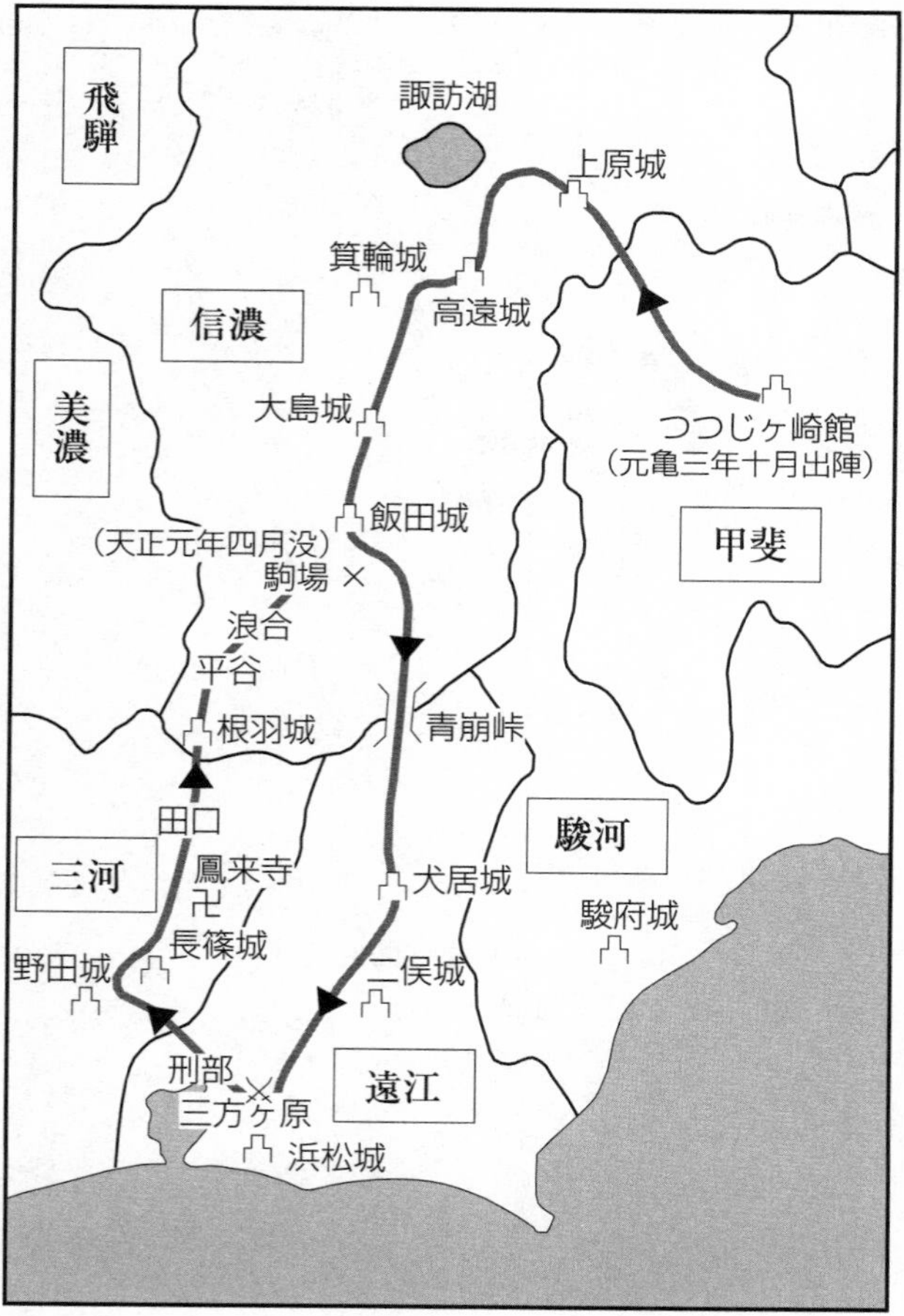
飛驒
諏訪湖
上原城
箕輪城
高遠城
信濃
美濃
大島城
つつじヶ崎館
（元亀三年十月出陣）
飯田城
（天正元年四月没）
駒場
甲斐
浪合
平谷
根羽城
青崩峠
田口
駿河
三河
鳳来寺
犬居城
駿府城
長篠城
野田城
二俣城
刑部
遠江
三方ヶ原
浜松城

目次

武田信玄と四天王

鬼神

「やはりここにいたのか」

景政《かげまさ》が振り返ると、石段のところに小柄だが肩幅の広い四十過ぎの鋭い目をした男が立っていた。

男は景政を認めると、両手に持った手桶と生花を石段に降ろし、無数の刀傷のために歪んで厳《いか》つく見える面構えを微笑で崩した。

その男は小牛のように盛り上がっている肩を揺すり、まるで若者のように軽やかな足取りで石段を登ってきた。

「これは小畠《おばた》様、わざわざのお越し痛み入ります」

景政は端正な顔を綻《ほころ》ばせた。

「今日はお前の父上の命日なので墓参りにやってきたのだ。あの方のお蔭でわしは福《ふく》島正成《しままさなり》の伯父・山県淡路守《やまがたあわじのかみ》を討ち取り、旧友の原虎胤《はらとらたね》は今川方の大将・福島正成の首を取ることができたのだから、礼を申すのはわしの方だ」

小畠虎盛《とらもり》も原虎胤も他国に猛将の名が知れ渡った武田の足軽大将だ。

「いつもお気を使って頂き、父、信保《のぶやす》も草葉の陰で喜んでおりましょう」

虎盛は懐から数珠を取り出すと両手を合わせ、掃き清められた墓石の前に跪《ひざまず》きだみ声を響かせながら経を唱え始めた。声は新緑に染まる山々に木霊した。

やがて読経を終え塵を払うと立ち上がり、「早いものだのう。もう十年が経つのか」と感慨深く呟くと、虎盛は景政の方へ向き直った。

「父が討死したのは、それがしが七歳の頃でした。あの日の父の出で立ちは今でも鮮やかに目に浮かんできます」

景政の目は昔を懐かしむような色を帯びた。

「そうか。あの日の父上の活躍がなければ、武田軍は今川勢に敗れていたかも知れぬ。武川《むかわ》衆を率いた信保殿の立派な戦いぶりは、わしの目にもしっかりと焼き付いておるぞ」

高台にある墓地から西に目を遣った虎盛は、澄き通るような青空を見上げ、眩しそうに目を細めた。その彼方には甲斐駒ヶ岳、その南に仙丈ヶ岳、さらにその横には北岳の優雅な山並みが連なり、十一月というのにもう山頂にはうっすらと雪が積もっていた。

「あの時甲斐に侵入してきた今川勢は一万を越す大軍となって勝山城から躑躅《つつじ》ヶ崎館《さきやかた》を目指して出陣してきたのだが甲斐の国衆たちはどちらが勝つのかと日和見をしていたので、武田の兵は三千しか集まらなかった」

虎盛はまるで目の前で合戦が始まっているかのように戦いの様子を物語る。

「夕暮迫る釜無《かまなし》川を挟んで敵と対峙している武田の陣営から、信保殿の指揮する武川衆が水音を響かせながら渡河し、敵陣に突進していったのだ。武川衆の戦さぶりは武田軍の中でも群を抜いておった。信保殿は武川衆の先頭に立ち、向かってくる敵兵を蹴散らし、逃げる敵を追撃していった。そして敵将に近づき一太刀浴びせようとした瞬間、大将を守ろうと懸命に突き出した雑兵の槍に貫かれて落馬してしまったのだ。彼は再び立ち上がることができず、武川衆が集まってきた時には、鮮血に染まった信保殿はすでに事切れていたのだ」

虎盛の話を聞いていると、景政は今まで封印していた父の最期の様子が徐々に彼の頭の中に溶け出してくるのを覚えた。

父の骸《むくろ》は顔を白布で覆われ、戸板に載せられて帰還してきた。変わり果てた父の姿を見ると幼い景政は呆然としたが、人前で毅然として涙を見せない母の姿を見つけると戸板にしがみつくだけで沸き起ってくる涙を懸命に押さえ悲しみに堪えた。

通夜が済み親類の者が去り家族だけが取り残されると、大黒柱が抜けた家の中は誰もが言葉を失ったかのように黙り込み、暗い雰囲気が家中を支配した。

「今や教来石《きょうらいし》家の男はお前だけになってしまった。これからは父上のようにお前が武川衆を引率してゆかねばならぬ。家の中のことはわしとお前の姉と妹とでやる。母の願いはお前が立派な男となってくれることだけだ」

幼いわが子を見詰め訥々《とつとつ》と語りかける母の言葉は、景政の心に滲み込んできた。

夜寝床にゆき、もう父親と会えなくなると思うと無性に涙が溢れ出し、それが尽きると再び悲しみが襲ってきた。

そして悲しみが通り過ぎると、今度は自分が一家を支え、武川衆を束ねなければならないという使命感が景政の心を占め始めた。

翌日の野辺の送りには親類の者や武川衆の者たちが集まり、木棺が土の中に埋められると、彼らは頬を拭って父との別れを惜しんでくれた。

景政は懸命に涙を堪えてその様子を見詰めながら、放心したようにその場に立ち尽くしていた。

翌年は戦さで明けた。

武田家の当主・信虎《のぶとら》はこれまで敵対していた今川氏親《うじちか》が死に後継者となった嫡男の氏輝《うじてる》と和睦すると、これまで苦しめられていた今川からの脅威から解放されるようになり、信虎の目は隣国の諏訪《すわ》に向かった。

それに気づいた諏訪家の当主・諏訪頼満《よりみつ》は信虎に不満を抱く武田の家臣・栗原氏、今井氏や飯富虎昌《おぶとらまさ》に武田家から離反するように働きかけ、頼満に呼応した彼らは一斉に「打倒信虎」の兵を挙げた。

これを知った甲斐と諏訪との国境に暮らす景政ら武川衆は戦場となることを恐れて一時甲斐の府中にある寺院に避難したが、虎盛は景政と会うためにその境内までやってきた。

「わしが武川衆を預る代わりに、お屋形からお前の初陣の許しを貰《もら》ってきたぞ」

「諏訪衆を討つのですか」

「そうだ。諏訪頼満は栗原らを救援しようと韮崎《にらさき》までやってきておる」

「初陣」と聞くと、景政の頰は朱で染まり胸は騒ぐ。

「敵は釜無川と塩川に挟まれた韮崎の七里岩のところに布陣したようだ。われらは塩川沿いの穂坂路を進むつもりだ。戦場は多分塩川を挟んだ大坪辺りになるだろう」

両者は虎盛が予想したように大坪周囲で戦うこととなった。

虎盛の戦さぶりは武田随一との噂が高い。それを見る機会を得たことは景政を大いに喜ばせた。

実際わが目で見た虎盛の戦さぶりの鮮やかさは噂以上のものだった。

「黒御幣《くろごへい》」の小畠家の軍旗が戦場を駆け抜けると、敵兵は慌てて彼らのために道を譲った。虎盛はすばやく戦場に目を遣り敵の大将を見つけると、一気に馬を寄せて馬上から相手に飛びかかり一緒に縺《もつ》れて落馬すると、敵将の首を掻き取り、立ち上がりざまに「小畠虎盛が敵の大将を討ち取ったぞ」と大声で叫ぶ。

そしてその首を足軽に預けると、もう次の相手を探して駆け出していた。

(すごい人だ。まるで鬼神のような働きだ)

景政は呆然としてまるで野獣のような虎盛の動きに見とれていた。

両軍は激突を数回繰り返したが、その都度虎盛は武田軍の先頭を駆け続け、全身に手負い傷が増えても彼の動きは変わらず、敵の返り血は乗っている馬に雨のように降りかかる。

虎盛の鎧冑も乗っている馬までもが、自分の血か返り血かわからない程、真っ赤に染まった。

朝から始まった合戦は日が西に傾く頃になってやっと決着がつき、韮崎から後退する諏訪衆を武田軍が追撃する展開となった。

「本日一番の手柄は小畠虎盛だ。やつの馬を見よ。返り血で月毛の馬が栗毛となってしまったわ。それに虎盛は一日に四度に及ぶ合戦の内三度も一番槍を挙げ、四度目には敵の足軽大将の首まで挙げた。並みの者にはできぬぞ。本当に見上げた男だわ」

絶賛した信虎が差し出す褒美の太刀を、満身創痍の虎盛は足を引き摺りながら受けとった。

（この武田随一の猛将はわしの師匠だ。わしも小畠様から戦さぶりを学び、もっと強くなりたいものだ）

武功が無かった景政の初陣だったが、収穫は師と呼べる男の戦さぶりを目の当たりにできたことだった。


今川と手を結び諏訪衆を打ち破った信虎には、北条氏の急伸が脅威に映る。

伊豆を手始めに相模の小田原城を奪った北条氏は、早雲の嫡男・氏綱が二代目を相続すると、関東公方と関東管領とが仲違いしている隙を突いて相模から関東にまで手を伸ばそうとしていたのだ。

その氏綱に対抗するため信虎は宿敵の諏訪頼満との講和を願い、自分の娘を頼満の孫である頼重のところへ嫁《とつ》がせることに成功した。

頼満は昨年すでに出家して碧雲斎《へきうんさい》と名乗っていたが、信虎は和睦の締結を見届けようとさっそく身の回りの者を連れて甲斐と信濃の国境の境川まで出向いた。

板垣をはじめ飯富・甘利《あまり》といった重臣とさらに小畠・原らの足軽大将らも同行し、小畠虎盛の傍らには若い景政の姿も見られた。

境川は景政の故郷・教来石村から少し北にいったところだ。

碧雲斎は諏訪大社からわざわざ秘蔵の御宝鈴《ごほうれい》を境川まで運ばせ川端でそれを振らせると、「誓約の宝鈴」の妙なる音は対岸で見守る武田・諏訪衆の耳にまで響いた。

「諏訪大明神の神前での約束を破れば神罰が下るという言い伝えがあるそうだ」

真剣な面持ちで見詰めている景政に、虎盛が呟いた。

(これで諏訪との平和が保たれれば良いが…)

風に乗って川を渡ってくる涼やかな鈴の音色を、景政は聞き入っていた。

暇になると虎盛はよく教来石村へ顔を出し、景政に槍の稽古をつけてくれた。

景政の家は屋敷などと呼べるものではなく、土間を上がると二間しかない山小屋のような粗末なものだった。が、虎盛がやってくると後家になった母親は薄化粧をして微笑で彼を出迎えた。いつも田や畑で男のように働く母と違い、身綺麗にして手料理で客をもてなす母の姿を見て、景政は虎盛が毎日でも訪れてくれることを望み、父が生きておれば家の中はいつもこんなに華やぎ明るい雰囲気に溢れているだろうなと想った。

普段大人しい姉や妹もこの日は楽しそうに笑い顔を見せた。

「わしの家は倅が一人だけで残りの七人とも娘なのだ。家では女ばかりが威張り散らし、家にいてもおもしろくない。それに比べこの家は実に居心地がよい。わしにも景政のような男の子がおればなあ…」

虎盛は目を輝かせて自分の武功譚を聞いてくれる景政や姉・妹たちを眺めながら、顔を綻《ほころ》ばせた。

府中の屋敷へ戻る途中、虎盛は急に思い出したように、「明日わしの家へ来い」と見送ろうとした景政に言った。

「何かあるのでしょうか」

「来ればわかる」

いつもの笑顔を景政に向けると、虎盛は大股で峠道を帰っていった。

明朝景政が虎盛の屋敷に伺うと、いつになくめかし込んだ彼の妻女が何やら意味有り気に微笑し、景政を奥座敷まで案内した。

座敷には馥郁とした香《こう》の香りが漂っており、座敷の端にある囲炉裏につるされた自在鉤には茶釜がかけられ、シューという音が座敷の静かな空気を振るわせていた。

しばらくするとせかせかした足音が聞こえてきたかと思うと、正装した虎盛が姿を現わし、「よく来たな」と声をかけた。

すると再び廊下から衣ずれの音がしてきたと思うと、音もなく襖が開き、妻女の後ろから涼しそうな柄の小袖に身を包んだ目元のはっきりした若い娘が入ってきた。

前もって知らされていたのか、その娘は顔に微笑を浮かべて正座している景政をちらっと眺めた。

「こちらはわしの旧友の娘だ。本日は景政のためにこの席に来て貰ったのだ」

固くなっている景政を見ると、虎盛は「今日は何も固苦しい席ではないぞ。もっと楽にせよ」と景政を解《ほぐ》そうとした。

「この景政は、将来は武田を担うだろうとわしが目をかけている秘蔵っ子だ。またこちらはわしの友人の小田切殿の一人娘で、わしが彼の屋敷を訪れるといつもこの娘が笑顔で出迎えてくれ、小田切殿の部屋まで案内してくれるのだ。父親が不在の時は、わしはこの娘と何刻話をしていても飽きることがない程、何事にもよく気がつき心根の優しい娘だ」

　虎盛は二人を紹介すると、「景政とこの娘を結びつけようと思ったのはわしの妻女の考えじゃ」と彼の妻女がこの話に乗り気なことを明かし、気を利かして部屋から出て行ってしまった。

　今まで姉や妹としか若い娘と口を利いたことがない景政は、年頃の娘を目の前にしていつものように気楽に話すことができなかった。

「百合と申します。景政様のことは小畠様からいろいろ伺っております」

　積極的な娘らしい。彼女の方から話しかけてくるので、答えている内に景政の緊張が緩んできた。

　娘の持つ柔らかい雰囲気の中にある、何かと気を配ってくれる優しさが景政の心に届いてきた。

　半刻も過ぎた頃、席を外していた虎盛が再び顔を現わすと、娘はそれを潮に立ち上がり礼を述べ屋敷を後にした。

「よい娘であろう。お前に異存がなければ、この話を進めようと思うがどうだ」

「小畠様にお任せします」

「そうか。母上にはわしから申し上げておくぞ。少し先の話だがお前たちの子供のことを思うと、わしは今から嬉しくて堪らんわ」

特別の虎盛の好意に、景政は頭を下げた。

話はとんとん拍子に進み、二人は虎盛の屋敷で簡単な宴席を設けると晴れて夫婦となり、母親の家の離れに新居を建て、そこで暮らすようになった。

新婚の二人のところへ「槍の腕前がどれくらい上がったのかを調べてやろう」という口実を拵《こしら》えて微笑を浮かべた虎盛は毎日のように押しかけてきた。

「景政を借りるぞ」と新婦にことわると、二人は槍合わせを始めた。

槍合わせで一汗かき一服すると、虎盛は最近耳にした今川家の内紛のことを漏らし始めた。

今川家の当主・氏輝が急死し、次の棟梁の座を巡って、京都で仏門に入っていた弟の承芳と異母兄の玄広恵探《げんこうえたん》との間で争いが起こっているというのだ。

今川の揉め事は虎盛の予想通り、承芳が玄広恵探を倒し、義元と名乗った承芳が棟梁の座につくと、その影響は武田家内にも及んできた。

数日後やってきた虎盛は武田家の内部のことを口にした。

「前島殿が切腹を命じられ、それに反対した多くの奉行衆が武田を離れ他国へ退去したぞ」

「それは何故ですか」

政事のことがまだわからない景政には、この出来事が奇異に映る。

「わしもはっきりとは知らぬが、前島殿は以前から玄広恵探を支持されており、今川から逃げてきた者を匿っておられたということらしい」

武田家の内紛が収まり再び静謐さを取り戻すと、景政にも信虎が裏から義元擁立に手を貸していたことがわかってきた。

「義元様が今川の当主となられるのに尽力してくれたお屋形の為に、嫡男・晴信《はるのぶ》様に嫁を世話してくれるらしい。その姫は京に住む公家衆の三条家からお迎えになられるようだ。何しろ今川家は公家とも関係の深い由緒正しい名家だからのう」

話題は晴信のことになった。

「そんなやんごとなき姫君を貰われては、武田家も一段と株が上がりますな」

「誠にそうだ。わしも歌合わせの席で恥をかかぬよう、和歌の一つや二つは詠めるようにしておかねばならぬわ」

虎盛は満更でもない様子だ。

翌年は三条家の「若葉姫」と晴信との間に嫡男が生まれると、その子は足利将軍の偏諱を貰い義信と名付けられた。

　虎盛について戦さに明け暮れている内に、二十五歳になった景政は筋骨隆々の若者に成長し、馬上の槍合わせでも三本に一本は虎盛を負かす程の腕前になっていた。

「お前がわしから学び取った戦場での心構えを申してみよ」

　汗を拭いながら馬を降りた虎盛は傍らに景政を座らせたが、景政の呼吸は少しも乱れてはいない。

「まず敵を見るよりも、味方をよく見ることです。味方の動きに合わせながら戦えば犬死することはなく、武功を人に譲ることもありませぬ」

「それから」と話している内にどうして母親の手をすり抜けたのか、家から出てきた嫡男の信忠がちょこんと虎盛の膝の上に乗ってきた。

　それに気付いた母親が慌てて降りるように子供を叱るが、虎盛は手を振って膝の上に子供を乗せたまま満足そうに頷いた。

「敵の相色《あいいろ》を見ることが大切です。味方が敵陣に深入りした時、遮に無に攻めることを止めて、味方の中で冷静に戦っている者と相談して早々に引き上げを始め、殿《しんがり》を務めることです」

「うん」

虎盛は子供に髭を引っ張られても平気な顔で、目を閉じて聞いている。

「敵、味方を問わず、軍勢の勢いや潮時を読むことが肝要です」

「どう読む？」

「冑の吹き返しと指物の揺れ方に注意を払うことです」

「どのように揺れるのだ」

子供はじっとしていることに飽きたのか、虎盛の膝から滑り降りると庭で放し飼いにしている鶏を追いかけ始めた。

「その二つが相手に向かって傾《かし》いでいれば、軍勢の勢いが強く相手の闘志が盛んなことの証しです。これが絶えず左右に揺れ動き、後ろに反ったり下がったりしている時は、相手の勢いが弱まっている時です」

「それで…」

「それで相手が盛んな時は攻めかかるのを控え、衰えたと見れば懸命に攻めることです。この機微に熟達すれば、傷を負わずに戦功が挙げられるでしょう」

景政は実戦から摑んだ教訓を披露した。

「よく観たな。さすがに八年近くわしの戦いぶりを観てきただけのことはあるわ。わしから学ぶことはもう無いようだ。お前のことは板垣様によく頼んでおいてある。これからは万事板垣様に従え」

「板垣様とはあの武田家を担われている重鎮のお方のことですか」

驚いた景政は虎盛を見上げた。

板垣、甘利、飯富らの重鎮は何代も前から武田家を取り仕切ってきた名門衆なのだ。

景政は躑躅ヶ崎館で時々出会う恰幅のよい鋭い眼光をした老人を思い出した。

新領主

信虎が新しく築いた府中の町は、これまであった川田の町よりもかなり広く、京を真似て整然としたものだった。

府中は周囲を山で囲まれた盆地にあり、東は藤川が、西は相川が外堀の役目を果たし、南に広がる八日市場と三日市場は府中に暮らす人々の口を支えていた。

政庁のある躑躅ヶ崎館の南門から広小路通りと呼ばれる幹線道路が真っすぐ南北を

貫き、それと平行して約二町間隔で五本の基幹道が走り、それらを繋ぐ小路が東西に整備され、町は碁盤の目のような区画がなされていた。

ずっと瓦塀が続く広い屋敷が建ち並ぶ広小路通りを北へ躑躅ヶ崎館へ向かって歩いてゆくと、目指す板垣邸は躑躅ヶ崎館のすぐ隣りにあり、御一門衆の穴山家の屋敷と道を隔てて向かい合っていた。

これまで見慣れていた虎盛の屋敷と比べてもさすがに武田家の重鎮に相応しい立派なものだった。

案内を乞うと虎盛からすでに連絡があったのかすぐに屋敷内に招き入れられ長い廊下を歩いてゆくと、手入れの行き届いた鎧や刀剣が飾られている離れに通された。

しばらくすると白髪が混じった五十過ぎの恰幅のよい男が顔を覗かせた。

「待たせたな。お前が虎盛の褒める教来石景政か。槍の技量と人柄とは虎盛からよく聞いていたが、こうして近くで見るとなかなか精悍そうな面構えをしておるのう」

板垣は大きな目で睨めつけるように景政を見回した。

「お前も存じておろうが、お屋形の嫡男・晴信様は正妻の若葉姫を迎えられ、今年に入って後継ぎを得られたが、十八歳になろうというのにまだお屋形から初陣の許しが出ないのだ」

景政はこれから板垣が何を言おうとするのか、次の言葉を待つ。

「近々なされる初陣のために、晴信様の側にいて若殿の武芸を磨いて欲しいのだ」

これを聞くと、景政は驚き呆然とした。

(これは失敗が許されぬ大変な役目だ。武田家には武芸に巧みな人も多数居ように、何故わしなどに白羽の矢が立ったのだ)

景政は辞退しようと思った。

(板垣様と会うことすら虎盛様の推薦があってのことなのに、次期主君となる晴信様を直々指導するなどとてもわしには分に過ぎたことだ)

「お前は晴信様より七つ年上と聞いた。兄貴として厳しく鍛えて欲しいのだ」

景政の誠実そうな人柄を認めたのか、頼み込む板垣の言葉にも熱が込もる。

「それがしのような身分の卑しい者にそんな大切な役目は務まりませぬ。誰かもっと適当な人に申して下され」

懸命に拒否しようとする景政に、板垣は苦り切った顔付きになった。

「ここだけの話だが、晴信様は大雨が降っても大風が吹いても寺通いを止めぬ程学問がお好きな方だが、武芸の方は今一つお好きではないのだ。武芸に秀でたお前なら晴信様の目を武芸に向けさせるのに適役だと睨んでいたのだが…」

「それがしにはとても大役過ぎます」

激しく首を横に振る景政を見ると、板垣はさらに顔を歪めた。

「いずれにしてもわしはもうお前のことを晴信様に申し上げてしまったのだ。それを耳にされた晴信様は、『ぜひ景政に会ってみたい』とお前との出会いを楽しみにされておる。ぜひこの役を引き受けてくれ」

板垣の強引な申し出に景政は考え込んでしまった。

「そのように申されるのなら、今回だけは晴信様にお会いしましょう。多分それがしでは役不足と申されましょうが……」

「そうしてくれればわしの顔も立つ。晴信様に約束してしまった以上、どうあってもお前を目通りさせねばならぬからな」

板垣は安堵のため息を吐いた。

翌日板垣が用意してくれた教来石家の家紋入りの烏帽子、大紋を身につけた景政は、板垣に従って躑躅ヶ崎館の東にある大手門に足を踏み入れた。

大手門は四足門で、柱には鉄が打ち延べられている堂々たるもので、屋根瓦には銅が葺かれていた。

館内に入った景政はそこに林立している建物の華麗さに目を奪われた。

足を止めてきょろきょろと見回していると、「晴信様がお待ちかねだ」と、板垣は景政を急かせた。

（わしら武川衆はいつもは百姓のような襤褸《ぼろ》小屋に住んで田や畑を耕して生活をしているというのに、晴信様はこのような立派なお屋敷の中で何不自由なく暮らされているのか。わしらのような者とは身分違いもよいところだ）

景政はどうあっても断わろうと決心した。

正面の政庁らしい建物の東に独立した区画があった。そのよく手入れされた馬場と射場らしい広場を通り抜け、傍らに建つ寺院のような建物の東隣りに位置する小じんまりとした屋敷の中へ、板垣は慣れた調子で入っていった。

周りを見回していた景政は慌てて板垣の後を追う。

玄関に続く磨き込まれた長い廊下を渡っていくと、突然板垣の姿が離れ座敷の奥に消えてしまった。

「何をしておる。早く来ぬか！」

急かされた景政が恐る恐る座敷に足を踏み入れると、上座には中肉中背の若い男が座っていた。

慌てて正座した景政は、強い井草の匂いを放つ畳に頭を擦りつけた。

「これがこの間話していた教来石景政です。何なりと問うてやって下され」

昨日あれ程傲岸に振る舞っていた板垣が、慇懃無礼な態度で男に挨拶をしている。

「話は板垣から伺っておる。在所は韮山に近い教来石村だそうだな。あそこは諏訪氏との国境に接しているところで、何かと苦労も多いことだろう」

十八歳だと聞いていたので、景政はもっと軽やかな人物を想像していたのだが、目の前にいる晴信は幅広い鼻梁と広い額を持ち、知的な茶色く澄んだ目は侍というより何やら高僧のような落ちついた雰囲気を漂わせていた。

「わしはこの館にいて、外出すると申しても学問を学びに寺へゆくだけなので世間に疎く、もっと世の中のことを知りたいと思っておる。わしの側にいてお前の目で見たことを直に教えて欲しいのだ」

「それがしのような下々の者の意見など、恐れ多いことでございます」

景政は肩をすくめ恐縮した。

「お前たちの血や汗によって、武田家は甲斐を統一できるまでになったのじゃ。お前たちのような若者の考えがこれからの武田家の運命を左右するのだ。そう自分を卑下するものではないぞ。富貴や貧賤などは人の値打ちに何の関係もない。大切なのはその人間の中身と人柄だ。さあ遠慮せずに思ったことを申せ」

晴信のこの言葉を聞いて、景政は呆然としてしまった。

(寺で学問に励んでおられると聞いていたが、唐の国の読み物にはそんなことが書かれており、唐の国では人の身分よりも能力で人間を判断するのだろうか…)

正式な学問を受けたことのない景政には、甲斐の国以外のことはわからない。

これまで景政が見聞きしたことに耳を傾けていたが、話題が景政の父親のことに及ぶと、晴信の顔が歪んできた。

「お前の父親はわしが生まれた時に討死したと申すのか…」

目を景政に向けた晴信は済まなさそうな顔をした。

「飯田河原の合戦に勝てたことで今の武田家があるのだ。惜しい男を失ったものだ」

「晴信様からもったいなきお言葉を頂き、父もさぞ泉下で喜んでおりましょう」

(われら武川衆は侍といっても百姓と変わらぬ身だ。そのような者の死をこんなにも悼んで下さるとは…)

目の前にいる晴信が急に身近かな存在に思えてきた。

「お前は今でも父親のことを覚えておるか」

優しい声だった。

「はい。よく覚えています。戦さから帰るといつも父はそれがしを膝の上に乗せてくれ、頬を擦りながら昔話を聞かせてくれたものです。その父の分厚い手のぬくもりが今も忘れることができませぬ」

晴信は目を閉じて黙って聴いていた。

「『早く大人になり、一角《ひとかど》の男として武川衆を率いてくれ』というのが父のいつもの口癖でした」

「父親とはそのような優しく温かいものなのか…」

晴信は何かを考え込んでいるようだった。

（何不自由もなく育っておられように、晴信様は父親の温もりをお知りになられぬのか。父上の信虎様との間に何か諍《いさか》いでもあるのか…）

「お屋形はすぐかっとなられるので、十分に気をつけて挨拶をせよ」

そう信虎のことを注意していた虎盛の言葉が、一瞬景政の脳裏を過《よぎ》った。

景政は驕り高ぶらない晴信という男が気に入ったが、晴信も景政の誠実な人柄に好感を抱いたようだった。

「明日からでもわしのところへこい」と板垣を通じて出仕を催促してきた。

仕めることを決めた景政の最初の役目は、晴信の寺通いの護衛だった。

学問好きの晴信は一日も欠かさず長禅寺へ通いつめ、彼の指導は住職の岐秀元伯《ぎしゅうげんぱく》が受け持っていた。

長禅寺はもともと晴信の母、大井氏の菩提寺であり府中の西に位置していたが、政庁が引っ越すと、建物も府中に移された。

晴信の幼少期からの師匠である岐秀は、孔子、孟子、孫子といった人間の本質や政事哲学を扱った書を与え、晴信に人間の持つ深淵さを教えようとした。

（ゆくゆくは武田家を継がれるお方であるので学問も結構だが、領内の人々のなまの姿を知っておくことも大事だ）

寺での学問が済むと、景政は晴信を遠駆けに誘った。

馬を疾走させることは、若い晴信を十分に刺激させる。

これまで甲斐は毎年のように飢饉に苦しめられてきた。その中でも特に河川の氾濫がひどく台風による大雨で富士川に注ぎ込む笛吹川と釜無川から溢れた水は、土手を崩し田畑や人家を押し流して甚大な被害をもたらし続けてきたのだ。

歴代の当主もそうであったが、甲斐を統一した信虎は兵たちを喰わせるために稲の収穫期の秋と、麦が取れる春になると他国へ侵攻してそれらを略奪した。そして兵たちは生きんがために食糧ばかりでなく、他国の備蓄品や牛馬それに人間までを奪い合った。

景政はそんな厳しい現実を晴信に知ってもらおうと思ったのだ。

府中から西に向かって駆けてゆくと、やがて釜無川が御勅使《みだい》川と合流するところまでやってきた。だがそこから先へは進むことができなくなってしまった。

前方の土手道が水没してしまっていたからだ。

昨日の大雨のため、水嵩を増した両河川の濁流はごうごうと地響きをたてて土手を震わせ、釜無川と御勅使川から溢れた水は低い田畑の方へ溢れ出て、辺り一面を湖のようにしていた。

釜無川の土手には襤褸を身につけた百姓たちが立ち並び、湖の中に沈んだわが家を放心したように眺めていた。

土手に立つ主従を認めると、村人たちは慌てて身を屈めてお辞儀をしたが、景政には、「いつも村人に年貢をせびるくせに、何故氾濫からわしらを守ることができぬのか」と彼らが自分たちを罵《ののし》っているように映った。

「一夜にして住み家を失ったのか。哀れなことよのう」

賢明な晴信は、自分をここまで連れてきた景政の意図を知った。

「あの村人たちはこれからどのようにして生きてゆくのか」

「田畑を流されては喰ってゆくこともできませぬ。甲斐から逃げ出すか、子供を売って喰い繋《つな》いでゆくしか手はござりませぬ」

天災が多数の村人を打ち砕く厳しい現実を景政が口にすると、感受性の強い晴信は口を閉じ何かを考えているようだった。

「何ともやり切れぬ思いじゃ。折角父上が甲斐を統べたというのに、これでは村人も堪らぬのう。天災一つに手を拱《こまね》いて見ておらねばならぬとは…」

そう呟くと晴信は川面を眺めて黙り込んでしまった。

「そろそろ戻らねば、風も肌寒くなってきましたようで…」

景政は尚もその場に佇んでいる晴信を促した。

「百姓は哀れよのう」と何度も同じ言葉を繰り返しながら、晴信は何かを決心したように馬に鞭をくれた。


「もうすぐ初陣ですな」

「うん。父は諏訪頼重と村上義清と一緒になって、海野《うんの》一族を佐久から追い出そうと考えているようだ」

景政は晴信のどことなく沈んだ様子が気になった。

「それがしが槍の指南をして早や三年が経ちますが、晴信様の腕前もずんと上がりましたぞ。もう初陣の相手が誰であろうと心配は要りませぬ」

「そうか…」

晴信の返事は相変わらず重かった。

いつもは自由闊達としている晴信が、時々黙り込んでしまうことがあるのを景政は知っていた。

(さてはお屋形と何か揉め事でもあったのか)

以前板垣から聞いた二人の確執のことが景政の頭中に浮かんできた。

翌年に晴信の元服を控えたその日は、いつにもなく信虎の機嫌がよかった。

「お前は来年には元服を迎えるので、一人前の男となる前にわしから好きな物を取らそう。何でもよいぞ。お前の欲しい物を申してみろ」

めったにないことなので、晴信はもじもじしていた。

「わしはうじうじしている男は嫌いだ。さあ何でも申してみよ」

久しぶりに笑顔を振りまく父親が珍しく、「鬼鹿毛が欲しい」と気を許した晴信は、そう言った途端父親の顔色を窺った。

今まで頰を緩めていた信虎の顔色が急に変わったのがわかると、晴信は「しまった」と思った。

「お前がこの名馬を扱うにはまだ若過ぎるわ。来年の元服の式には先祖伝来の義弘の太刀と八幡太郎公以来武田家に伝わる御旗・楯無の鎧をやろう」

声は優しいが、信虎は家宝と思う愛馬をねだられて込み上げてくる怒りを懸命に押さえているようだった。

馬舎で見た逞《たくま》しい鬼鹿毛の姿を思うと、どうしても晴信は諦め切れなかった。

「来年の元服といってもそれがしはまだ半人前の身です。馬は今から慣らしておけばいつでも出陣に備えられましょう。ぜひそれがしに鬼鹿毛を頂きたい」

今日の晴信はいつもの物わかりの良い晴信とは別人のように鬼鹿毛に固執した。

これが信虎の怒りを更に燃え上がらせた。

「わしはまだお前に家督を譲ってやるとは決めてはおらぬ。後継ぎを誰にするのかはわしの胸三寸にある。鬼鹿毛に執着して、どうしても先祖代々の物が要らぬと申すなら、弟の信繁に家督を継がすまでだ」

(それからだ。お屋形と晴信様との間に亀裂が入り、大きな溝ができたのは。鬼鹿毛のことから急に晴信様は決してお屋形に逆らわぬようになられた。わざと落馬して背中が汚れたままお屋形に対面されたり、自らを偽って愚かしいふりをなされておる。お屋形は本当に家督を弟・信繁様に譲られるおつもりなのだろうか…)

親子の確執を知った家臣たちは信繁をちやほやして、晴信を軽視するようになった。そんな彼らを眺める晴信の目が、景政には何とも哀れに映った。

天文《てんぶん》九年は災害続きの年で、特に八月の台風は甲斐だけでなく各地に著しい被害をもたらした。

大雨で増水した濁流が土手を決壊させ、田畑が流され多数の餓死者が溢れた。いつものことだが、釜無川と御勅使川とが合流する地帯は特にひどく、川を溢れた水は辺り一面を覆い尽くし、周辺一帯はまるで湖のようになっていた。

二人は対岸の土手に登り、百姓たちがまだ崩れていない土手の上から何かを指差して叫んでいる様子を眺めていた。

「あの時と同じですな」と景政が呟くと、晴信は渦巻く濁流を黙って見続けていた。

秋になると領土欲満々の信虎はそんな百姓たちの怨嗟の声に耳を傾けることもせず、嫌がる兵を急き立て佐久へ軍を進めた。

天文十年の正月の躑躅ヶ崎館の主殿は、色とりどりの烏帽子大紋に身を包んだ重臣たちで溢れていた。

南の中庭にある池越しの築山にはうっすらと雪が被り、集まった者たちを間近かに富士山を見ている雰囲気にさせた。

主殿の上段の間にはこれまで血で血を洗う家督争いを見てきた武田家代々に伝わる御旗と楯無の鎧が飾られていた。武田家では新年を迎えるに当たって、一同が主殿に集まり、盃を交わすのが仕来りだった。

上段に信虎が座ると、そこから少し隔って晴信と四つ年下の信繁ら兄弟が座った。下座には厳粛な表情をした重臣たちが並んでいた。

熊のようにぶ厚い手で側近の者が注いだ盃を一気に傾けた信虎は、充血して濁った目を一同に向けた。

「次郎（信繁）ここへ参れ！」

集まった家臣たちの目は忙しく晴信と信繁との間を往復した。

父に呼ばれた信繁は兄の方を窺いながらもじもじと逡巡していた。

「何をしておる。次郎早くここへ参らぬか」

やっと立ち上がった信繁は兄に済まなそうに頭を下げると、ゆっくりと父の前へ座り遠慮がちに盃を受け取った。

廊下からその一部始終を目撃していた景政は、平常を装っている晴信の目が悔しさと哀しみを帯びているのを見逃さなかった。

晴信のところに板垣がやってきたのはそれからしばらくしてからのことであった。

傍らに景政がいることを認めると、板垣は彼に座を外すよう目配せをした。

「いや、景政はよいのだ。そのままでよい」

「左様でござるか」

鋭い目で景政を睨みつけながら、言い渋っていた板垣は声を潜めた。

「それなら申し上げますが、お屋形は晴信様に『駿河の今川へゆき、義元殿から様々な作法を学ぶように』と申されておりますが…」

「信繁に家督を継がすおつもりか」

「そのようで…」

板垣は気の毒そうに目を伏せた。

「それにつきまして信繁様をこの館にお連れして晴信様を『甘利虎泰《とらやす》の館へ移せ』とのご命令でござる」

「父上はついに決心されたようだな」

「……」

甘利虎泰は信虎の重臣として活躍し、武田家の宿老として板垣信方《のぶかた》、飯富虎昌らと共に家政を統括してきた男だ。その上板垣と甘利は武田家の最高職である「両職」を務める筆頭家老のような存在だった。

「しかたがあるまい。甘利の館へゆこう。景政も一緒に参れ」

甘利邸は板垣の屋敷からほんの少し東へ行ったところにあった。

その日から甘利邸に移った晴信のところへ厳しい顔をした板垣・飯富が集まり、夜更けまで何やら相談をしていた。

離れ座敷で小机に向かって書状を認《したた》めている晴信の背中は、何か佗し気に映った。

(お屋形は信繁様を大層気に入られているようだが、何故晴信様の英明さがわからぬのか。大人しいだけでは四面を敵に囲まれた甲斐の国を守ってゆけぬのに…)

景政は大声を出して叫びたかった。

「景政、お前はこれから駿河へゆき、この書状を直かに義元殿に手渡して返事を貰ってきて欲しい。大事なものだから十分気をつけて参れ」

何かを心中に秘めたような晴信の声は、強い緊張感が籠もっていた。

「そんな大役をそれがしのような者でよろしいのですか」

「信頼できるからこそお前に命じておるのだ。わかりきったことを申すな」と怒ったような表情をした。

「それでは、すぐにこれから参ります」

そこまで信じてくれる晴信のことを思うと、鞍に跨《またが》り馬を疾駆させる景政の胸には喜びが湧いてきた。一月というのに、雪が積もる甲斐と違って駿河の町には春のような陽気さが漂っている。

案内を乞うとさっそく義元の部屋に通された。

年齢は晴信とそう変わらないように見える義元だが、小柄である上に肥満気味で、日焼けした精悍な武将というより色白の公家のように映った。

「晴信殿は息災にされているか」と義元は書状に目を通しながら、廊下越しに控える景政に声をかけた。

「お変りなく過ごされておられます」

「そうか。それはよかったが、父子喧嘩は昔から犬も食わぬと申す。親は老いたら子に従えということわざがあることを、舅殿はお忘れになられたのかな…」

口の中で何やらぶつぶつと呟いていたが、義元は小机の上に置いてある書状を景政に手渡した。

「これを晴信殿に渡してくれ。後のことは引き受けたと申し上げればわかるからな」

微笑をこぼす義元の口元からお歯黒で染めた黒い歯が覗いた。

その日に駿河を発った景政は、今川領から富士川に沿って府中に戻ってきた。

義元からの書状を一読した晴信は、「義元殿はわしが想っていた通りの男だ。なかなか食えぬお方だわ」と苦笑した。

三月に入り雪解けが始まると、信虎は再び佐久へ出陣した。

村上衆と諏訪衆と武田軍が三方面から攻め入り、海野平から海野一族を追っ払うことができた信虎は上機嫌だったが、敗れた海野一族は関東管領がいる平井城を目指して逃げていった。

この戦いは晴信の初陣だったが、家督相続のこともあり、気の重い出陣だった。

戦いはあっけなく終わり、海野一族が敗れたことを知ると、今まで海野氏に従っていた国衆たちは信虎のいる本陣へやってきた。

雨上がりの泥濘《ぬかるみ》がまだ乾かない地面に額を擦りつけ帰属を願い出る彼らの姿を、晴信は黙って眺めていた。

「あれが戦さというものです。負ければあのように卑屈な姿を晒さねばなりませぬ」

本陣から戻った景政は、初陣の晴信に敗者の惨めさを説いた。

「勝負はどんなことをしても勝たねばならぬな」

何かを決心したのか、晴信はぎゅっと唇を噛みしめた。

佐久から気分よく凱旋した信虎は、「一度駿河にいる娘の顔を見にゆくことにしよう」と義元の元に嫁した娘の姿を思ったのか、たるんで重そうな頬を緩めた。

その日から板垣、甘利、飯富の三人が毎晩甘利邸に集まり、深夜まで何やら相談を繰り返していた。

鮮やかな彩色で飾られた側室と信虎を乗せた輿が躑躅ヶ崎館を発ったのは、信虎が佐久からの凱旋を済ませた数日後のことだった。

その日は長雨が降り続く梅雨の合い間で、広がった青空には眩しい日差しが容赦なく照りつけ、初夏を思わすような蒸し暑い日だった。

数百人の兵を率いるのは、板垣の命を受けた景政の役目だった。

輿は富士山を東に眺めながらゆっくりと富士川に沿って進むが、輿は何度も止まり、その都度信虎は輿から降りて富士山を眺めた。

「ここから見る富士の山は甲斐から眺める同じ山とは思えぬ。まさに絶景とはこのような風景のことを申すのだな」

久しぶりの物見遊山で信虎は上機嫌だ。

輿が万沢口の関所を通過すると、そこには今川家からの出迎えの者が待っていた。

「娘の顔を見たらすぐに戻ると板垣に伝えておいてくれ」

低身した景政は輿が見えなくなるまで木戸のところに立っていたが、彼が目配せをすると、古びた音を立てて木戸が閉まった。

景政が府中に戻ってくると、晴信はもう甘利邸を引き払った後だった。

翌日主殿に集められた重臣たちはいつもと違う様子に戸惑いの色を隠せなかった。今まで信虎が占めていた上段の席に、武田菱の烏帽子大紋を身につけた晴信の姿があったからだ。

「本日より晴信様が当主となられた。この決定に不服がある者はこの場で申し出よ」

立ち上がった板垣のだみ声が主殿に響くと、そんな者はここにはおるまいと言うように板垣は傲岸な態度で一同を見回した。

「異議なし。わしらは晴信様に従う」

まるで打ち合わせていたかのように、飯富と甘利が板垣の後に続いた。

一瞬押し黙ってこの様子を眺めていた重臣たちは、やがて堰を切ったかのようにわれもわれもと重鎮たちに追従した。

彼らの賛同を待っていたように晴信はゆっくりと立ち上がると、上座に飾られている先祖代々の鎧と旗に向き直った。

「御旗・楯無も御照覧あれ。本日只今をもってわれ武田晴信は信虎に代わり、十九代当主として武田家を継ぐことに相成りました。未熟なわれを助けたまえ」と両手を合わせた。板の間の重臣たちは神妙に頭を垂れ、晴信の宣言に耳を傾けた。

（さすがは晴信様だ。やりなさるわ）

「どんなことをしても、勝負は勝たねばならぬな」と初陣の折、晴信が呟いたことを、この時になって初めて景政は思い出した。

（あの時、晴信様はすでに父上を追い出そうと決心されていたのか。そしてわしが義元様に届けたあの書状は、義元様への協力を取り付けるためのものだったのか…）

諏訪御料人

新領主となった晴信は、今までの旧弊を改め、慌ただしい日々を過ごしていた。

信虎の代に追放された家臣たちを呼び戻したり、景政と一緒に釜無《かまなし》川と御勅使《みだい》川の川筋の村々を歩き回り、この暴れ川をどう静めようかと検討した。そして躑躅ヶ崎館に帰ると他国から戻ってきた旧臣たちの話に耳を傾けたり、やるべきことは山積していた。

「どうだ。取り立ててやった者たちの中に、物に成りそうなやつはおるか」

晴信の言葉を聞くと、最近躑躅ヶ崎館で目にする工藤源左衛門尉と飯富源四郎の顔に混じって、景政の頭にはいつも微笑を絶やさない源五郎の人懐っこい顔が浮かんできた。

「あの春日源五郎と申す者は正式な侍ではありませぬが、陰日向なく晴信様のために一所懸命に仕えようとしている姿は、側から見ていても健気に映りますが……」

源五郎が武田家に仕官した経緯《いきさつ》を景政は耳にしていた。

源五郎は元々甲斐領の石和の大百姓であり商人でもあった春日大隅の一人息子だった。年寄って跡継ぎの誕生を諦めた大隅は娘に養子を迎えたが、皮肉なことにその後すぐに源五郎が生まれたのだ。

大隅の生存中は揉め事は起こらなかったが、大隅が源五郎の幼少の時に死去し、春日家を義兄の惣右衛門が継いだことから家の中が騒々しくなってきた。

世間ではすでに十六歳になっていた嫡男・源五郎が当然家督を継ぐものと思われたが、義兄は大隅の遺産を独り占めにして源五郎には少しも譲ろうとしないばかりか彼を家から追い出そうとしたのだ。

大人しい姉はそのことに心を痛めていたが、夫が怒ることを恐れてあえて逆らおうとはしなかった。

思い余った源五郎は武田家に訴え出たが、義兄は「惣右衛門にすべての田畑、家屋敷を譲り渡す」という大隅の遺言書を盾に取って「自分が家督を継ぐべきだ」と主張し、それを保証するという有力者の証文を揃えて裁判どころに提出した。

結局それらが物を言い、源五郎は折角の裁判に破れてしまった。

「その裁判にわしが臨席しておったのじゃ。裁判で見せたやつの百姓らしくない立ち居振る舞いはわしの目には立派に映った。『わかり申した。わしは今後一切春日家とは縁を切る。すべて義兄上のよき様に成されよ』と侍のようにきっぱりと申しよったわ。その時わしはこの思い切りのよい男が欲しくなったのだ。普通のやつならねちねちといろいろな理屈を持ち出してきて、どうしても親が築いてきた家督を継ごうと粘るところだが、やつは違った。こいつは拾い物をしたと思わず頬が緩んだわ」

裁判の時のことを思い出したのか、微笑した晴信は目を細めた。

「わしは家臣の出自などは気にせぬ。常々申しておるように、要は本人の中身と努力次第じゃ。これからの武田家には若い者の力が不可欠となってこよう。お前も仕事が増えて大変だろうが、新しく仕官させた者たちをよく仕込んでやってくれ」

武田の棟梁となった責任の重さを噛み締め、晴信の眸からは強い光が放たれた。

晴信に認められた源五郎は雑用で使い走りをしていたかと思うと、いつの間にか側近衆の先導をする御小人《おこびと》役になり、それから一ヶ月も経たない内に早くも晴信の近くに仕える近習の一人となっていた。

そして例の人懐っこい微笑を絶やさずに、晴信の言付《いいつ》けを果たそうとあちこちを走り回っていた。

「源五郎はおるか。これから釜無川へ参る。早く馬の用意をせよ」

馬の背中にしがみつくような格好で、疾走する晴信の馬を追いかけてゆく源五郎の後姿に近習たちの嫉妬の目が集まる。

「晴信様はいつもあいつをお供になされる」

「百姓上がりのくせに身の程も知らぬやつめが…」

侍の家柄を自負する近習たちは源五郎の存在がおもしろくない。

そんな者たちを宥めるのは景政の役目だ。

「源五郎にはやつの立場があるように、お前たちにもそれぞれの役割がある。これから始まる戦さに目醒ましい活躍が出来るように、今から十分に体を鍛えておけ。どれわしが槍の稽古をつけてやろう」

景政は力を持て余している源左衛門尉と源四郎らを誘って中庭へ出ていった。

猛烈な稽古の甲斐あって、景政が思わず冷汗をかく程近習たちはめきめきと腕を上げてきている。

　特に源左衛門尉は稽古熱心で突いてくる槍に力がこもっている。年は景政より八歳も下だが、他国での苦労が人間を鍛えたのか、一本気なところはあるものの年よりは落ち着いており人に対する思い遣りが深く、自分を故郷へ呼び戻してくれた晴信には十分な恩義を感じているらしい。

「兄上は達者にされているのか」

「氏康殿に可愛がって貰っているようです」

　義元と争った恵探方を匿った前島氏を支援したことで源左衛門尉の父親は信虎に成敗され、類が及ぶことを恐れた源左衛門尉は母親と兄・長門守と一緒に相模へと逃れたのだ。

　呼びかけてきた晴信の帰参の誘いに親孝行な彼は母親を連れて応じたが、氏康に恩を感じていた兄は北条の領国・相模に留まったままなのだ。

「今はまだ北条とは事を構えていないのでよいものの、兄は北条、弟は武田と別れてしまったのか。早くこの嫌な戦国の世を終わらせたいものよのう」

　源左衛門尉の曇った目を見ると、景政の口から思わずため息が漏れた。

「それがしにも稽古をつけて下され」

景政が一服して源左衛門尉と立ち話をしていると、脇から源四郎が怒ったように目を光らせた。

彼は重臣・飯富虎昌の年の離れた弟で年格好は源五郎とさして変わらないが、代々武田家を背負ってきた家柄から来る血は争えないようで、武田家をわが家の誇りとする純粋さに加えて、柔軟な考え方を身につけている。少々鼻にかかったような喋り方をする小柄な若者だ。

いつもは控え目だが、一旦槍を手にすると急に目つきが鋭くなり闘争心をむき出しにして、景政の隙を見つけると突きに全力をこめてくるので、景政は時々彼の敏捷な動きを持て余すことがある。

(早くこいつらが武田を担う時がやってこないかなあ)

激しい稽古に景政の背中からは滝のような汗が流れるが、若者相手の毎日に彼の心は充実していた。

「これを見てくれ」

懐から折り畳まれた図面らしい紙を取り出すと、晴信は景政の前で広げ始めた。

それには蛇行している釜無川とそこに注ぎ込む御勅使川とが墨で太く描かれてお

り、水流を阻むように川の何箇所かに黒い印が書かれている。

「洪水の折、切れる土手はいつも同じ場所だ。御勅使川が山裾を南へ蛇行するところと、釜無川に流れ込むところだ。そのため御勅使川そのものの川の流れを変えねば水害を取り除けぬ」

そう言われて景政が詳しく図面を眺めてみると、南に書かれた何段もある石垣のために御勅使川は北の山裾に沿うように流れざるを得ないように設計されており、しばらく山裾を走った御勅使川は釜無川に合流する前に将棋の駒のように先が尖ったような形をした石垣の群れによって分流させられ、更に下流でも同じような石垣で二つの流れに分けられてから釜無川に注ぐようになっていた。

その二大河川の合流部も釜無川の土手の一方を形成している「高岩」と呼ばれる巨大な岩の壁にぶつかり、水の流れが弱められるような仕組みになっている。

その上釜無川に合流した水は、土手から取手のように伸びる何段もの石の堰によって水力を減ずるようになっていた。

「何年かかるかわからぬが、これが完成すれば村人たちも安心して川の周辺の村に住めるようになるだろう。悲惨な水害の光景を何度も見るのは堪らぬからのう」

（源五郎を連れて何度も釜無川へ馬で駆けられていたのはこのためだったのか…）

「村人たちを集めてこの図面を説明してやったところ、やつらは異口同音に堰の完成を冀《こいねが》ったのだ。わしは源五郎にこれをやらせてみようと思う。やつは元々が百姓なので、村人たちの協力を上手く引き出せよう。もちろんやつだけでは力不足なので、済まぬが景政はやつを助けてやって欲しい」

「喜んで…」

（晴信様は村人たちの苦しみを決して忘れてはおられなかった。百姓たちも戦さで駆り出されることがあっても、わが家や田畑が大丈夫なら少しは気が休まろう）

晴信と一緒に何度もここへ足を運んだことが無駄でなかったことを知って、景政は嬉しかった。

「これは源左衛門尉にやらそうと思う」

晴信は別の図面を見せた。

それには八ヶ岳の山麓を走る古くから「棒道」と呼ばれている軍道が描かれていた。小淵沢辺りから北の大門峠に向かって、上の棒道、中の棒道、下の棒道と三本の黒い線が諏訪の方へ伸びている。

「この棒道の周辺に敵の進行を府中まで知らせる狼煙台を築き、途中には替え馬や武具の補修補給庫を置くつもりだ。源左衛門尉一人では手に余る大仕事なので、監督を景政に任すことになるが、何分にも無理を承知で頼むぞ」

「荷の重い役目ですが、力の及ぶ限り精一杯やってみましょう」

十分過ぎる大役だとは思ったが、自分を頼りにしてくれる晴信を見ると、景政はどうしても嫌とは言えなかった。


近習ともなると晴信の周りにいて重臣たちとも接する機会が多くなる、まして目覚ましい戦さ働きなどすれば、晴信の覚えがめでたくなり、足軽大将や侍大将になるのも夢ではなくなる。

(百姓のわしが一角《ひとかど》の大将となり、城を預かるような身分になれるかも知れぬぞ)

源五郎の夢はどんどんと大きく広がっていった。

張り切って晴信から言いつけられた用事をこなしていると、今まで百姓のことしか知らなかった己の世界が急に広がったような気がしてきて、源五郎は毎日が楽しくてしかたがない。

一方近習に取り立てられた重臣や由緒ある家柄の子弟にとって、どこの馬の骨か知らぬ百姓上がりの源五郎が新参者にも関わらず晴信に重宝され可愛がられているのを見ることは、全くおもしろくないことだった。

名門の出身で父親の虎房（釣閑斎）が武田家でも指折りの家柄であることを誇りに思っている長坂勝繁は、家柄だけが取り柄のようなあまり取り立てて能力のない男だった。

だが近習衆の中では一番の年長者である分、仲間内では幅を利かせていた。

長坂とその仲間は用事で外出しようとする源五郎を見つけると彼の後をつけ回し、わざと廊下で出会った振りをして源五郎を館の外の人気《ひとけ》のない所まで連れ出した。

「どこへ出かけるつもりなのだ」

「晴信様直々のお言付けなので、他人には申せませせぬ」

「何！　先輩のわれらにも申せぬことなのか！」

「武田家の秘密を要することなので…」

そう言うと大切な書状を仕舞い込んでいる懐を、源五郎はしっかりと押さえた。

そこまできつく言われると、彼らは源五郎から書状を取り上げる訳にはゆかなくなる。

「百姓にそんな大事な用件を任されるとは、晴信様も不用心なことだ」

皮肉を込めた顔付きになった長坂は、仲間たちに目配せをした。すると五～六人の仲間の者たちが源五郎を取り巻いた。

「何をするのか！」

緊張の込もった大声が、思わず源五郎の口から発せられた。

「生意気なやつを少し懲らしめてやろうとするだけだ」

長坂の目が蛇のように残忍さを帯びてきた。

思わず源五郎の手が差し始めてから間がない刀の方へ伸びた。

「ほお！ 刀を抜くつもりか。この百姓めは人を殺めれば死罪になるという法があることを知っておるのか！」

彼らは源五郎を嘲笑いながら徐々に輪を詰めてきた。

この時源五郎の体内から何かが湧き起こってきた。

それは裁判の時に晴信も認めた源五郎の思い切りのよさであった。

（一度頭を下げてしまうと、やつらは嵩にかかってこれからもずっとわしを馬鹿にし続けよう。ここは毅然として臨むべきだ。たとえ死んでもやつらと戦い、百姓にも意地があることを知らせてやろう）

急に源五郎の目の色が変わったことを見て取った彼らは、さっきまでの勇ましい勢いが削がれ怖気付《おじけづ》いたようになった。

「何をしている。早くこいつを痛めつけてやれ！」

長坂に急かされて一人が源五郎の袖を摑むと彼を引き寄せて殴ろうとした。

その瞬間相手の腕を握った源五郎は、その腕を捻り上げていた。

ぽきんという鈍い音が響くと、相手の片腕は肩からだらりと垂れ下がってしまい、男は苦痛に顔を歪ませて唸り始めた。

「馬鹿力をしているぞ。こいつは！」

源五郎の思わぬ腕力に驚いた彼らは、刀を抜き刀の扱い方を知らぬ源五郎を脅かそうとした。

「何をやっておるのだ！」

気合いの込もった鋭い声が彼らの背中から起こった。

それは同じ近習衆の一人、飯富源四郎のものだった。

白刃に囲まれた輪の中に源五郎がいることを知ると、源四郎は素早く輪の中に入っていった。相手が重臣・飯富虎昌の弟だと認めると、長坂の顔は急に嫌なものに出会ったようになった。

だが仲間には年長者としての威厳を示しておかねばならない。

「そこをどけ！　一緒にいると、お前も怪我をするぞ」

「喧嘩で刀を抜き、むやみに人を傷つけると死罪だということは知っておられよう」

源四郎の言葉は相手が年長者と知ると丁寧になる。

「何も殺そうなどと思ってはいない。生意気なやつを少し懲らしめてやるだけだ」

「年下の者一人に数人がかりとは、少々大人気ない仕打ちですな。どうしても刀を引きたくないとなれば、それがしが相手しましょう」

重臣の弟にこう迫られると、長坂は及び腰になった。

「冗談はもうこの辺にしておこう。皆も刀を引け！　百姓があまり出しゃばった真似をしていると、今のように怪我をする破目になるということを忘れるな」

捨て台詞を吐くと彼らは肩を怒らせながら館の内へ姿を消してしまった。

「危ういところを助けて貰い命拾いしました。礼を申します」

年は二、三歳源五郎より上のようで、小柄な男だが武芸で鍛えているのか筋骨隆々としており、落ちついた雰囲気が源五郎のところまで伝わってくる。

「侍言葉もだいぶ板についてきたな。喧嘩で咄嗟にあれぐらい喋られれば、侍になろうと励んでいる証拠だ」

微笑むと白い歯が美しい。

近習の監督をしている景政の温かい目は感じていたが、武家出身者ばかりの近習衆たちの中にあって源五郎は孤立していた。

いつも白眼で自分を睨んでいる長坂らを意識して、わざと明るく振る舞っていたのはその裏返しであった。

だが自分は孤独ではなかったのだ。源四郎が自分を認めていてくれるのを知って、源五郎は涙が出る程嬉しかった。

(誰もが百姓と馬鹿にする近習衆の中にも、源四郎だけはわしを人として認めてくれていたのだ)

源五郎の心の中に何かほんのりとしたものが満ちてきた。

「侍の世界にもいろいろな人間がいるが、そんなことは気にするな。何事にも懸命に励んで実力をつけろ。そうすればいつかやつらを見返す時がやってくる。それまで堪えて己の心身を鍛錬しておくことだ。それにあの口の重い工藤源左衛門尉殿もお前が晴信様のために精一杯働いていることを認めておられるし、お前と同年の秋山(信友)や年下の原昌胤もお前を支持している。自信を持ってこれからも振る舞うことだ」

源四郎だけではなく、自分を認めてくれている者がいるということを知らされると、源五郎の心の中に久しぶりに故郷に帰ったような温かいものが溢れてきた。

源四郎という知己を得てから長坂らはいじめを手控えるようになり、真の友人を知って源五郎の孤独感は徐々に薄れてゆき、これまでの生活と全く違った侍稼業が楽しいものに変わってきた。

そんな時、「諏訪下社の大祝《おおほうり》家の金刺氏が伊奈の高遠頼継《たかとおよりつぐ》と腹を示し合わせて、諏訪上社の惣領である諏訪頼重と揉めておるようです」と駆け込んできた使者は、湧き出す汗を拭いながら諏訪の情勢を伝えた。

諏訪氏は諏訪地方を治めていた領主で、諏訪上社の大祝（宮司）であり、上社は下社より格が上であった。

諏訪の領有を目論む諏訪一族の高遠頼継は、下社の大祝家の金刺氏を誘ってその横取りを狙ったのだ。

主殿に重臣たちが集まり、さっそく軍議が開かれた。

板垣、甘利、飯富ら三人の重鎮とそれに信繁をはじめ、小山田信有《のぶあり》、穴山信友ら武田の御一門衆が上座を占めた。また小畠虎盛、原虎胤らの足軽大将に混じってそこには武田に帰参して間もない真田幸隆《さなだゆきたか》の顔もあった。

そして景政をはじめ晴信の近習に取り立てられ、後に武田家を支えるようになる内《ない》藤昌秀《とうまさひで》（源左衛門尉）、山県昌景《やまがたまさかげ》（源四郎）や高坂虎綱《こうさかとらつな》（源五郎）らの若者たちが、目を輝かせて軍議の行方を見守っていた。

「お屋形が棟梁になられてからまだ一年にしかなりませぬ。他の国の揉め事に口を挟む暇はござらぬ。今は甲斐の国を纏める時機かと…」

戦場でも守りに強い甘利は、「甲斐の国をしっかりと固めよ」と持論を吐く。

「いや、わしはそうは思わぬ。甲斐の国衆たちの心を一つにするには、他国と戦さをするのが一番だ」

板垣は先制攻撃を得意とする男だ。攻めの姿勢を崩そうとはしない。

「われらは頼重殿の諏訪衆と一緒になって、金刺や高遠らを討つのだな」

何事にも慎重な飯富は、武田が頼重を救援するのは当然だと思っている。

「いや、反対じゃ。頼重殿はお屋形とは義弟の間柄だが、信虎様を駿河へ送ったことでもう諏訪との繋がりは切れておることは頼重殿も十分承知しておられよう。頼重殿に同情すれば今度は武田が滅んでしまおう。そんなことは戦国の世の常じゃ」

板垣は世の中の甘いも辛いも知り尽くしている男だった。

軍議は揉めて長びいた。

(あの何の屈託のない明るい禰々《ねね》様を悲しませることになるのか。確かこの春に嫡男が生まれたと聞いたが…)

その喧騒の中で武田と諏訪家との架け橋として頼重のところに嫁いだまだ幼なさが

残った禰々のことを景政は思った。

（禰々様をお助けできるのはお屋形だけだ）

晴信の口から出た言葉は景政の期待を裏切ったものだった。

一通り意見が出尽くした頃、晴信は鋭い目を一同に振り向けた。

「わしは板垣の考えが良いと思う。父上は佐久にご執心だったが、あそこは細長い土地で大井氏を始め多くの国衆たちが割拠しておりそれに物成りも悪いところだ。それに比べて諏訪は纏まった国で、稲や麦の実りも多いと聞く。少なく見積っても五万石は下るまい。もしここが手に入れば、わが国の二十万石とを加えてわれらは二十五万石の大国となる。そうなれば小県《ちいさがた》、埴科《はにしな》、更級《さらしな》、水内《みのち》郡を治めている村上義清や筑摩《ちくま》、安曇《あずみ》郡を支配している小笠原長時らとも対等に戦えよう」

異母妹への情を棄てた晴信は諏訪に攻め入ることを表明した。

軍議の場は一瞬静まったが、どよめきが広がるとやがて喝采の渦に包まれた。

（これは晴信様が当主となって初めての戦いだ。絶対に負ける訳にはゆかぬ）

景政は気持ちを切り替えなければならなかった。

躑躅ヶ崎館内で働く近習たちは戦いが始まる前に早く元服を済ませてしまおうと忙

しくなってきた。

すでに元服を終えている源左衛門尉は別として、年下の源五郎や源四郎たちは甲冑姿で戦場に臨み、兜を頭に被るためにはどうしても髷を結わねばならない。

由緒ある家柄の子弟は親類や父親が烏帽子親となることができるが、源五郎には烏帽子親がいない。

そのために近習衆の世話をしている景政がその役を買って出る。

「馬子にも衣装じゃのう」

使い走りをしていた一年前に比べ、髷を結い、兜の緒を締めた源五郎はどこから見てももう一人前の大人だ。

「立派な男になったものだ。これで名だたる敵将の首でも取れば、足軽大将や侍大将も夢ではないぞ」

髷を結い、陽光に白く輝く甲冑で身を包んだ源四郎が源五郎を冷やかす。

「今度の諏訪攻めでは二人とも晴信様の本陣から目を離すな。お前たちの役目は己が手柄を立てることではなく、晴信様をお守りすることだということを忘れるな」

景政は競い合って敵将の首を取ろうと逸り勝ちな二人に念を押す。

行軍に先立って、兵たちはまず躑躅ヶ崎館の南門から一直線に南に伸びる広小路通りに整列するのが昔からの慣わしだ。

この日のために貯えていた有り金の全部をはたいて買い揃えた甲冑に身を包んだ近習衆たちの顔には、初めて大軍を指揮する晴信への期待と不安とが混じり合っていたが、晴信を信じ切っている源五郎や源四郎の顔には全くその不安がなかった。

（これ程聡明な大将はどこにもいないだろう。諏訪はおろか、ゆくゆくは信州領のすべてを手に入れられよう。そうなればわしもどこぞの城を預けられるかも知れぬぞ）

緊張した顔が揃っている中で、源五郎は楽しい思いに頰を緩ます。

広小路にはぎっしりと詰まった兵たちと、その勇姿を一目見ようとする妻や子供、それに親類たちで混雑していた。

「手柄を立てようと一人働きをしてはならぬぞ。飯富家の男として恥ずかしくない振る舞いをするのだぞ」

普段厳しい兄の虎昌も弟の初陣とあっては、特別に気にかかるものらしい。

「足手まといとなって晴信様に迷惑をかけるのではないぞ」

相模で暴れ回った源左衛門尉も気丈夫な母親にかかっては頭が上がらないようだ。

（身内の励ましはきっと力になろう。だが家を飛び出してきたわしには知り合いはどこにもおらぬわ）

周辺から聞こえてくる激励や歓声から身を引くように、目庇《まびさし》を深く被り早々に出立しようとした時、源五郎の武具に何かが触れたような気がした。

それは柔らかな可愛らしい人の手だった。

「おじちゃん。手柄を立ててきてね」

驚いた源五郎が手を伸ばしてきたその男の子の方を振り向くと、そこには幼児の手を引いた母親が立っていた。

それは何年も前に別れた姉だった。

「姉上か…」

懐かしさに思わず声が漏れた。姉の弟を見詰める目はどこか寂し気だったが、あの頃と同じように優しい色を帯びていた。

「お前が武田家に仕官したことは風の便りで耳にしていました。お前が発つ前に一言詫びておきたくて出て参りました。あの時は本当に済まぬことをしたと今でも後悔しております。何故あの時、『源五郎がこの土地を継ぐのが父の願いだった』と強く申せなかったのか。それを思うと夜も眠れぬ程悔みました。わたしさえもう少ししっかりしていたら、お前にあの土地を継がすことができたのに…」

姉の声は心なしか震えているようだった。

「過ぎたことはもうよいではありませぬか。あの時故郷を飛び出したお蔭で侍になることができました。今は武田家の近習となり、これから励めばやがて城を預かる身分になれるかも知れませぬ。姉上が悔まれることは何もありませぬ。それより商いの方は繁盛しているのですか」

ずっと気になっていることを口にした。

「あの人も商売熱心にやってくれますので、何も心配はしておりませぬ」

長い間心につかえていたことを吐き出して気が晴れたのか、姉は寂しそうな微笑を浮かべると、甲冑姿の弟をしみじみと眺めた。

そして思い出したようにわが子の方へ目をやると、「これが倅の惣次郎です。お前が戦さに出陣すると聞き、この機会を逃したら二度とお目にかかることがないかと思い、お前にわたしの子の姿をぜひ見せておかねばと昨日石和からここまで歩いてきたのです」と姉は子供の頭を撫でた。

子供は五歳ぐらいであろうか、改めて惣次郎に目をやると高い鼻梁と細い目の辺りが姉とよく似ており、同じ頃の子供としては大柄で利口そうな目をしていた。

「おじちゃんはお侍なの」

「そうだよ」

「おじちゃんは強いの」

「おじちゃんはこの国で一番強い武田家の侍だ。これから武田に盾つく敵を懲らしめにゆくのだよ」

「たくさんの人を殺すの」

「いやそんなことはしない。悪さをするなと言い聞かせにゆくだけなのだよ」

惣次郎は源五郎の言葉が上手く理解できないのかまだ何か問いたそうな様子をしていたが、出発を告げる法螺貝の音が響き渡ると、その大きな音に驚いたように武具に触れていたその手を離した。

「それじゃあもう発たねば。姉上も御健勝で。惣次郎も母上の申されることをよく聞いて母上を大切にするようにな…」

源五郎の姿が兵たちの群れの中に消えると、整列した兵たちは諏訪を目指して動き始めた。

六月の暑い陽光に汗を拭いながら、晴信の旗本隊を任された景政は軍を進める。

故郷の教来石村を過ぎると国境の境川はすぐそこだった。

「信虎様の頃、われらは諏訪衆に不覚を取ったことがある。決して警戒を怠ってはならぬぞ」と板垣は一万にも膨れ上がった新兵を戒めた。

馬三頭が並んでも楽に通れる八ヶ岳の麓に作られた棒道を通り、武田軍は諏訪氏の拠城・上原城から約三里とは離れていない御射《みさ》山に布陣した。

「高遠勢が上原城のすぐ南まで迫り、安国寺周辺は高遠勢で溢れております」

物見の者が入れ替わり立ち替わり高遠勢の様子を伝えると、晴信はさらに上原城を望める永明寺山《えいめいじやま》の麓まで陣を進めた。

ここからは山麓を流れる上川《かみがわ》越しに、尾根の山頂に築かれた上原城が指呼の距離に眺めることができた。

（昨年まで府中で見慣れた武田菱の軍旗が城下を埋め尽くした様子をご覧になり、兄上に見棄てられたと知った禰々様の悲しみはいかばかりか…）

禰々のことを思うと、景政の心は痛む。

合戦はすぐには始まらず、睨み合いが続いた。

翌日になると諏訪軍は山頂の上原城を出て、山麓の塚原《つかはら》にある犬射原《いぬいっぱら》まで降りてくると、そこに布陣をし始めた。

諏訪頼重に不満を持つ諏訪庶家の高遠頼継や諏訪下社の金刺氏らを敵に回したからか、諏訪軍には千名程しか兵が集まってこなかった。

杖突峠を越えて安国寺辺りに布陣している高遠頼継のところへは、武田の本陣から何度も早馬が出てゆく。

「数では圧倒的に敵を凌駕しているのに、何故武田軍はすぐ敵陣に攻め込まぬのだ」

初めて目にする敵兵を前に、じっとしておれない源五郎は武者震いが止まらない。

「高遠軍を今いる安国寺から迂回させて諏訪軍を後方から襲い、東西から敵を挟み討ちにするつもりなのだ」

軍書を読み漁り軍略に詳しい源四郎だが、初陣のためかいつもと違い緊張気味だ。

「一番多く敵の首を取ることができるのは、正面から突っ込んだ時ではなくやつらが退却に移った時だったな」

初陣を済ませた先輩から多くの体験談を耳にしている源五郎は、あわよくば名のある敵将の首を土産にできるかも知れぬと期待している。

昼を回り高遠兵たちが敵の背後に回り法螺貝の音が響き渡ると、高遠兵に追われた敵兵たちは武田の陣に向かって攻め寄せてきた。

「ここから飛び出すな。一騎駆けはならぬぞ。本陣を固めて晴信様をお守りせよ」

景政が命令している間にも、鮮やかな赤一色の「赤備え」の甲冑で統一した飯富隊が諏訪軍に突っ込んでゆくと、彼に負けじと板垣隊が続いた。

「あれは源左衛門尉ではないか」

二人が目を凝らすと板垣隊の中に一際《ひときわ》目立つ大男がいる。槍を小脇に抱え、軽々と馬を乗り回している源左衛門尉の甲冑が陽光に照り映えて眩しい。

源左衛門尉の姿は見る見る内に味方の兵を追い抜き、敵兵の群れの中へと吸い込まれてしまうと、今まで静まり返っていた戦場は一気に怒号と歓声とに包まれた。

意外に数では劣る諏訪軍は善戦していたが、徐々にその数を減らしやがて敗走に移ると、彼らは暗闇が迫る中を険しい山の斜面を登り始めた。するとそれまで晴れ渡っていた青空が一転して黒雲が広がり、一寸先が見えない程の大雨が降りだした。

「諏訪衆が尾根伝いに北へ進み、桑原城の方へ向かっております」と物見の者が本陣へ駆け込んできた。

「追いかけよ。絶対に敵を桑原城に入れるな」

武田軍は松明の灯りを頼りに上川沿いを桑原城へ向かうが、敵は城内に逃げ込んでしまった。

翌朝は昨夜のどしゃ降りが嘘のように止み空一面に青空が広がると、桑原城が上原城よりさらに堅固なことがわかった。その険阻な山の頂にある城を、晴信はどう攻めようかと迷っているようだった。

「頼重殿は諏訪上社を奪おうとする高遠頼継殿を憎んでおります。頼継殿を討つとみせかけて頼重殿に和睦を申し出られては如何かと。義弟の城を攻め落としては何かと悪い評判が立ちますからな」

　戦さの駆け引きに長《た》けた板垣は、「犠牲の多い城攻めより、頼重の人の良さに付け込め」と晴信に進言した。

（そう言えば禰々との婚儀を済ませた頼重は、少しの供侍だけを連れて府中を訪れてきたな）

　戦さを経験していない晴信にも、その時の義弟の姿は武将に似ず警戒心の薄い男だと映った。

「『高遠頼継を討つ』とわしが申せば、あの人の良い頼重はこの和睦に応じるやも知れぬな。よしこの役目は景政にやらせてみよう」

「和睦を勧める役目は、相手が信じ込む程の誠実な者でなければ務まりませぬ。景政ならまさに適役でござるわ」

　景政の人柄をよく知る板垣は、満足そうに頷く。

「やってくれるか。この役目は重いぞ」

　さっそく本陣に呼ばれた景政は板垣から下された頼重を騙すようなこの役目に後味の悪さを覚えたが、城攻めすることでの犠牲を考えれば嫌とは断れなかった。

供には最近晴信の近習となった源五郎を連れていくことになった。

登ってみると、桑原城は攻め難い城であることがよくわかった。

武田からの軍使役として本丸に通された二人は、景政とそう変わらない年格好をした痩せ気味な男と対面した。

（血は争えぬものだ。まるで公家のような高貴な顔立ちをされておるわ。さすがは諏訪大社の神職様だけのことはあるわ）

景政がゆっくりと和睦の話を持ち出すと、「そうじゃ。悪いのは高遠頼継で、やつは諏訪上社の神職とわしの領土が欲しいのだ。晴信殿が頼継を討ってくれるのなら、わしは武田との和睦に応じてもよい」と諏訪領と生命を保証されると知った頼重は、意外な程あっさりと和睦に乗ってきた。

義兄の晴信を信じた頼重と弟の頼高は武田の人質として府中に連れてゆかれ、板垣の菩提寺である東光寺の宿坊に入った。

躑躅ヶ崎館の主殿では陪席を許された景政をはじめ、板垣・甘利・飯富らが集まり、頼重兄弟の処分について相談が行われた。

「諏訪領を手に入れようとされるなら、この際頼重兄弟を殺しておかねばなりませぬ。生かしておけば、いずれやつらは武田に牙を向けてくるでしょう」

板垣は「禍根を断て」と進言する。

「禰々の婿を殺せば腹違いとは申せ、妹を泣かせることになるわ…」

殺害するとなると、さすがに晴信の表情は曇った。

(晴信様は悩まれておられる)

苦渋に満ちた晴信を見るのは、景政には辛かった。

「ここはお屋形に涙を飲んで貰うしかないですぞ。禰々様のことで頼重殿に情をかけると、その同情は仇となってこちらに弾ね返ってくるでしょう。辛いお気持ちはよくわかるが、ここは思い切られよ」

板垣は非情にも晴信に決断を迫った。

「……」

「一日だけ待ちましょう。その間にお屋形は覚悟を決められよ」

そう言い残すと、板垣は他の重鎮たちと足早に部屋から出ていってしまった。

後には晴信と景政だけが取り残されたが、景政は沈痛な面持ちをした晴信を見ると、声をかけることが憚られた。

翌日になって晴信が苦渋の決断をすると、頼重兄弟に引導を渡すという気の重い役目が景政のところに回ってきた。するとそれに同情した源五郎が同行することを買って出てくれた。

　頼重兄弟が住む宿坊は東光寺の境内にあった。頼重は小机に向かって何か書物を読んでおり、庭伝いに近づいてくる足音に気づくと書物を机の上に置き、景政が和睦の折の軍使だったことを思い出したようだった。

「禰々とそれに嫡男・寅王丸はどうしておるのか。府中にいるとは聞いているが……」

「産後につき、体が衰弱されており、ここへはお連れできませぬ」

　苦しい言い訳をする景政に、

「またその言い訳か。何度も使いを走らせたが、いつも同じ返事だ」と、青筋を立て苛立った頼重の目差しは、公家風の外見とは異なり武将の目に変わっていた。

「今日はお屋形から重大な命令を伝えるために参上しました」

　これを聞くと頼重は一瞬緊張したように姿勢を正し、景政の口元を注視した。

　晴信からの命令を告げられると、「なんと、晴信殿はわれらに腹を斬れと申すのか」と頼重は信じられぬというように一瞬驚きの表情を隠せなかったが、かっと大きく見開いた頼重の目の色はやがて驚きから怒りへと変化し、その刺すような眼光がやがて憤怒から諦めへと変わるといつもの落ち着きを取り戻した。

「晴信を信じたわしが馬鹿だったわ」

頼重はぽつんと呟いた。

「わしはこれから腹を斬るが、これは命じられてするのではないぞ。わし自身の愚かさを諏訪大明神に詫びるために行うのだ」

自分に言い聞かすようにそう言うと、頼重は悔しそうに唇を噛みしめた。

「板垣に酒と肴を用意するように申せ。お前たちはしばらく座を外せ。われらはこれから着替えを致す」

頼重が諏訪家の棟梁として見苦しくない最期を遂げようと決心したことを知ると、景政は板垣を探すためその場を立ち去った。

板垣を伴った景政が再び宿坊に戻ってきた時、白装束に身を包んだ二人の前には盃と小刀が乗った三方が置かれていた。

神妙な顔付きで景政と源五郎が酒を盃に注ぐと、二人はそれを静かに口へ運んだ。

「肴はどうした」

「酒だけで我慢して下され。ここは寺院なので肴はありませぬ」

景政は申し訳なさそうな顔をした。

「戯《たわ》け者めが！　肴と申せば脇差のことじゃ。割腹する折には愛用の脇差で腹を斬るのが武士の習わしだ。武田家臣はそんなことも知らぬのか。そのような馬鹿者揃いでは、武田家滅亡の日も近いわ」

大声で叫ぶと、頼重は胸を寛げ三方の上に乗せられた小刀を取り上げ、それを腹に突き立てた。

傷口からは小刀を伝わって鮮血が流れ落ち、白い装束が真っ赤に染まった。

痛みで顔を歪めながらも頼重は小刀に両手を添えると十文字に下腹を切り裂き、頼高も兄に続いた。

二人の壮絶な最期を見詰めたまま、景政と源五郎はただ呆然と立ち尽くしていた。

高遠頼継が武田に反旗を翻したのは、それから二ヶ月も経たない頃だった。

宮川より東を武田領、それより西を諏訪一族の高遠頼継が領有することになっていたが、諏訪領全部の領有を欲する高遠頼継は武田への不満を募らせていた。

彼は上社禰宜の矢嶋満清らと結託すると、板垣が守る上原城を攻め落とした。

「諏訪領を奪い取るよい機会がやってきたぞ」

このことを予想していた晴信の動きは素早かった。

禰々が生んだ頼重の遺子・寅王丸を諏訪家再興の御旗として諏訪領に入った晴信は、諏訪大社へ参り戦勝祈願の願文を捧げた後宮川を挟んで高遠軍と対峙した。

「今度こそはぜひ名のある敵と渡り合い、その首を取りたいものだ」

前回の戦さでは本陣を離れることができず十分な活躍のなかった源五郎は、この戦いでぜひとも兜首が欲しい。

その思いは源四郎も同じだ。

「戦い次第で近習衆まで敵を追撃するような展開になれば活躍の場も生じる」と、景政は逸る二人の気持ちを押さえる。

戦さは宮川に架かる唯一の宮川橋を巡って繰り広げられ、前半は武田軍がほぼ同数の高遠軍に押される格好となった。

「今回も本陣を守るだけで精一杯だな」

源五郎が思わずため息を吐いていると、近習衆の一人が無謀にも味方の陣から離れて敵陣に近づこうとしているのが目に入った。よい獲物を見つけた敵兵は槍衾を作りその者を取り巻いたので、彼は身動きがとれなくなってしまった。

「馬鹿者めが！　命令を無視し一人働きをしようとするからあんな目に会うのだ」

旗指物をよく見ると、それは何かと源五郎に難癖をつけ彼をいじめたがる長坂勝繁のものだった。

「放っておけ。今助けにゆけばやつと同じ目に会うだけだ」

（優しそうに見えるが、意外と源四郎は冷たいところがあるぞ）

息子が苦境に立たされているのを目にした長坂虎房は放ってはおけず、自らの部隊を鼓舞して先頭に立って息子の救出に向かったが、それがきっかけとなって武田軍に勇気をもたらすことになった。

徐々に武田軍は渡河していた敵を対岸へ押し返し始めると、敵は逃げ腰になる。

「よし総攻めだ。この機を逸すな。本陣はわしの手の者だけで十分なので、源五郎や源四郎らは敵陣へ突っ込め」

勝ちに転じたこの戦いで、景政は近習たちに手柄を立てさせてやろうと思った。

逃げる敵を追う武田兵たちの動きは手負いの猪を追う狩人のように敏捷になった。

「源左衛門尉が頼継殿の弟・蓮峰軒を討ち取ったぞ！」

この咆哮に味方からは大歓声があがる。

「やるのう、源左衛門尉は」

源五郎も源四郎も勇んで逃げる敵を追うが、今回もめぼしい敵に出会えなかった。

敵が杖突峠まで退がると深追いすることを禁じ宮川橋まで戻ってきた晴信は、ここに本陣を設けると、敵兵八百もの首実検を行った後、周辺に散在する敵・味方の死骸を片付けさせた。

築城の名人

「この者が以前お屋形に申し上げていた山本勘助でございます」

板垣はそう言うと後ろに控えている男を指差した。

「山本勘助でござる」

重臣たちの目がその男に集まったが、頭を下げた男は小柄で意外と年寄ったように映った。

「顔を上げよ。もっとよく見たい」

晴信の鋭い目がその男に注がれると、男は眩しそうに上段の晴信を見上げた。

その顔は無数の刀傷で醜く歪み、左目は無残にも潰れていた。残った吊《つ》り上がった右目だけが真剣に晴信を見据えていた。

「山本勘助と申したな。板垣から聞いたが、元は葛山《かずらやま》殿の家臣だったらしいな」

「そうでござる。それがしの家は代々葛山氏の家臣として今川家に仕えておりましたが、激しく移り変わる世にじっとしていることができず、外の世界を見てやろうと家を飛び出して長い間修行しておりました。この度今川家が代替わりしたことを耳にして、義元公に仕官しようと思い立ち、今は庵原家に居候しております」

「義元公は会ってくれたのか」

「いまだにお会い下さりませぬ」

無念そうに勘助は頭を振った。

「今川家は大家であり、それがしのような者には敷居が高かったようでござる」

勘助はその当時を思い出したのか、きつく唇を噛みしめた。

「その時板垣からわが家に仕官しないかと申し入れがあったのじゃな」

勘助は黙って頷いた。

「そちはいくつになる」

晴信はこの男に興味を持ち始めたようだった。

「五十の坂を二つ越しました」

「わしは諏訪、佐久、小県とこれからも領地を広げてゆきたい。領地を治めるには多くの城が要るようになる。その方は『城作りにかけては並ぶ者がいない』と板垣が豪語しておったが、城作りの極意とはわかり易く申せば何じゃ」

「お屋形に遠慮なく申してみよ」

この機会に自分を売り込めというように、板垣が声をかけた。

板垣に励まされ、晴信に試されていることを知ると、勘助は姿勢を正した。

「どうあっても敵に城を奪われることなどあってはなりませぬ。城は領国の要であり、城を失うことは領地を失うのと同じことでござる」と前置きすると、勘助は訥々と語り始めた。

「城作りには工夫が必要で、敵が小勢できた時は攻め落とされぬようにしなければなりませぬが、多勢の敵にやむなく攻め取られてしまった場合、今度は味方が城を取り返さねばなりませぬ。攻め落とす時、手間がかからぬように城に工夫を凝らしておくことが肝要です」

勘助の胴間声は聞き辛いが真剣さが込もっている。

「その工夫とは何じゃ」

晴信は身を乗り出し、離れて座っている景政の目も勘助の口元に注がれる。

「こちらの動きを見せずに城から軍勢が出入りできるよう、大手にある虎口の前方に土塁と堀とを設けるのです。それがしはそれを丸馬出と名付けております」

「丸馬出があればこちらの様子を窺われずに出撃できると申すか」

「さようでござる」

「関東ではどこかの城でそういう工夫がなされているのか」

「いえ、まだ誰もやったことがござりませぬ」

「だが実物を見ないことにはよくわからぬな」

推薦者の板垣を除いては、居並ぶ重臣一同の顔には「素浪人が法螺を吹いておるわ」というような嘲りと非難の表情が浮かんでいる。

だが晴信が勘助を見詰める目は輝いていた。

「勘助の築城についての工夫を、景政はどう思うか。率直に申してみよ」

「重臣の手前でも遠慮はするな」と晴信は目で促した。

「城のことなど疎い若輩者ですが、勘助殿の築城についての工夫はまことに斬新だと感心しました。ぜひ武田領内の城作りに取り入れて欲しいと愚考します」

これを聞くと、喧騒が重臣たちの間から広がった。

それを手で制し、「わしも若い者の意見に賛成じゃ。これからは武田の領土はますます増えよう。それを治めるには城が必要だ。その方には老体に鞭打って励んで貰わねばならぬぞ」と晴信は勘助に優しく目を遣り頷いた。

「勘助の値打ちは百貫文では足りぬ。二百貫文出そう。武田のために働いてくれ」

勘助の仕官が決まると、広間からは再びざわめきが湧き起こった。

面通しが済み重臣たちが立ち去ると、板垣に連れられた勘助は晴信に一礼し不自由そうに片足を引き摺《ず》りながら広間から姿を消した。

立ち去ろうとする景政を、晴信は押し留めた。

「お前はあの男をどう見た。遠慮なく申せ」

「それがしの思うところを申しますと、勘助殿の過去はどうであれ、話からは城作りに賭ける情熱のようなものが伝わって参りました。なかなかの人物だと思われます。あの器量でおまけに片目が潰れ、足を引き摺っておられます。その容姿を伝え聞いた義元公は彼と出会うのを嫌われたのでしょう。だがお屋形がいつも申されているように、人間の値打ちは顔、形ではなく中身が大切かと…」

武士だと威張り散らし能力のない人間を数多く見てきた景政は、勘助のように平凡な仕官に飽き足らず、何かを摑もうと修行にでて苦難の人生を歩んできた者には同情の念が湧く。

「よく見たな。お前の申す通り、人間は中身とその心根が大切なのだ」

「申される通りです」

景政の返答に満足そうに頷くと、「これからは城の作り方も変わってこよう。景政は勘助がまだ十分に働ける間に彼の築城術を自分の物とせよ。これから勘助を召す時は、お前を陪席させるからな」と晴信は命じた。

今更ながら晴信の厚い信頼に、景政は深く首《こうべ》を垂れた。

それから五日も経たぬ間に、景政は再び勘助と膝を交えることとなった。

「お前の目には今川家がどう映っているかをぜひ聞かせて貰いたい。存分に思うところを申してみよ」

今川家は駿河、遠江、三河を押さえ、今や尾張まで手を伸ばそうとしている実力者で、父の信虎は娘を義元のところへ嫁にやってまで近づこうとした大家だ。これまでの今川と武田との経緯《いきさつ》を知っているので、勘助は躊躇しているように映る。

「遠慮は要らぬ。思ったままを申せ」

「されば申し上げます。今川は昔からの名門でその家風は高く人材も尽きませぬ。それに義元公は英明な領主でやがて『天下を統一して都に旗を立てるだろう』との風評まで聞こえてきます」

ここまで言うと、勘助は目の前に置かれた茶入れから茶を一口啜り晴信の様子を窺い、彼の目がじっと自分に注がれていることを認めるとさらに話を続けた。

「だがそれがしはそうは思いませぬ。今川家を支えているのは、太原雪斎《たいげんせっさい》様がおられるからです。もし彼が亡くなるようなことになれば、重臣たちだけでは今川家を支えきれず、収拾がつかなくなるでしょう」

勘助は臆することなく、はっきりと自分の思うところを言上した。

訥々とした話しぶりだが、義元が異母兄を破って今川家の当主となった裏には、太原雪斎がいたことが窺えた。

（さすがに勘助殿は今川家の内情によく通じておられるわ）

感心して景政が上段に目を遣ると、晴信は満足そうに頷いている。

（お屋形も勘助殿と同じ思いに違いない。城作りだけでなく、勘助殿の世間を見る目もなかなか鋭いものがあるわ）

風采が上がらない勘助という男を、景政は改めて見直した。

翌年天文十二年になると、諏訪を手に入れた晴信は佐久、小県まで手を伸ばし、佐久に大きな勢力を持っていた長窪城の大井貞隆を降伏させると次に望月城を落とし、佐久、小県への足がかりを作った。

武田家が領地を広げるにつれて、躑躅ヶ崎館は西の方へ曲輪が拡張され、西曲輪には「人質屋敷」と呼ばれる新しい建物が次々と増えていった。

本来なら晴信の側室となる筈だったまだ十三歳になったばかりの諏訪頼重の娘・美

鈴姫がその建物の中でひっそりと暮らしていた。

諏訪家を重視した信虎は自分の娘を諏訪頼重に嫁がせただけでは心配で、晴信と頼重の娘を妻合《めあわ》すつもりでここに住まわせていたのだったが、信虎を駿河へ追放した晴信は、そのことをすっかり忘れてしまっていたのだ。

久しぶりに西曲輪を見回った晴信は、ここにそんな娘がいたことを思い出した。

鼻梁が高いところや切れ長の目などが父・頼重を思い出させたが、父の仇と対面しなければならない悔しさと、自らの身に起こった運命を懸命に受け止めようとする健気さとが娘の態度から窺われた。

一瞬彼女の父を殺した後ろめたさが晴信の心を締めつけたが、彼はそれを打ち消そうと努めた。

晴信が優しい声をかけてやると、娘の美しい顔にはどんな慰めも通じないような厳しい面持ちが浮かび上がり、冷たい目で晴信を見据えた。

「わしが憎いか」

娘は静かに頭を横に振った。

「この乱世だ。こちらがやらねば、今頃わしが詰め腹を斬らされ、わしの死骸が諏訪湖の底に沈んでいるかも知れぬ。この戦国の世に情に流された者は死ぬしかない。悲しいがこれが真実じゃ」

　相変わらず敵意が込もった目を晴信に向けたまま、娘は悔しそうに唇を噛みしめた。

「そなたは父上ではなく、わしが殺されておればよかったのにと思っているのだろうが…」

　娘は黙ったまま睨みつけるように晴信から目を離さなかった。

　気づまりになった晴信は屋敷から外へ出た。そこには屋敷内での会話を耳にしていた景政が控えていた。

「今は人間として本当に生きづらい戦国の世だ。だが、わが領内の者たちをこの娘が味わったような辛い目に合わせぬためには、どうあっても戦さに勝ち抜かねばならぬ。嫌なことだがしかたがないわ」

「お屋形の辛い心中をお察し申し上げます」

　戦国の世の持つ非情さは、父が討死した景政にはよくわかる。

（人々が憂いなく安心して生きてゆけるためには、とにかく敵に勝ち領土を広げ続けるしかない。お屋形はそれがわかって戦っておられるのだ）

　晴信が西曲輪に足を向ける回数が多くなるにつれ、どうしても景政も美鈴姫と言葉を交わす機会が増えてきた。

（こんなに美しい上に、賢明で芯の強い姫は初めてだ）

女を見る目が乏しい景政にも、この美鈴姫の良さがだんだんとわかってきた。

（この誇り高い姫は婚儀を避けて若い身空のまま、仏門に入られてしまうかも知れぬ。この若さで抹香臭い仏の世界に入られるのは外から見ていても辛い気がする。美鈴姫は諏訪神社の化身のように気高いお方だ。どうにかしてお屋形と一緒にしてあげられぬものか…）

憐愍の念と憧憬の入り混じった晴信の複雑な表情が景政の脳裏に浮かんでくる。

景政は晴信が西曲輪から戻ってくると、何度もため息を吐き、何か考え込んでいるのを知っていた。

物音一つしない静まり返った晴信の部屋の灯りが夜更けまで点っていた。

数度も顔を会わす内に、美鈴姫にも景政の人柄がわかってきたらしい。晴信には直接口にできないことも彼には口にするようになってきた。

「尼になって父の菩提を弔いたい。それだけが今のわらわの望みじゃ」

「……」

（こんな美しい美鈴姫が尼になるなどまだ若過ぎるわ。潔癖な子供のような考えだ）

現実は厳しいかも知れぬが、相手に嫁ぎ子供を儲けて母親となる幸せを美鈴姫に摑ませてやりたかったが、悲痛な面持ちで景政を見詰める美鈴姫を目の前にすると、景政にはとてもそれを口にすることはできなかった。

美鈴姫の気持ちを晴信に伝えると、「そうか」と呟いただけだった。

「美鈴姫の心は今は木の芽の蕾のように固いが、時がそれを解《ほぐ》してくれるのを待つよりしかたがないようだな」

その後も西曲輪の美鈴姫の屋敷を訪れる度に、景政は彼女の気持ちが変わるのをじっと待ち続けた。

一年も過ぎると、諦めたのか悲痛な表情を崩そうとはしなかった美鈴姫の面持ちに変化が表われ始めた。

「そなたにはいろいろと気を揉ませましたが…」と静かに前置きをすると、「そなたがお屋形を信ずるように、わらわもそなたを信じて晴信殿のところへ参ろうと決心しました」と美鈴姫は訪問してきた景政に告げた。

娘の決心を景政が伝えると、「そうか、さすがは景政だ。よくやったぞ。尼になると言い張り、手を焼かしていた美鈴姫がやっと承諾したか」と、何度も頷いた晴信は顔を綻ばせた。

（あの清純な美鈴姫がこのお屋形のものになるのか……）

美鈴姫に肩入れをしてきた景政は、喜色を浮かべた晴信に一瞬羨ましさを覚えたが、武田家のためにこれでよかったのだと自分を納得させようとした。

「わしは諏訪頼重の姫を娶りたい」

重臣たちを一堂に集めた晴信は、一同の前でこう切り出した。

重臣たちは席から慌てて立ち上がると、口々に反対の声を挙げた。

「先代が決めていたとは申せ、殺してしまった敵の娘を貰う義理などはござらぬわ」

何を今更言い出すのかと、当惑した板垣は強引に止めさせようとした。

「そのようなことをすれば、今後の武田家に災いが生じましょう」

飯富、甘利も「諏訪神社から天罰が下る」と迷信を持ち出してまで諫める。

晴信の強い思いを知っている景政は、じっとしておれず口を挟もうとした時、重臣たちの陰にいた勘助が前の方ににじり寄ってきたかと思うと、その重い口を開いた。

「皆様が懸念されるのは最《もっと》もでございますが、お屋形はこれからも信濃はおろか都に旗を立てて天下統一されたいという大望を抱いておられる方です。お屋形がそのような大志を持たれていないなら皆様の申されることは最もでしょうが、これからの武田家が天下に向けて広がっていくのであれば、武田家にとっても諏訪衆のためにもこの婚礼はよいのではないでしょうか」

訥弁だが勘助はここで一旦言葉を切って、「新参者が大口を叩くわ」といった表情がこの席の大部分を占めている重臣たちを見回した。

内には原虎胤や小畠虎盛といった足軽大将のように大きく頷いている者もあり、景政や近習の若者たちは目を輝かせて勘助の話に夢中になっている。

「もしその姫に御曹子が誕生したなら、かえって諏訪衆は諏訪家を盛り立てようと一層武田家に忠勤を励むようになり、これこそ信濃平定の最上の策と申せましょう」

「諏訪衆が武田のために尽力する」と聞かされると、反対していた重臣たちは訥々とした勘助の話しぶりにやっと真剣に耳を貸し始めた。

「勘助の申すことにも一理はありそうだ」

軟化し始めた重臣たちは晴信と美鈴姫との婚儀を認めるようになってきた。

重臣たちが席を去り始めると、晴信は勘助と景政を呼び止めた。

「お前のお陰で美鈴姫を尼僧姿にせずに済んだ。礼を申す」

改まってこう言われると、勘助は慌てて手を振った。

「お屋形が美鈴姫を憐れんでおられたことは十分にわかっておりました。それがしがもっと若ければ自分の嫁にしたい程です。あんなに美しい姫を手に入れられて、お屋形は果報者ですぞ。精々励まれて御曹子の誕生を願いますぞ」

「そうだな。勘助の申す通りじゃ。これからは戦さと子作りに忙しくなりそうだ」

晴信は照れたように顔を赤らめた。

翌年（天文十四年）に入ると、「高遠頼継《たかとおよりつぐ》が諏訪を乱している」と上原城にいる板垣から注進が届いた。

「懲りぬやつめが！」

今度こそ頼継を高遠から追い出してやろうと、晴信は高遠城攻めの軍議を開いた。

「いよいよ頼継めを討つ時がきたようだ。問題はどのように城を攻め落とすかだ」

景政の頭の中に行く手を阻む厳しい高遠城の姿が浮かんでくる。

高遠城は三峰川と藤沢川が合流する河岸段丘の上にあり、北・西・南の三方は川に囲まれていて、攻め口は台地続きの東しかない攻めにくい城だった。

「勘助ならどう攻めるか」

重臣たちに遮られて下座に控えている勘助の姿を、晴信は探した。

（城に詳しい勘助殿から城攻めの知識を引き出そうとされている）

晴信の意図を知ると、景政の心の中に勘助の城攻め策に興味が湧いた。

重臣たちの手前遠慮しているように映ったが、「直答を許す」という晴信の声を聞いて、やっと勘助は訥々と話し始めた。

「愚考しますのに、この堅固な城を数に任せてがむしゃらに攻め落とすことは賢明な方法とは申せませぬ。できる限り犠牲は少なくしなければなりませぬ。大軍で城を包囲し、頼継が城を棄てるようにし向けるのがよろしかろうと…」

「敵が籠城を決め込むと長滞在になるわ。こちらは多くの兵糧を用意できぬぞ」

重臣たちは口々に騒ぎ出す。

「もし小笠原勢が福与城の藤沢頼親《よりちか》と組んで攻め寄せてくればどうするのだ」

甘利虎泰は晴信に気に入られているこの新参者を睨みつけた。

「頼親と小笠原長時とは義兄弟の間柄だ。それは有り得るぞ」

飯富虎昌も西方から小笠原の救援が現われることを危惧した。

「心配は要らぬ。姉婿の義元殿からは救援の約束を取り付けておる」

「それは手回しのよいことで。それなら高遠城をいつ攻めますのか」

重臣たちの視線が一斉に晴信のところに集まった。

「杖突峠の雪も四月には融けておろう」

時期を知らされると、一同の目に決意が光った。

「春には高遠を攻めるようだ」

景政から戦さがあることを聞かされた源五郎は今度こそ兜首を取ろうと思う。

「高遠城はなかなか攻めづらいと聞く」

源四郎は相手の城のことまで詳しい。

「城の守りは厳しそうだが、杖突峠も注意して登らねば…」

二人の心はもう高遠の方へ飛んでいた。

杖突峠は幾重にも曲がりくねった坂を登ってゆかねばならないので、峠に連なる山麓から伏兵が現われたり、坂の上から敵兵が岩や樹木を落としたりしてはこないかと、武田軍は雨の中を周囲に目を配りながら進む。泥水が草鞋《わらじ》に滲み込んで滑ったり転ぶ者が相次いだ。

偵察隊からの早馬が本陣に走り込んできたのは、ちょうど晴信が峠の山頂に到着して一服していた時だった。

「高遠城はもぬけの殻です。われらが杖突峠を登ってくることを知り、高遠勢は城に火を放って逃げ出したようです」

呆然としている景政に、晴信は勘助を呼んでくるように命じた。

足を引き摺りながら本陣へやってきた勘助は、雨に濡れて寒いのか震えている。

「敵は逃亡したようだ。お前の申した通り、一兵も損せず城が手に入りそうだ」

頬を緩めた晴信は、再び真剣な表情に戻ると、「高遠は伊那の要の地だ。お前のやり方でこの城を難攻不落の城に作り変えよ。景政は勘助の城作りを手伝え」

勘助にこれだけを告げると、晴信は馬を進め源五郎を呼んだ。

「お前ならこの土地がどれ程肥えているのか、またどんな作物がここに適しているのかわかるだろう。それを調べてこい。それにこの地の米の取れ高も算定しておけ」

その命令を聞くと、源五郎は目を輝かせて立ち去り、翌日には視察してきた纏め書きを晴信のところへ届けた。

「三万石は下りませぬ。これで諏訪五万石に加えて八万石となります。お屋形は大地主にお成りじゃ」と、源五郎は晴信に笑顔を向ける。

焼け残った城門を潜ると、景政は勘助と一緒に煙が燻《くすぶ》る城内を見て回った。

「恐ろしく大きな城ですな」

城内を歩きながら景政は勘助に呟くが、景政が側に居るのも忘れたように、勘助は深淵な堀切の中へ降りてゆくと、手にした杖でその深さを測り始めた。

そして本丸に足を進めると、焼け落ちた屋敷跡に立ち止まり物思いにふけったように空を睨んでいた。

そんな勘助の姿は近寄りがたい意固地な老人のように思われ、彼の考え事の邪魔をしないように景政が周囲の山を眺めていると、「よい城ができそうだ」と目に一杯の喜びをたたえた勘助が近づいてきた。

「今までずっと新しい城の構想を練っておったのだ。その考えがだんだん纏まってきたぞ。これから城の絵図面を作り始めるので、そなたにも手伝って貰うぞ」

欠けた歯を覗かせた勘助の表情は、まるで天真爛漫な子供のようだった。

高遠城から頼継を追い出すと、晴信の目は北の藤沢頼親が守る福与城に注がれた。

武田の動きを察知した小笠原長時は、福与城の北にある龍ヶ崎城に援軍を送ったが、この時義元の援軍が武田軍と合流したことを知った。そのため小笠原の援軍は今川からの加勢と板垣隊から攻撃されることを恐れたのか、意気消沈して龍ヶ崎城を棄てて本城の林城へ引き上げてしまった。

そのため福与城に籠もる藤沢頼親は武田軍の厳重な包囲網のために降伏せざるを得ず、晴信に人質を送って投降してきた。

西を天竜川が流れ、三方が天然の断崖に囲まれた河岸段丘の上に建つこの城は、東南のみが台地に接している。

北の本丸に立って景政が天竜川に沿って展開する広々とした盆地に目を遣ると、その盆地を挟むように東には甲斐駒ヶ岳が、西に木曽駒ヶ岳の鋭峰がその美しい山容を誇っているように映る。

傍らに立つ晴信もその壮大な光景を見入っていた。

「この盆地は地味が肥えており、調べたところ約七万石の米の生産が見込めます」

いつの間にか源五郎が近づいてきて、「これでお屋形は甲斐二十万石に諏訪五万石、高遠の三万石とこの地を合わせて三十五万石の大領主でござる」と破顔した。

この報告を聞くと、晴信は景政の方を振り返り、「わしはこの地に高遠城と同じく新城を築こうと思う。お前は早く勘助から築城術を学び取れ」と命じた。

今回の戦さでも源五郎は源四郎と共に戦功を挙げることができなかったが、武田家の領地が広がるにつれ、やがて信濃を飲み込んでしまうような気がしてきた。

「これからまだ腐る程戦さが続いてゆく。いくらでも兜首が待っていよう」

源五郎が声高に叫ぶと、源四郎は大きく頷いた。

翌年天文十五年の五月、晴信はまだ佐久の大井貞清が守る内山城攻めに忙しかった。

大井氏は佐久では大きな勢力を誇っている一族で、武田を嫌い続けていたのだ。

府中からの伝礼で晴信が本陣へ戻ると、そこにいた重臣たちは、「お屋形お目出とうござる」と繰り返し連呼し低頭した。

晴信は、景政から告げられて初めて美鈴姫に男児が誕生したことを知った。早々に内山城を落とし躑躅ヶ崎館へ凱旋した晴信は、出迎えた正妻の若葉の方に帰国の挨拶を済ますと、足早に廊下を渡って美鈴姫がいる奥座敷へと向かった。

座敷には布団の中ですやすやと眠っている小さな猿のような顔をした生き物の隣に、多少窶《やつ》れてはいたが子供に添い寝する美鈴姫がいて、その体の芯からは何やら母親になった自信のようなものが漂ってくる。

「男の子か。よくやった、大手柄だ。体の方は大丈夫か」

美鈴姫と生まれ立ての子供とを交互に目を遣るが、何か足に異和感を覚え足元を見ると、晴信はまだ草鞋履きのままだった。

その慌てぶりがおかしかったのか、美鈴姫は口に手を当てると体を震わせて笑った。正妻・若葉の方が初めて義信を出産した時、こんなに取り乱した覚えがなかったが、気持ちよく眠っている子供を見て何やら初めて父親になった実感が湧いてきた。

「この子のためにも長生きしなければ…」

思わず呟いた晴信の言葉に、美鈴姫の目が潤んだようだった。

（落城の悲哀を味わった美鈴姫にとっての唯一の救いはこの子供だ。せめてこの子供

には二度と自分と同じ目に合わせたくないとお思いなのだ）

廊下からこの光景を眺めていた景政は、美鈴姫とこの子供だけはどうしても幸福になって欲しいといつまでも祈り続けた。

佐久郡はあらかた晴信の軍門に下ったが、その中でも唯一志賀城だけは武田に応じようとはしなかった。

ここは上野下仁田《しもにた》へと通ずる要所で、北関東に勢力を張る関東管領の上杉領に近く、何かあれば当主・上杉憲政《のりまさ》が助けにきてくれるという安心感があったからだ。

それに志賀城主・笠原清繁《きよしげ》は上杉憲政の家臣・高田一族の娘を娶っているという絆が強い心の支えになっていた。

そのため、志賀城には上杉に与する佐久衆と上野衆との連合軍が籠もり、「武田何するものぞ」と気炎を揚げていた。

「平井城の上杉の様子はどうか」

晴信は美鈴姫を娶ってからより一層勘助を信頼するようになり、彼に足軽七十五人を与え、知行も最初の二百貫から八百貫に増やして足軽大将にまで取り立てていた。

「上杉憲政は昨年の河越城で大敗を喫し、北条に押され気味ですが、われらが志賀城を攻めようとすれば、懸命に阻止しようと致しましょう」

自信をもって勘助は返答する。

武田は北条氏康と同盟していたので、北条の動きを気にせずに志賀城攻めに専念することができた。

七月は雨が少なく、例年になく猛暑日が続いた。

重い冑で身を包み汗まみれになりながら、武田軍は甲斐から八ヶ岳の麓を回って桜井山に布陣すると、そこからは北の山頂に志賀城が望まれた。

「志賀城はあくまで餌です。城を取り巻いておれば必ず西上野からは援軍がやってきましょう。これからの武田のためには、今上杉管領軍を叩いておくことが肝要です」

「志賀城などは眼中にはない。真の敵は平井城の上杉憲政だ」と勘助は強調した。

（勘助殿は信濃平定後のことまで視野に入れておられるのか。次の狙いは西上野にあるようだ。この戦さは佐久平定のためと言うより、西上野への足懸りだな）

二人の話しぶりに耳を傾けていた景政は、勘助の戦略眼に感心しきりだ。

山麓に近づくと、志賀城攻めが思っていた以上にむずかしいことが判明した。城は高山の山頂にあり、南からは深い谷が行く手を阻み、北側は急斜面で登れないことがわかったのだ。

「教来石殿ならこの城をどう攻略されるかな」

城を目の前にして攻め口を考え込んでいる景政のところへ城の縄張りで彼に親しみを覚えたのか、勘助が微笑しながら近寄ってきた。

「こんな小城を力攻めをしてもいたずらに時と人とを消耗するだけでしょう。水の手を絶つのがよろしいかと…」

勘助は大袈裟過ぎるように手を打って、歯の欠けた口を開いた。

「それがしもその手を考えておりました。されば水の手を探さねばなりませぬ」

さっそく景政の策が取り入れられ、甲斐から金山衆《かなやま》が呼び寄せられた。

彼らは甲斐で金鉱を求めて山々を駆け回っている特殊技能を身につけた者たちだ。

勘助の指示を受けると、彼らは見慣れぬ道具を肩に担いで水脈を見つけるために、山の四方に散っていった。

山頂からは兵を鼓舞するためか、太鼓や鉦の音が響いてくる。

「いよいよ上杉勢がやってきましたぞ」

心なしか勘助の声が弾んでいるように響く。

北の方に目を凝らすと、黒煙を噴き続けている浅間山の山麓に色とりどりの軍旗がはためいている。

「敵は西上野の倉賀野《くらがの》党を先頭に約一万ぐらいの軍勢で、浅間山麓の小田井原にぞくぞくと集まっております」

敵の様子を探ってきた物見が駆け込んできた。

「よし、志賀城の包囲はそのまま続け、一部を残して他の者は上杉勢に当たれ。先陣は板垣・甘利・横田・多田に命ずる。慢心せずに用心してかかれ」

武田の本陣に掲げられた大将旗は、依然として志賀城の山麓に置かれていた。

「景政は勘助と一緒に戦いを監視せよ。必要があれば板垣らを助けよ」

晴信の命令が諸将たちに行き渡り、久しぶりに槍を振るえると思うと景政の心は弾む。

源五郎と源四郎の二人は志賀城を押さえるこの本陣に居なければならず、小田井原で戦うことができないと知ってがっかりしたが、一方板垣隊に属している源左衛門尉は、西上野衆と手合わせできると知ると生き生きと顔を綻ばせた。

攻め寄せてくる武田軍を認めると、敵は鬨の声を上げて相手を威嚇し、数を頼んでこちらへ攻め寄せてくる。

先陣を切る板垣の武勇は近隣まで鳴り響いており、景政は板垣の戦さぶりを改めて目にする機会を得た。

（板垣様はもう六十に近い筈だ。それにしても少しも衰えた様子は見られぬわ）

敵中突破してゆく板垣隊はまるで稲妻のようだ。敵兵が板垣隊を避けようとすると、それをきっかけに数で劣る武田軍が、一万を越える上杉勢を押し始めた。

胸がすくような板垣の戦さぶりを、景政は安心して眺めていた。

（さすがは武田随一と言われるだけのことはあるわ）

目を凝らして一塊となって攻め続ける板垣隊を、後方から景政は目で追っていた。

その中には一段と大柄な源左衛門尉の颯爽とした姿があった。

見る見る内に先頭に立ち並み居る敵兵を押し分けて進む。

手を出す者は容赦なく血祭りにあげ、恐れをなした敵兵たちは彼に道を譲った。

源五郎も源四郎も晴信の本陣を守りながら彼の雄姿を妬ましそうに眺めていた。

押され気味になった上杉軍は崩れ立ち、浅間山の山麓に向かって後退を始めた。

この時、景政の目に落馬して地面に倒れ込む板垣の姿が飛び込んできた。

（板垣様が敵の矢に当たったのか…）

晴信の本陣には動揺が走った。

「板垣様が危うい！」

源五郎と源四郎は同時に叫んだ。

駆け出しそうにする二人を「お前たちはここに留まれ」と景政は大声で制し、馬に鞭をふるい戦場に駆け出すと、寄る敵を槍で払い板垣のところに近づこうとした。

すでに板垣の周りには足軽たちが盾となって人の輪ができており、飯富虎昌・真田幸隆などが駆けつけていた。

「気を揉ませたが、わしは大事ないぞ」

近寄ってきた景政に気づくと板垣は照れたように白い歯をこぼす。落馬した時の顔面の擦り傷が痛々しく映るが、鎧についた塵を払うとすくっと立ち上がった。

「こいつがわしの身代わりになってくれたのだ」

見ると一本の矢が深々と馬の胸を貫いており、胸から血をしたたらせながら血が喉に流れ込むのか、馬は口から血を吐き激しい息遣いで苦しみ悶えていた。

板垣は愛馬の首を抱くと、両手で鮮血に染まる首筋を撫でてやった。

「これは景政になついていた『疾風』だ。お前の手で早く楽にしてやってくれ」

景政が「疾風」に近づくと、景政が側にきたのがわかるのか、疾風は前脚を踏んばって立ち上がろうとしたが、後脚が伸び切らぬ内に前脚を折ると崩れるように地面に倒れ込んでしまった。そして大きな目を見開くと、悲しそうに景政を見詰めた。

「さあ早く苦痛を取り除いてやってくれ」といたたまれない気持ちになった板垣は、

愛馬から目を逸らせる。苦痛を見かねた景政が手にした槍を一気に疾風の心臓目がけて突き出した。

天に向かって一声高く嘶いた疾風は、そのままがっくりと首を垂れた。

「最期にお前に会えて疾風も喜んでおろう」

呆然とその場に立ち尽くした景政は、まるで戦友を失ったかのようにがっくりと肩を落とした。震え続ける背中はいつまでたっても止むことはなかった。

夕日が浅間山に傾きかけると、山麓には今まで溢れていた敵兵の姿は消え失せ、取り残された三千もの雑兵の死骸だけが朱色に染まっていた。

翌日、志賀城の山裾には異様な光景が現われた。

背の高さに切られた数千もの竹が山裾に並べられ、その先には小田井原で討死した兵たちの生首が突き刺されていたのだ。

首からはまだ鮮血が垂れており、どの目も恨めしそうに救援にこなかった志賀城を睨んでいるようだった。

「戦いとは酷《むご》いものだのう」

源五郎の頭の中には、晴信の行う戦いはもっと人間味のあるものだという意識があったが、その考えはこの地獄図によって崩れ去った。

（やはり晴信様も戦いに勝つことだけを願うただの人か）

晴信への憧れが強かった分だけ、夢が醒める思いがする。

「晴信様は心の中では泣いておられよう。これは上杉管領からの援軍を期待した志賀城のやつらへの警告だ」

源四郎は晴信の心の内を読む。

「そうか。やはり本心からこのような酷い仕打ちをされていないのだな」

念を押す源五郎に源四郎は大きく頷いた。

こんな光景を見せつけられると、今まで城から打ち鳴らされていた太鼓や鉦は一斉に止み、山頂にある城内は静まり返ってしまった。

「水の手を押さえられ、味方の援軍は逃げてしまったので、敵はもう討死覚悟で突出するしかござるまい」

「夜討ちに用心するように」と勘助が進言したので、その晩は篝火が山裾に煌々と灯り敵兵に備えていたのだが、敵は夜討ちをしてこなかった。

翌日になり山の斜面を這い登り、外曲輪を焼き二の曲輪まで攻め込むと、懸命に抵抗していた敵は本丸まで退いてしまった。

更に武田軍が本丸目指して攻め登ってゆくと、もはやこれまでと観念したのか、敵兵は津波のように攻め寄せてくる武田兵に死に物狂いで立ち向かってきた。

十分な兵糧もなく水の手も押さえられてしまったので、城兵は空腹で振り回す槍や刀に力が入らないが、それでも懸命に戦おうとした。

「甲斐衆の萩原弥右衛門が城主・笠原清繁を討ち取ったぞ！」

「高田憲頼《のりより》の首は諏訪衆の小井弖《でい》良喜《りようき》が貰いうけた！」

これを聞くと、武田軍のあちこちから盛んに歓声が湧き起こった。

争って討死する者も多かったが、抵抗を諦めた兵たちは次々と降伏してきた。

「お屋形の捕虜へのなさり様はちと厳し過ぎはしないか」

気にかかる勘助は景政に呟く。

生捕りになった城兵や女・子供に至るまで後手にされ、腰を縄で繋がれた人質たちの群れが甲斐までの道のりをとぼとぼと歩いてゆくのだ。

中には弱りきって道端にしゃがみ込んでしまう者もいる。

縄を手にした武田兵たちが情け容赦なく鞭をふるってその者を立たそうとすると、縄で繋がれている仲間たちがその場に駆け集まってくる。

「寄るな。お前たちの手は借りぬ。歩けぬ者は斬り棄てるまでだ」

「武田の兵は鬼か。降伏した者まで斬り殺すのか」

縄で繋がれている者は縄を震わせて口々に罵声を飛ばした。

「これはお屋形の命令なのだ。恨むならお屋形を恨め」

それを耳にすると、怒ったように近寄ってきた源左衛門尉は大声で喚いた。

「その命令は板垣様が出されたのだ。晴信様ではない。敵への思いやりの深い晴信様がこんな厳しい仕打ちをなさる訳はないわ」

人質に鞭をふるっていた者は源左衛門尉の恐ろしい剣幕に驚くと、手にしていた鞭を落としてしまった。

源左衛門尉は、「晴信様がそんな命令を下される筈がない」と再び叫ぶと、唖然として彼を見詰めている生捕りの者たちに背を向け、肩をすぼめるようにしてその場を立ち去った。

(この厳しい仕打ちは平井城にいる上杉家への見せしめのためだ。二度と佐久衆が上杉家へ走らぬように、お屋形は心を鬼にしてこのようになされているのだ。心中では泣いておられよう)

景政は晴信の心中の痛みを思った。

甲斐まで連れてこられた城兵や女・子供たちの内、親類のある者は二貫から十貫を支払って身受けをされ、そうでない者は売られたり、甲斐の金山掘りの人夫として遠くの鉱山へ引き立ててゆかれた。

特に笠原夫人は若くて美貌だったので、城攻めに功のあった小山田信有《のぶあり》が側室として領国の都留《つる》へ連れていってしまった。

これまでの戦いを通じて目醒ましい活躍をした源左衛門尉に対して、晴信は感状を渡そうとしたが、本人はがんとしてそれの受け取りを拒んだが、これは初めてのことではなかった。

「景政、やつはわしのやり方に何か不満があるのか。感状をいつも要らぬと突っぱねるのだが…」

晴信は十分に信頼をしているものの、源左衛門尉の強情さを持て余した。

「気になさるには及びませぬ。やつはこれまでも討ち取った兜首は十以上になりますが、その程度の戦功は人並みのことで何の名誉でもないと申しております。やつはなかなかの変わり者ですが、晴信様を大層慕っております」

「無類の戦さ上手だと、家臣たちにも慕われていると聞くが…」

これまでの戦功で源左衛門尉は侍大将として五十騎の家臣たちを与えられていた。

「白地に胴赤の旗差物をした源左衛門尉の隊が御幣の馬標を押し立てて進む様は、誠に絵になる男ですが、我が強く人の申すところをよく聞かぬ癖は他国で生きてゆかねばならないので自然と身につけたものか、なかなかすぐには抜けませぬのう」

景政は源左衛門尉の情に厚く人間味の深いところは十分に買っていたが、融通が利かぬ点を改めさせたいと思っていた。

「やつはこれからきっと武田家を背負う程の男となりましょう。たとえ欠点の一つや二つがあったとしても、目をつぶってやることも必要でしょう」

「そうだな。これからが楽しみなやつだわ」

晴信も源左衛門尉の力に期待している。

晴信が棟梁となってから武田の領地も急に増え、多種多様で有能な若い者たちが育ってきていた。

（これで晴信様は北佐久五万石を手に入れられた。父・信虎様を駿河へ追放してから六年経つ間に、お屋形は諏訪をはじめ、佐久・高遠・上伊那郡を含め二十万石を手に入れられたのか…）

数年で領地を倍に増やした晴信がどこまで武田領を延ばしてゆくのか。景政の胸は期待で膨らんだ。

北信濃の主

上原城から大門峠を通った八千もの武田軍は塩田平を目指す。

二月に入ってからは雪のちらつく日が続き、峠は深い雪に閉ざされていた。

雪をかき分けながら進む武田の兵たちは佐久の長窪城に着くとすぐに雑炊で腹を満たし、火に当たって体が温まってくると急に睡魔に襲われた。

十分の睡眠で人心地ついた重臣たちは晴信の周りに集まり、軍議が始まった。

「小笠原と村上とが一緒になってわれらを襲ってくる気遣いはないのか」

もっとも懸念していることを晴信は口にした。

「いえ、その恐れは無用かと…」

小笠原の動きに目を光らせている板垣はそれを打ち消した。

「村上義清はどのような戦さぶりをする男なのだ」

晴信は彼の戦さぶりから相手の人柄を知ろうと努める。

「義清は直情径行な男で、部下には情け深く大層慕われているようです。それに義清を取り巻いている兵たちは諏訪衆と違い強固な者揃いで溢れておりますが、裏を返せば、やつは情に脆《もろ》いという欠点があります。『武田に敗れると人質として売り払われてしまう』という志賀城の噂を耳にしている義清は、お屋形の首をどんなことがあっても取ってやろうという強い覚悟でこの戦さに臨んで参りましょう」

五十歳を越す古武士のような義清が自分とよく似ていると思いながら、「油断禁物」だと板垣は強調する。

「やつはお屋形と是が非でも雌雄を決するつもりですぞ。真っ向勝負を避け、周辺に伏兵を潜ませ横から敵の本隊を突かれては如何か」

板垣は激突の回避を促したが、晴信は珍しくこの忠告を拒んだ。

「村上義清など何程の者じゃ。やつの挑戦を真っ正面から受けてやり、完膚なきまでに叩きのめしてやろう。二度と武田に逆らえぬようにしてやらねば…」

強い決意で晴信の頬は朱に染まった。

(今回はいつもの晴信様とは違うぞ。何故お屋形は板垣様の申されるようになさらぬのだ。いつになく驕っておられるようだ)

小田井原で数に優る上杉軍を破り、また志賀城を落とした時にふと晴信が見せた残虐な表情を、景政はこの時になって思い出した。

(あの時は気にならなかったが、あれは戦いに勝った自信からきた驕りだったのか。その自信がもう一度村上勢に通用すると思われておるのか。やつの敵愾心は侮れぬぞ。お屋形の心の隙に油断の影が忍び寄ってきている。もっと心を引き締めねば…)

自信満々の晴信を見ると、景政は口を挟むのを止めた。

長窪城を発った武田軍は千曲川沿いを上田平を目指す。

上田平では見渡す限り麦の穂の青い絨毯が敷かれ、それが風に揺れていた。

一方村上軍は葛尾《かつらお》城を出発し、千曲川沿いの街道を南下し、川に突き出している人間の鼻のような格好をした「岩鼻」と呼ばれている巨岩を目指して浅瀬を渡河する。

そして天白山の麓に陣取った村上軍からは、「この戦さは絶対に負けられぬ」という固い心意気が武田軍にまで伝わってくる。

山麓に翻った大将旗が移動し始めると、敵は一丸となって山を降り武田軍目がけて一目散に突進してきた。

「南無阿弥陀仏」と書かれた旗を背負い、経帷子を身につけた敵兵は、景政の目には死者の行列のように映った。

怒濤のように山を駆け下ってくる敵の勢いは一向に衰えることを知らず、武田軍は予想外の苦戦を強いられ押され始めた。

「何をもたついておるのだ。押し返せ！」

高台から戦況を凝視している晴信は、思わず采配を強く握りしめた。

前進を続ける敵は、討ち倒した敵兵の首に見向きもせずに晴信の首を狙ってくる。

まるで板に弾かれた球のように前線にいる板垣隊は押し返され、旗色が悪くなり焦っているように映る。

（あの板垣様が苦戦されている）

景政は初めて見る光景に目を疑った。

戦場は敵と味方の兵で混乱していたが、横に広がっていた敵兵はやがて一本の矢のように縦に纏まると、中央にいる晴信の本陣目がけて動き始めた。

「お屋形をお守りせよ！」

甘利虎泰は大声で叫び自分の兵たちを本陣に戻そうとするが、馬は降り積った雪に足を滑らせなかなか本陣に近寄れない。

「ここに甘利がいるぞ。こいつは武田の重臣だ」

一人が叫ぶと、敵兵は一斉に甘利隊に襲いかかった。

本陣に目を遣った甘利の一瞬の隙を突いて、敵兵が突き出した槍の穂先が甘利の脇腹を貫き、堪らず落馬した甘利のところへまるで羊を襲う狼の群れのように敵兵が集まってくると、たちまち甘利の姿は群れの中へ消えて見えなくなってしまった。

「甘利の首を貰ったぞ！」と敵兵の声が響くと、どっと歓声が湧きあがった。

景政は本陣に居座る晴信を敵兵から守るだけで精一杯だった。

次々と迫ってくる敵を槍で突き倒しては、また向かってくる新たな敵に備えた。

こんな強敵は初めてだった。まるで幽霊のように地面から湧き起こり、斬り伏せても次から次へと新手が押し寄せてきて、敵兵の返り血で染まった景政の顔はまるで赤鬼のようだ。

傍らにいる晴信も刀を抜いて斬り結んでいたが、手傷を負っているように映った。

「大事ありませぬか」

敵兵に阻まれて晴信の側に駆け寄ることができない景政は、大声で晴信に叫んだ。

「ほんの擦り傷じゃ。心配は要らぬ」

その声は嗄れてはいたがいつもの落ちついた声だった。

本陣にいる源五郎も源四郎も攻め寄せてくる敵兵から晴信を守るだけで精一杯だ。

源四郎が落ち着いて迫ってくる敵兵に槍を突き出すと、敵は悲鳴を上げて倒れた。

その槍を敵兵から引き抜くと次の敵兵に向かって身構える。

源五郎は景政から槍の荒稽古を受けてはいたが武士として育った訳ではないので、この修羅場ではいつもの稽古と勝手が違い死に物狂いに槍を振り回すだけだ。

それでも持ち前の糞度胸が物を言い、彼の大声が敵を牽制するのに役立った。

だが敵は倒してもその数を増してくる。

「晴信様は無事か！」

聞き慣れた胴間声が響くと、甲冑のあちこちに敵矢が刺さった源左衛門尉が馬で駆けてきた。

「ここにおられるぞ」

源五郎の声は強い味方を得て一段と大きくなる。

寄せてくる敵兵は満身創痍ではあるが源左衛門尉の強さを知っているのか、すぐには寄ってこない。戦場では武田兵と村上兵とが槍や刀を交える音と、地が震えるような喚《おめ》き声とが響く中、「板垣を討ち取ったぞ！」と叫ぶ歓声を耳にしたように思った。

（あの板垣様がどうして村上軍などに討たれようか。これは敵の策略に違いない）

景政は心を落ちつかせようとした。

その時、勘助を乗せた馬が本陣に駆け込んできた。

その歪んだ顔つきは重大なことが起こったことを物語っていた。

「村上勢の狙いはこの本陣でござる。板垣・甘利様は討死されましたが、甘利殿の嫡男・昌忠様がかろうじて持ち場を支えておられます。しかしどこまで耐えられるかはわかりませぬ。今すぐに何か手を打たねば、味方は総崩れしそうです」

両重鎮が討死したと聞いて、晴信は一瞬信じられぬというような表情をしたが、意外に落ちついているように思われた。敗戦の中にあって晴信の平静さが景政には頼もしかった。

「義清めはこれだけ前線に兵を送り込んできておるので、きっとやつの本陣は手薄になっているに違いない。すぐに義清の居場所を捜し出せ」

これだけを告げると、唯一敵を押している小山田信有の軍に晴信は本陣を移した。

「義清はあそこにいますぞ」

戻ってきた勘助は鋭く光る片目を、天白山の山麓にある松林に遣った。

「勘助でかした。これで形勢が変わるぞ。小山田隊は義清本隊攻めの先陣をせよ」

混乱した戦場を切り裂くように小山田隊の精兵が天白山の麓へ疾駆する。

晴信の睨んだように義清の本陣にはほとんどの兵が出払っており、そこを突かれた義清は突然の敵兵の出現に驚いたようだった。

義清は小山田隊のために猟犬に追いたてられた獣のようにじりじりと山麓から北の

方へ退いてゆかざるを得ず、大将旗が後退しているのを目にすると、村上軍の勢いは寄せていた波が引くように弱まり、やがて敵兵たちは天白山の山頂の方へと退がっていった。

だが武田軍には敵を追って山頂にまで攻め込む余力は残っていなかったので、山頂の敵に備えて兵たちを配備すると、討死した味方の兵たちを回収し始めた。

「これで助かったな」

源四郎は大きく息を吸った。

「正直もうだめかと思ったが、命拾いしたな」

その場にしゃがみ込んでしまった源五郎は、安堵のため息を吐く。

「それにしても激しい戦さだったなあ。村上軍は聞きしに増して強者揃いだったわ。これからはやつとの戦いが続くと思うと何やら気が重いぞ」

こんな相手と戦えばいくつ命があっても足りぬと、源五郎は思う。

戦場に目を向けると、これまで目にしたこともない程多くの死骸が集められ、その中には板垣と甘利の首も混じっていた。その二つの首は目を大きく見開いたまま無念そうに天を睨んでいた。

弓矢で傷ついた脚を引き摺りながら、源左衛門尉は昨日まで元気で彼を励ましてくれた板垣の生首を眺め、源五郎と源四郎は両重臣がいなくなれば、今後誰が重臣となって晴信を助けてゆくのか、不安そうに二人の首を見詰めていた。

晴信はその首に近づくと思わず跪《ひざまず》き、がっくりと首を項垂《うなだ》れた。そして静かに手を合わせると見開いている両目に手を当てて、二人の悔しさを静めてやるようにその目を閉じてやった。

「わしが間違っておった。板垣の勧めに応じるべきだった。もっと慎重に構えていなければならぬことを、板垣は身をもって知らせてくれたのだ」

晴信の呟きは川を渡ってくる寒風に吹き消されたが、景政には腹の底から湧き上がってくる怒りを晴信は噛み殺しているように思われた。

勘助は景政と二人きりになると、「お屋形の胸の内を思うとじっとしておられぬわ」と醜い顔をさらに歪めた。

「お主はお屋形から目を離すな。義清は落胆したお屋形の隙を狙っておるぞ」

だが幸いにも、勘助の危惧は取り越し苦労で終わった。

義清は山頂から武田軍の動きを見張っていたが、彼にはもう戦う余力は残っていなかったのだ。

双方とも十日以上の睨み合いを続け多少の小競り合いはあったものの、再び村上軍が山を降りてくる様子はなかった。

「お屋形は多くの重臣たちを死なせたことで意地になられ、どうしても義清より先にこの地を離れぬつもりらしい。義清に負けたとはどうしても認めたくないのだ。だが兵たちは甲斐に戻りたくてしかたがないように見える。お屋形に帰国を促す何かよい方便はないものか」

さすがの勘助にも妙案は浮かばないようだ。

「これ以上の対陣は味方の士気を落とすだけだ。お屋形の側にいる景政殿なら何か良い知恵があろう」

「ここはお屋形の母親の八代《やつしろ》様からの説得が一番有効かと思います。母親思いの晴信様ならきっと彼女の申されることに率直に従われましょう」

晴信の親孝行ぶりを知っている景政の一言で、勘助が甲斐へ走り八代に会って手紙を貰ってくることに成功した。

晴信はその手紙に目を通している。

「大層な戦さだったと聞きました。戦いには勝つことも負けることもありますが、母親にとって一番大切なことは戦さに勝つことではありませぬ。わが子の無事な姿を見ることなのです。早く帰陣させ親爺たちを安心させてやって下され」

手紙には愛するわが子を故郷で待つ母親の切ない思いが溢れていたが、それでも勝ちに拘《こだわ》る晴信は戦場から動こうとはしなかった。

更に十日も経つと暦は三月となり、天白山にもちらほらと紅や赤の梅の花が目立ち始め、兵糧が尽きそうになってくると兵たちは動揺し始めた。

この時になって初めて、晴信はこれ以上兵たちをここに留めておくことができないと判断したようだった。

「そろそろ帰国するか」

やっと晴信が重い腰を上げると、兵たちは一ヶ月にも渡る対陣から解放される喜びの声をあげた。

「これでやっと府中へ帰れるぞ」

腹の底から源五郎は帰国が嬉しかった。

今回はもう駄目だと思うことがあった分、無事に故郷へ帰れるのが待ち遠しかった。

「お前の頭には妻や子供の顔がちらついているのだろう」

源四郎が冷やかす。

「馬鹿を言え。わしにはまだ妻や子はおらぬわい」

「諏訪攻めの時にお前に会いにきたのは、妻ではないのか」

源四郎は自分より年下の源五郎に子供がいると思い驚いていたのだ。

「あれはわしの姉とその子だわ」

「そうか。それを知って安心したぞ。わしより若いお前がわしより先に妻を娶ることはあってはならぬからな」

源四郎は大人しいが負けん気が強い男だ。妻帯するのも年功序列でないと気が済まないようだ。

姉のことを聞くと、源五郎は石和にいる姉のことが恋しくなった。

(姉は健勝であろうか。義兄は商売を上手くやっているだろうか)

府中まで会いにきてくれた姉のことが急に懐かしく思い出されてきた。

村上軍の追い撃ちに用心しながらゆっくりと退いてゆく武田軍を、山頂の村上軍はただ眺めているだけで一兵も出撃してくる様子は見えなかった。

深志城

「晴信敗れる」

この噂が信濃中に広がると信濃は蜂の巣をつついたようになり、この時とばかりに反武田方の勢力は一挙に盛り上がった。

諏訪地方では討死した板垣信方に替わりその弟・室住玄蕃允が上原城代を務めたが、彼では押さえが利かず、信濃の守護である小笠原長時を核にして仁科《にしな》盛能、藤沢頼親らが諏訪下社領に乱入した。これに呼応して諏訪西方衆らは矢島頼光と花岡忠常らが主体となってその動きに便乗しようとし、それと時を合わせて佐久の小豪族たちが武田の前線基地としている前山城を攻め落とした。

こうした反武田の騒動を知った晴信は、急いで躑躅ヶ崎館で軍議を開いた。

だが重鎮の席には板垣・甘利の姿はなく、代わりに飯富が一番長老の席に座り、足軽大将の小畠、原それに勘助らに続き、景政をはじめ春日源五郎、工藤源左衛門尉、飯富源四郎といった若者の顔ぶれが並んでいた。

「わしは先に佐久の国衆を叩くべきか、それとも小笠原と戦うべきか迷っているのだ。もちろん諏訪の反乱を裏で操っているのは小笠原だ。まずやつを先に叩き崩したいが、やつの兵力はわが武田とほぼ同じだ。やつに勝てば信濃の大半は掌中に入るが、敗れれば甲斐まで手離さねばならぬかも知れぬ。これは武田の命運を賭けた厳しい戦さとなるだろう。そこで皆の意見が聞きたいのだ」

ここ数日間悩み続けてきた懸案事項を晴信は口にした。

緊張した一同の目が前面に広げられた絵図面に注がれる。

「先に小笠原を叩くべきでしょう」

まず最初に勘助が口火を切った。

「そうするとまず気にかかるのは上田平でわしに勝ったと吹聴しておる村上の動きだ。もし万が一、村上が小笠原と示し合わせてこちらに攻め寄せてくるようなことがあれば一大事だが……」

村上の動きを危惧している晴信は、勘助の方に体を向けた。

「この戦さはどうしても勝たねばなりませぬ」

こう前置きをした勘助は、ゆっくりと絵図面から目を離した。

「まず義清殿が長時殿と一緒に動くことはありますまい。あの志賀城攻めや上杉軍との戦さの折も、やつは黙んまりを決め込んでおりました。今は北信濃の高梨氏と領地のことで揉めておりますので、長時殿が誘っても自領のことで手一杯で、とても諏訪まで出てこれぬでしょう」

間諜を放ち、武田領外に目を配っている勘助は自信たっぷりだ。

「佐久衆の方は小笠原を料理してからでも十分に間に合いましょう」

「そうか。小笠原が先か…」

勘助と考えが一致したことで、晴信は満足したようだった。

「景政ならどう戦うか。思うところを申してみよ」

小笠原と戦うと決まると、晴信の目は景政に向けられた。

何度も諏訪を訪れたことがある景政の頭の中には、戦場となるだろう地形が浮かんでくる。

上原城からは諏訪湖越しに壁のように立ち塞がる塩尻峠の姿が望まれた。

約千メートル近くあるこの峠を越えると、西には小笠原氏が領有している松本平が広々と伸びている。

「まず塩尻峠を挟んだ戦さとなり、長時殿はこの峠の上でわれらを待ち受け、われらが登ってくるところを討とうとするでしょう」

　この景政の返答は同じことを想っていた晴信をさらに満足させた。

「そうさせぬためには、相手を峠から引き摺り降ろさねばならぬな」

　晴信の言葉に一同は頷いた。

　進軍を始めた武田軍は甲信国境に近い長坂の大井の森に野陣を張る。

　急げば満一日で移動できる十七里の距離を、武田軍はゆっくりと進み、この森で八日間も逗留し続けた。

　本陣からは各地へと軍馬が駆け出し、しばらくするとまた戻ってきた。

「さっさと軍を進めたらよいものを、一体晴信様は何を考えておられるのだ」

　晴信が小笠原との決戦を渋っているように映る源五郎は苛立って声を荒げた。

「お前が焦れているように、敵も直っすぐに松本平まで攻めてこない武田軍を待ち侘びておろう」

　源四郎は敵の心理を突くと、「これが晴信様の戦い方だ。わが武田が村上義清との戦いに敗れて、小笠原攻めを迷っていると、相手に思わそうとされているのだ」

「そうか、それでわざとこの森でゆっくりしておるのか」

　納得したのか、源五郎の声は穏かさを取り戻した。

「それにしても今度の晴信様の決意は並々ならぬものがあるようだ」

源四郎は晴信の目付きが尋常でないことに気付いている。

「勝てば信濃の大半を奪えるし、負ければ甲斐を持ち堪《こた》えるのも難しいと判断されているようだ」

いわばこれが武田家の命運を決める一戦になると申すのか」

源五郎はこの戦さがそんな重大な意味を持つと思うと武者震いがしてきた。

「新しい旗を見たか。晴信様がこの戦いに臨んで作らせたものだ」

源四郎はこの旗を見て、晴信の決意を知ったようだった。

大井の森の本陣にはいつもの真紅の地に「南無諏方南宮法性上下大明神」と書かれた本陣旗とは別に、黒生地に金文字が連なった見慣れぬ旗が風に靡いていた。

この旗は景政が初めて目にするもので「疾如風　徐如林　侵掠如火　不動如山」と十四文字の漢字ばかりが並んでいた。

武田家の菩提寺である恵林寺で戦勝祈願した折、寺の住職の快川が晴信が特に好きな『孫子』からこの言葉を選び出し、低身した晴信が神妙な面持ちで礼を申し述べていたことを、この時になって初めて景政は思い出した。

その時の満足そうな晴信の面持ちを思い出しながらこの旗を眺めていると、背後に足音がした。

「なかなかよい言葉であろう」と振り返った景政に晴信は微笑を浮かべた。

「わかるか。この意味が」

「何やら少しはわかるような気がしますが…」

「これは人間の心の持ちようを申しておるのだ。戦さは人間の本性だ。その苛烈な戦いに当たって人々が取らねばならぬ洞察力、冷静さ、沈着な行動力また火のように激しい爆発力、それに人間という弱い存在を克服するために必要な不動の心。それらすべてをこの文字が表わしているのだ」

（そんな深い意味があったのか。わしは戦いとはこうするものだと思っていたのだが…）

景政は己の浅学を恥じた。

（この言葉は弱い存在である人間という生き物が、戦いといった極限の状態におかれた時にどう生きたらよいのかを教えておるのか。お屋形は「孫子」が申すように戦さという厳しい試練を通じて、兵たちが右往左往しないようにわれらを導こうとされているのだ）

晴信に仕えたことが景政には誇らしく思われ、何やら「孫子」その人が景政の目の前に立っているような気がしてきた。

なおも武田軍が国境でじっと留っていると、敵の目にも「武田は義清との負け戦さが相当堪えている」と映っているようだった。

（敵を峠から引き摺り降ろそうと、お屋形は気力が萎えたふりをされているのだ）

景政は小笠原勢が峠から攻め降りてくることを願った。

「村上義清は高梨政頼《まさより》と川中島辺りで揉めており、とても諏訪へはやってこれませぬ。二人は越後の長尾景虎《かげとら》に仲介を頼んでおるようで…」

川中島からの早馬が到着し、伝礼は息を切らせながら一気に話した。

この報せを聞くと、晴信は各方面に通じている勘助の方に首を傾けた。

「長尾景虎？　聞かぬ名だな。どのような男なのか？」

「越後守護代になったばかりの者で、年は確か二十歳になったところだと…」

晴信の目が大きく見開いた。

「二十歳の若者のところへ義清や高梨といった歴戦の強者が仲介を頼むとは、越後にはすごいやつがいたものだわ」

側で晴信の囁《ささや》きを耳にすると、景政は驚きの声をあげた。

（お屋形を手古摺らせたあの義清が、二十歳そこそこの若者にすごすごと頭を下げて

いるのか。まあよいわ。これで上手い割合に小笠原との戦いに集中できそうだ）

長尾景虎という男のことは、もう景政の頭の片隅から消えていた。

この朗報を受け取ると、晴信の動きは素早かった。八月十八日まだ山々が白んでいる頃、大井の森を抜け出した武田軍は上原城を目指した。

周辺からはぞくぞくと兵が集まってきて、上原城に着いた頃には総勢は七千に膨れ上がっていた。

上原城でさっそく小笠原攻めの軍議が開かれた。

この時、景政は数日間練り上げた策を一同の前で披露した。

「お屋形は誘い出そうとされましたが、敵はなかなか乗ってきませぬ。そこで敵が峠を降りてこなければ、こちらから峠を登るしかありませぬ。峠道は勝弦《かつつる》・田川・小野・塩尻の四つの峠があります。多分小笠原軍は五千の兵をこの四つの峠の山頂に配置し、われらがやってくるのを待ち構えておりましょう。上にいるやつらが有利で、下から登るわれらが不利なことは申すまでもありませぬ。そこで一部隊が本陣と見せかけて敵が一ヶ所に集中している隙に、主力は他の峠を登りやつらを横から突くのです。やつらが麓に降りてこない以上、これ以外に勝つ方法はござりませぬ」

「つまりお前が囮になるつもりか」

景政が頷くと、身を乗り出してきた晴信の目が光った。

「同時に四つの峠から登るというのか」

「そうです。早く山頂に着いた部隊が敵の横腹を突くのです。勝敗はいかに早くわが軍が登頂できるかどうかにかかっております」

考え込むように晴信は目を閉じた。

（慎重なお屋形はわしの案も含め、あらゆる場合を想定されておられるのだ。だが小笠原軍を破るには、わしの策以外には他はないだろう）

それは大井の森に留っている間に景政が考え尽くした策で、相談を受けた勘助も賛成してくれたものだった。

晴信は大きく目を見開くと頷いた。

「それでお前はどの峠道を登るつもりなのか」

「ここを登ろうと思います」

景政は絵図面を指差した。

「勝弦峠か。かっつる、勝つと弦か。これは縁起のよい名前だわ」

鋭い晴信の目元が緩んだ。

「その策でゆこう。わしからは鉄砲隊をつけてやる。お前は本隊を率いているように、できるだけ賑々しく登れ。早く登った隊は油断している小笠原軍を山頂から追い落とせ」

　軍議が済むと、源五郎と源四郎それに源左衛門尉は景政のいる陣までやってきた。

「ぜひお供をさせて下され」

　口をぎゅっと結んだ三人の顔を見て彼らの決意を知った景政は、頬を緩めた。

「多分そう申してくるだろうと思っていた。お前たちがわしを思う心は嬉しいが、お前たちには晴信様を守るという役目があることを忘れるな。わしには代わりがあるが、晴信様には代わりがない。わしのことは心配せずともよい、この戦いはわしの囮の役が上手くいくかどうかにかかっている。前途あるお前たちまで囮役に引き摺り込む訳にはゆかぬからな」

　景政は微笑んだ。

　景政の気性からして、三人は強いて主張しても無駄だということを知っていたので、黙って頷くしかなかった。

「どうぞご無事で。晴信様のことはご心配なく。景政様もしっかりと囮役を成し遂げられ、生きてまたお目にかかりましょうぞ」

　源左衛門尉がそう言うと、他の二人も黙って頭を下げた。

諏訪の村人を道案内に、城を出た景政隊は黒闇の中を松明の灯を点さずに勝弦峠へ進む。山麓の今井には小笠原兵たちの篝火が煌々と点っていたが、彼らに気づかれぬよう注意して脇を抜け、峠道を避けて獣道を這うように進む。

勝弦峠の登り坂には武具で身を固めた小笠原兵が坂道を見張っており、篝火が道を真昼のように明るく照らしていた。

景政隊は何とか山頂近くまで敵に気づかれずに登ることができ、闇が白んでくるまでそこで仮眠をとることにした。

夏といっても夜になるとさすがに肌寒く、温かい寝床が恋しくなる。

敵も眠っているのか、山頂周辺は妙に静まり返っている。

やがて二刻も経つと、乳白色をしたひんやりと肌寒い山の空気が周囲の山々を包み始め、あちこちから小鳥の囀《さえず》りが聞こえてきた。

兵たちは目を醒ますと眩しそうに目を擦るが、彼らの目は「勝つぞ」といった強い光を放っていた。

山麓からは狼煙が登り、他の三道から攻め登る準備が整ったことを知らせてくる。

景政はそれを認めると立ち上がった。

「さあ、賑々しく登るぞ」

鉦を打ち鳴らし、兵たちは鬨の声をあげながら山頂を目指す。

「敵がやってきたぞ。武田軍の不意討ちだ」

山頂では急いで武具を身につける音と、慌てふためく声とが交互する。

「派手に騒いでこちらに注意を集めさせよ」

景政が合図をすると、駆け降りてくる敵兵目がけて鉄砲の轟音が鳴り響いた。

二十丁そこその鉄砲だが、遠くの山々からの木霊で雷が落ちたかのように周囲の空気を揺るがせた。

だが鉄砲音が途絶えると、小笠原兵たちが迫ってくる。

勝弦峠を武田の主力部隊が登ってきていると思い、他の峠の山頂を守っている敵兵たちも尾根伝いに勝弦峠に集まってくる。

彼らの姿を目にすると、景政は小笠原兵たちを一身に引き受けてやろうと思った。

「敵はわが隊が本隊だと思っている。できるだけ多くの敵をここに集め、この地を死守せよ」

「風林火山」の大将旗が風に振れる内、景政は群がってくる敵兵を槍で突き刺し、その場に踏み留まる。敵兵はまるで蟻の大軍のように、斬り倒しても次々と山頂から湧くように姿を現してきた。

再び二十丁の鉄砲が玉を放つと敵兵は胸や腹を押さえて倒れるが、硝煙が薄れてくると敵兵は更に近寄ってきた。すると、地に伏せて弓矢を放つ景政隊の矢は近づいてくる敵兵に命中し、敵の前進が一瞬止まった。

敵兵は樹木の陰に身を潜めて、攻撃の機会を窺いながらその距離をじりじりと詰めてくると、大声をあげながら襲ってきた。

固まっていた味方の兵は散り散りになり、景政の身の回りも敵兵で犇《ひし》き始めた。景政の息は切れ、振り回す槍を握る手も痺《しび》れてきた。

（これまでか。よく働いたものだ。もう何も思い残すことはない。後はわしの策が成功してくれることを祈るばかりだ）

観念したように景政は目を閉じた。

その時、近くで大声が響いた。

「景政は無事か。原が加勢に参ったぞ」

（原殿か）

景政はぼんやりとその声を聞いた。

「よくやった、景政。味方は峠の上に着いて、今こちらへ援軍が向かっているぞ」

今度ははっきりと聞こえた。

（小畠虎盛様の声だ）

「戦いはお前の策通り上手くいったぞ。さすがわしの見込んだ男だけのことはあるわ」

（勘助様までも参られたか。この戦さは勝ったな）

勘助の胴間声はすぐそこだった。

景政の周りに味方が増えてくると、今まで景政隊に群がっていた敵兵の姿は急に減り始め、山頂で聞こえていた激しい鯨波や鍔迫り合いの音も徐々に遠のいていった。

景政が周辺に目を遣ると、そこには返り血を浴びて赤鬼のようになった原・小畠・勘助らの顔が迫ってきた。

「よくやり遂げたなあ。これで教来石景政の名は小笠原衆に鳴り響くぞ」

白い歯をむき出して虎盛が冗談を言うと、「いや小笠原衆どころか、信濃中に知れ渡るわ」と、原が豪快に笑い飛ばした。

「あまり褒め過ぎると本気にするぞ」

気がつくと側に晴信が立っていた。

「これはお屋形。小笠原軍はどうなりましたか」

「やつらは戦場を棄てて塩尻集落に向かって逃げていったわ。お前のお蔭でわが軍の大勝利だ」

晴信の顔が陽光に当たって若々しく輝いている。

虎盛の肩につかまって峠道から山頂に登ると、そこには敵兵の死骸が至るところに転がっており、「風林火山」の金文字が陽光を浴びて眩しく輝いていた。

景政の無事な姿を目にすると、源左衛門尉、それに源五郎や源四郎も景政の周りに集まってきた。

「大役を果たされ、ご無事で何よりでございました」

源左衛門尉が目を潤ますと、感情家の源五郎はぽろぽろと涙を零《こぼ》した。

「鬼の霍乱か。強面の男が三人揃って目に涙を浮かべているなど様にならぬぞ」

景政の微笑に三人は泣き笑いのような妙な顔をして照れた。


小笠原との戦いによって諏訪西方衆は所領を没収され、その領地は戦功に応じて武田家臣と諏訪東方衆とに分けられた。

戦後処理を行うと晴信は上原城に戻り、諏訪上社に立ち寄り太刀一腰を奉納した。社殿の前に両手を合わせた晴信は、神妙に頭を下げしばらく小声で何かを呟いていたが、やがて目を閉じた。

そして再び開いたその目は何やら決心したように空を睨んだ。

武田軍は佐久へと軍を進めると、前山城をはじめ取られていた城を奪回した。

この晴信の素早い動きに、義清は本城の葛尾城から様子を窺うしかなかった。

佐久を鎮めた晴信は真田幸隆に義清の見張りを命じると、再び塩尻峠を越えたが、本拠地の林城に籠もっている小笠原長時は恐れたように押し黙ったままで、動こうとはしなかった。

武田軍は塩尻の集落から桔梗ヶ原を経て郷原の集落まで足を伸ばすと、北には松本平の広い大地がどこまでも続いていた。

「広々としたところだなあ。甲斐の盆地と同じぐらいかのう」

晴信は目を細めた。

「いやそれ以上でしょう」

傍らにいる景政はあちこちに目を遣り、この雄大な眺めに思わず息を飲む。

東には鉢を伏せた格好をした鉢伏山が聳え、西には乗鞍岳をはじめ穂高・槍ヶ岳の山並みが連なり、その山頂は十月というのに早くも雪を被っていた。

松本平では、見渡す限り田畑が広がり、稲の刈り入れが済んだのか、切り株だけが残っていた。だが武田軍を恐れてか、黄と緑に染まった果てしなく続く田畑には百姓の姿はどこにも見られなかった。

「よい土地でございますな」

源五郎にはこの土地がよく肥えているのがわかるらしい。しきりに土を手に取って匂いを嗅いだり触ったりしている。

さらに北上を続けると、前方から数条の黒煙が立ち登っていた。

「どこに敵兵が潜んでいるかも知れませぬ。それがしが見て参りましょう」

景政が源五郎を連れて駆け出すと、その後を勘助が追う。

近づくと城が燃えている。

「長時殿はこの城が敵の手に渡ることを恐れて焼いたようだな」

勘助が村井と呼ばれる林城の支城を指差した。

「ここから林城まで二里程あるな。林城を見張るにはこの地が最適でしょう」

源五郎は何度も林城の方を振り返った。

「お前にもこの地のよさがわかるとは、なかなかよい目をしておるぞ。実はわしもそう思っていたところだ」

築城の名人に褒められて源五郎は照れて頬を赤らめた。

やがて晴信の本隊が姿を現わした。

「この城は林城の押さえとして役に立ち、今後小笠原と戦う折、この城が物を言いますぞ」

　よく光る勘助の目は晴信に「そうせよ」と訴えていた。

「お前の目に狂いはあるまい。一万を越える兵を収容できるようこの地に新しい城を築こう。景政も勘助の築城を手伝え」

　築城と聞くと、「これは忙しくなるわ。大手は東向きでなければならぬ」と勘助は独り言を呟きながら、細めた目を輝かせた。

　新城に思いを馳せている勘助から目を離すと、晴信は景政の方に向き直った。

「松本平はお前に治めてもらおう。これは前から決めていたことだ。お前がこれまで立ててきた戦功を考えれば当然のことだ」

　喜びと驚きの入り混じった景政の顔を見て、晴信の目は笑っているようだった。

（武川衆のわしが松本平を治めようとは…）

　景政の頭の中は真っ白になった。

（お屋形はわしを諏訪を預けた板垣様のように思っておられるのか…）

　驚愕と感動とが過ぎ去ると、やがて景政の両眼には涙が湧き上がってきた。

　晴信は余勢を駆って一気に小笠原の本城を攻め落とそうとはせず、柿が熟れてきて落ちるようになるまで待とうと思い、それまでに広がり過ぎた領土の地ならしをしようとした。

上原城に近い諏訪湖沿いに高島城を築き城代に長坂虎房を指名すると、また上伊那郡の福与《ふくよ》城の地に新たに箕輪《みのわ》城を築き上伊那を固めた。そして松本平周辺に散らばる小笠原に従う豪族たちの調略を始めた頃には、松本平へ初めて兵を進めてからもう二年の歳月が経ち、暦は天文十九年となっていた。

「いよいよ小笠原長時の息の根を止めてやる時がきたぞ」

「小笠原長時」と耳にすると、景政の心は弾んだ。

ちょうどその折、「今川義元のところへ嫁していた晴信の姉が亡くなった」という悲報が府中にもたらされた。

信虎が今川との関係改善のため、駿府へ嫁がせた娘だった。

晴信の母・八代が生んだ初めての子供で、晴信より二つ年上の姉だった。

二人は年が近かったので、幼少の頃から一緒に過ごすことが多く一番仲のよい姉弟だった。

「姉上にもう一度お会いしたかったが、三十二歳とはな…」

あまりにも若過ぎる姉・香《かおる》の死を悼んでいると、香への思い出が次から次へと晴信の脳裏を過ぎてゆく。

内気で引っ込み勝ちな弟と違い、何かと積極的で明るい娘だった香の死を嘆き悲しんでいる母親のことを思うと胸が締め付けられる気がしてきて、晴信は「母親を慰めなければ」と思い急いで躑躅ヶ崎館へ戻ってきた。

八代は長女・香の死を知らされると、驚きと嘆きのあまり離れ座敷で伏せってしまっていた。

線香の煙で充満する部屋に入ると、仏壇には木の香りが漂う位牌が祀られ、真新しい白木にはまだ墨が乾いてから間がないような湿った字で「定恵《じょうけい》院殿南室妙康大禅定尼」と法名が書かれていた。

「世話の要らぬ子でした。あんなによい子が先に逝くとは…。この母が代わってやりたかった…」

部屋へ晴信が入ってきたことを知ると、泣き腫らした目をした八代は、床から起き出そうとした。

「あれこれと悔やんでも姉上はもう戻ってはきませぬ。父上が姉上の最期を見取ってくれたことがせめてもの慰めです」

「あんな男でも香からすれば父親なのですからね。それにしてもわらわの手で香の死に水を取ってやれなかったことが悔やまれます…」

湧き上がる涙を拭うと、八代は再びしゃくり上げた。

「そう思い詰めないで下され」

晴信は八代の背中へ回り、その痩せた肩を摩《さす》った。

「氏真は香の嫡男で、その下には二人の姫がおります。香によく似た姫だと聞いていますが、その内の一人をお前の倅の義信にどうでしょう。もし嫁にきてくれればわらわも香と出会っているような気がして、心が晴れましょうが…」

この時いつも気丈夫な八代が、急に弱々しくなったように映った。

一度も取り乱したところなど目にしたことがない八代だったが、愛しい香の死に心の動揺を隠せないようだった。

「母上がそうなさりたければ、それがしには異存はござりませぬ。義元殿もきっと賛成するでしょう。義兄はこれで縁が切れてしまうことを恐れているでしょうから…」

「武田家のために身を削っているそなたについ甘えてしまい、わがままを申しました。孫娘のことはそなたの思うようにして下され。わらわのことは心配無用じゃ」

落ちついてくると、八代はいつもの毅然とした母の姿に戻っていた。

部屋を出ると義信とまだ見ぬ姪の顔とが頭の中で交互し、晴信はやはり母の判断は正しいと思った。

七月になると、武田軍は塩尻峠を越えて木の香も芳《かぐわ》しい完成したばかりの村井城に入った。

新しい城の備えを張り切って説明する勘助と景政の後ろを歩く晴信は、あれこれと問いながら城の内を見て回る。

「よい城じゃ」と満足そうに頷き、「これからも景政は勘助から城作りを学び、少勢で守れて大軍からは攻めにくい城を作れ」と晴信は命じた。

「これはなかなか難しい注文ですな」

それを聞くと、勘助は苦笑した。

「これからも武田は領地を広げ、城はますます増えよう。勘助には長生きしてもらわねば困る。お前程の築城の名人はどこにもおらぬからのう」

頰を緩めると勘助の醜い顔がますます歪んだ。

村井城の普請を手伝っていた景政は、改めて勘助の城作りの知識の豊富なことを知り、勘助の足腰がまだ動かせる間に築城技術を懸命に身につけようと決意した。

伝礼が村井城に飛び込んできたのは、ちょうど武田軍が林城攻めのため新城の大手門を出た時だった。

「林城はもぬけの殻です」

「何！　長時は本城を棄てて逃げ出したと申すのか」

晴信はもちろん、小笠原長時を討ち取ろうと意気込んでいた重臣たちも驚いた。

激しい抵抗を覚悟していた景政は、この報告を聞くと拍子抜けしてしまった。

「他の支城の動きはどうか」

「深志・岡田・桐原と山家の城も武田の大軍を見て逃げ出したようです」

（信じられぬ。あまりにも呆気なさ過ぎるわ）

景政はまだ信じられなかった。

（小笠原氏と申せば甲斐の武田と同じく代々信濃の守護職の家柄だ。それが一戦もしないで逃げ去るとは…）

翌日、南安曇郡の有力な豪族・仁科盛能が帰属を願って村井城にやってきた。

（仁科は長時殿の舅となる男だ。筑摩・安曇郡の豪族たちが次々と武田に降るのを目にした長時殿は、いつ彼らに寝首を掻かれるか不安でしかたがなくなり、疑心暗鬼になってしまったのか。名門と申しても勢いが傾けば、櫛の歯が抜けるように次々と家臣たちも離れてゆくのだ）

長時の苦悩ぶりに思いを馳せると、（勢いが盛んな時はよいが、武田家もいつ又小笠原家のようになるやも知れぬ）と、景政の頭に厳しい戦国の現実が過《よぎ》った。

林城は八百メートル級の二つの山に大城と小城とがそれぞれ並立し、その周囲を深志・桐原・山家・埴原といった支城が本城を取り巻く巨大な山城だった。

攻め登るには斜面がなだらかな西側から登るしか無理で、それも山頂までは何十もある堀切を通過しなければならず、攻め落とすには大軍で山を包囲して兵糧攻めにするしか方策が見つからない難攻不落の城だった。

だが味方が信じられなくなると、いくら鉄壁を誇る城でも守り切ることはできない。守りを固めるのは城ではなく、人の心であることを景政は痛感した。

林城を検分した晴信は再び村井城に戻ると、「松本平を治めるにはこの山城は不向きになろう。平城ではあるがわしは深志城が一番よいと思うのだが、勘助はどう思うか」と何か言上したそうな様子をしている勘助に、意見を求める。

「お屋形の申される通り、これからは林城のような山城は不要になるでしょう。松本平から長時殿を追い出した今、この辺りには武田を脅かす敵はおりませぬ。城は平地にあってもしっかりとした外堀があれば何ら心配は要らぬかと…」

「わしも勘助の考えに同感じゃ」

「この地に松本平を見張る城を築こう。景政が縄張りをやれ。今度は勘助が景政を手伝う番だ」

景政に目を注ぎながら、「約束通り、この地の守りはお前に任そう。見事松本平を治めてみよ」と晴信は命じた。

激しい感動で声が出ず頷くばかりの景政に代わって、「深志の地にお屋形が驚くような武田随一の名城を築いてみせましょう」と傍らから勘助が胴間声を響かせた。

「頼むぞ。城が完成すれば、松本平は落ちつこう。これで義清退治に集中できるわ」

こう言うと晴信は懐に手を入れ、前から用意していた和紙を取り出した。

「お前は本日より馬場虎貞の後を継いで、教来石から馬場姓を名乗れ。名も景政から信春《のぶはる》と変えよ。実はわしもこの名前が気に入っているのだ」と晴信は和紙を広げると、それには太い筆使いで「馬場信春」と書かれていた。

景政はわが目を疑った。

(馬場家は代々武田家の名門である上に、諏訪の御曹司の勝頼《かつより》様でさえ与えられなかった「信」の文字だ。晴信様の「信」の字が与えられるとは、あの板垣様と同じだ。お屋形はそれ程までにわしを重宝して下さるのか…)

「承知してくれるな」

頼むような晴信の調子に景政の声は震えた。

「もったいなきお言葉です。お屋形の有難い申し出をどうして断れましょう。この景政いや信春、命に代えましてもお屋形に忠誠をお誓い申し上げます」

「そうか。信春の名を気に入ってくれたか」

手放しに喜ぶ様子を見ると、晴信の信春を見詰める目元が緩んできた。

「はっ！　お屋形から戴いたこの名を汚さぬ様、懸命に励みまする」

信春の目が潤んでくると、和紙に書かれた「信春」の文字が霞んできた。

信春が自分の陣営に引き揚げてくると、手前の広場に幔幕が張られており、そこから顔を覗かせた源左衛門尉をはじめ源五郎と源四郎が恭《うやうや》しくお辞儀をして彼を出迎えた。

「この度は深志城を預かられるとのこと。誠にお目出度うございます。馬場信春様」

三人の目は笑っている。

「お前たちにそう言ってもらうと、やっと城代になった気分が湧いてきたわ」

信春は逞しくなった弟子たちが自分を祝ってくれる姿を見ると、彼の心の中に武田に仕官してから走りづめだったこれまでの過去が走馬灯のように浮かんでは消えた。

「まず席について下され」

源左衛門尉の野太い声で我に返った信春は幔幕の中に設《しつら》えられた床几の中央にある縁台の上に立派な鯛が置かれ、大きな盃があるのを目にした。

「わざわざ駿河から運ばせた活きのよいものです。一献やろうではありませぬか」

源五郎は信春を上座に導くと、三人はそれぞれの席につき、信春の前に置かれた盃を酒で満たした。

「松本平は信濃の中心です。ここから四方に目を光らせておれば、東の村上義清もうかうかとは手出しはできますまい。われらの次の狙いは村上義清となりますな」

源四郎は晴信の考えを読み解く。

「義清にはこれまで苦い目を味わわされている。周囲から固めてやつをじわじわと絞めつけてゆかねばならぬ」

信春は弟子たちが死んだ板垣や甘利のいた上席を占め、将来武田の屋台骨を背負う姿を想った。

「さあこれからますます忙しくなるぞ。信濃の次は越後かそれとも西上野か。どんどんと領地が広がれば、お前たちもわしのように城代となり武田の藩屏《はんぺい》として骨を折って貰わねばならぬぞ」

それを聞くと三人は酒で顔を赤らめながら、熱い目差しで信春を見詰めると、「やりましょう。信濃はおろかもう二、三ヶ国も斬り取りましょうぞ」と気炎を揚げた。

戸石崩れ

松本平から北上して義清の本拠地の坂城《さかき》に向かうにはまだ各地に村上氏に従う豪族たちがいて危険なので、諏訪から北上して一旦長窪城に入った後、武田軍はすぐに千曲川に近い塩田平へ向かった。

ここは二年前義清と戦って初めて苦杯を嘗めたところだった。変わらない風景を眺めていると、信春の脳裏に辛い敗戦の様子が鮮やかに浮かんでくる。

前方には千曲川越しに東太郎山が聳え、その山肌は黄や朱に紅葉した樹木で覆われていた。

山麓を流れる千曲川沿いに川中島へと続く街道が北に伸びていて、その街道を東太郎山の山裾に沿って少し北へ走ったところに坂城の城下町があった。

義清の葛尾《かつらお》城は千曲川沿いの坂城の城下町の東に聳える葛尾山の山頂にあり、支城の戸石・米山《こめやま》城を山腹に配して葛尾城は街道を通る者たちを睥睨していた。

（この戸石城攻めは村上義清の手足を削ぐために行うのだ）

直接義清の本城を攻めるようなことをしない慎重な晴信の戦さぶりを、信春はよく知っていた。

塩田城に入った晴信はすぐに戸石城の様子を探ろうとして、物見に横田高松・原虎胤それに晴信の母親の実家の大井上野介の三人に白羽の矢を立てた。

その日、信春が夕空を眺めていると、急に黒雲が湧き起こりそれが空一杯に広がってきたので、夕立がくるのかと更に空を見詰めていると、急に西の空が薄明るくなりまるで雨あがりの後に発生する虹のように赤い雲が現われ、空一面を覆っていた黒雲はすぐに消えてしまった。

そして空は元の明るさに戻ったが、信春は何やら胸騒ぎを覚えた。

翌朝塩田城を発ち戸石城に近い海野口の向の原に着いた時、一匹の鹿が行軍している武田軍の前を横切った。

（今度は鹿か）

一瞬信春の頭に、上田原の合戦で討死した板垣のことが過った。

戸石城に近い千曲川と山麓とが離れて道幅が広くなった屋降《やふり》というところに本陣を張ったが、晴信はそこから一向に動こうとはしなかった。

（敵を威圧して、義清の家臣たちが投降してくるのを待たれているのだ）

今更ながら晴信の慎重な姿勢に信春は唸る。

「義清殿は川中島で北信濃の高梨政頼と争っており不在です。戸石城には二千程の兵しか籠もっていない模様です」

原ら三名が戸石城の様子を告げると、その報告を裏づけるように、大将が城内にいないことを心細く思ったのか、村上側の豪族・清野清寿軒と須田新左衛門尉が降服してきた。

武田軍は一ヶ月近く敵を威嚇したり、挑発を繰り返したが、敵は籠城するだけで一向に出撃してこなかった。

「相手が出てこぬとなると、ここはひとまず退くのがよさそうだな」

兵たちが長い対陣に倦んできていることが、信春にもよくわかった。

足軽大将の横田高松を殿《しんがり》に残して退却を始めると、武田軍の後尾が千曲川の浅瀬を渡り終わるのを待たずに、急に戸石城の城門を開いて城兵が姿を現わし、川の中にいる武田軍を追撃してきた。

城兵だけではなく、北信濃から義清が戻ってきたらしく義清の大将旗が対岸の土手に閃《ひらめ》いた。

「あそこに義清がいるぞ！」

「向こう岸へ急げ！」

今まで整然と渡河していた武田の隊列が急に乱れ始め、水しぶきを立てながら対岸へ駆ける。

「逃がすな！　一兵たりとも生きて甲斐へ帰すな」

踏み留まる暇もなく敵の追撃は激しく、武田軍は殿の横田高松をはじめ一千人の死骸を残してやっと佐久の望月城へ逃げ込んだ。

（またしても義清殿のために…）

信春はきつく唇を噛みしめた。

「なかなか一筋縄には参りませぬな」

源左衛門尉は足を引き摺りながら呟く。

「義清めは武田を目の仇にして、全力で向かってくるわ。じわじわと攻め寄るしか手はございませぬな」

源五郎は義清のしぶとさに兜を脱ぐ。

「義清さえ倒せば、信濃は手に入ったのも同然。腐らずに気長にやりましょうぞ」

源四郎はさすがに短期では物事を捉えない気長な性格のようだ。

年が明け天文二十年の五月となると、山々は新緑に包まれ空気も爽やかに感じるようになってきた。

戸石城を再度攻めようと軍議を開いていると、躑躅ヶ崎館に吉報が届けられた。

「何！　あの戸石城を真田幸隆が乗っ取ったと申すのか」

信春を含め重臣たちは驚いた。

（あの強固な守りを誇る城を、真田殿が一人で奪い取ったのか…）

いつも何を考えているのかわからない、韜晦《とうかい》しているような小柄な男の顔を、信春は不気味に思い浮かべた。

「あの辺りは幸隆殿の領地・真田郷に近いところです。どうもあの戦いの後、幸隆殿は戸石城の兵たちにたっぷりと甲州金を摑ませ、お屋形につくよう説得に回っていたようです」

素《す》っ破《ぱ》から集めた情報を、勘助はさりげなく告げた。

「あの真田がのう」

信じられぬというように晴信は首を傾げていたが、「これはたっぷりと礼をせずばなるまい」と満足そうに頷いた。

「戸石城が落ちたとなると、義清殿はどう出てきましょうか」

信春は義清の動きが気になる。

「多分やつは小笠原と組まざるを得まい。二人してわれらに挑んできましょう」

二人を引き離して別々に戦うことを、勘助は勧めた。

「よし、先に小笠原を叩こう。深志城に近いこの城は目障りだ。まずこの城を落としてからここに新しい城を築こう」

晴信は絵図面の上に平瀬城と黒印で塗られている箇所を指差した。

平瀬城は義清や長時が拠点とした小城で、深志城から一里半程北にあり、城の東を犀川が流れている。

懸命に抵抗したが、圧倒的な武田軍の前には、平瀬城は一溜《ひとたま》りもなく落城してしまった。

「勘助に手伝ってもらい、ここに新しく城を築け。でき上がった城は原虎胤に任そう。信春と二人して松本平を守れ」

原虎胤は信春も認める名だたる足軽大将で、小畠虎盛と劣らぬ豪傑だ。

(こんな心強いことはないわ)

信春は気心の知れた虎胤と組めると知ると安堵した。

翌年天文二十一年の五月になると、晴信の生母の八代があっけなくこの世を去ってしまった。

風邪気味で躑躅ヶ崎館の北にある御隠居曲輪の屋敷で伏せっていたのだが、五十五という年齢を感じさせない若々しさを保ちいつも微笑を絶やしたことのない明るい人柄で、子供たちに看取られた幸せな最期だった。

盛大な葬儀が長禅寺で行われ、死骸はその境内に葬られた。

喪主の晴信は目を閉じると静かに、「瑞雲院殿月珠泉大姉」と記された真新しい位牌に両手を合わせた。

晴信が焼香を済ませると、次々と一族の者が続きそれから重臣たちが終わると、信春の順番がやってきた。

深々と頭を下げ位牌に向かって合掌すると、信春の脳裏に優しさの中に凛としたものを秘めた八代の微笑んだ顔が浮かんでくる。

彼女は信春にとって思い出深い人で、親元から離れ何もわからぬ躑躅ヶ崎館の館内をうろうろする信春を何かと気遣ってくれた母親のような存在だった。

長禅寺の岐秀元伯のところへ学問に通う晴信につき添うのは信春の役目だったが、晴信と一緒に学ぶ機会を与えてくれたのも八代のお蔭だった。

彼女は依怙贔屓《えこひいき》のない人で、信春の申し分が正しいと判断した時はたとえわが子といえども晴信を窘《たしな》めた。

目を閉じると、様々な思い出が信春の頭の中に蘇ってきた。

母親の葬儀を済ませると、晴信は母親との約束を果たすため嫡男・義信に姫を娶とる準備に取りかかったが、これは甲駿の同盟を深めるためにも大事なことだった。

仏事を済ませた晴信は長時を追って松本平を北進を続け、小岩嶽城を目指す。

「小岩嶽城は仁科盛能の一族で今では小岩嶽図書と名乗っている古厩盛兼《ふるまやもりかね》が守っております。われらが攻めてくるのを知ってか、最近になって女や子供たちを城内から出して五百人程の兵が籠もっておるようです」

松本平から東へ迂回して村上義清の領地にゆくにはどうしても落としておかねばならぬ城なので、景政は多くの素っ破を放って情報を集めていた。

「どのような城だ」

晴信は小笠原長時に気脈を通じて今だに武田に従わないこの城を、どうしても落としたい。

「城は西の富士尾山から連なる城山に築かれた山城で、北は天満沢川が南は富士尾沢川が外堀の役目を果たしている攻めづらい城です。古厩氏は山頂に詰めの城を築いており、山頂から四方に伸びる屋根筋には多くの曲輪や堀切を設けて敵の侵入を阻んでいます」

「大手道はどう走っているのか」

晴信は目の前に広げられた絵図面を睨む。

「大手道は山頂から東にある城下までまっすぐに千国街道まで伸びております」

絵図面には探り出した裏道まで書き込まれている。

「なかなか攻めにくい城のようだな」

何かを考え込むように、晴信は目を閉じた。

「こちらは三千、相手は五百人だ。我攻めで味方が消耗するのを避けてゆっくりと攻め落とすしかなかろう。ここを落城させ、小笠原長時が義清と連絡できぬようにするのが目的なのだ」

本城を奪われた長時は、安曇郡にある城を渡り歩いていたのだ。

「源五郎と源四郎は飯富隊に加われ。わしの本陣は旗本衆だけで大丈夫だ」

二人に手柄を立てさせてやろうと、晴信は本陣詰めから彼らを解放してやった。

まず城下を占領した武田軍はそこから大手道を登ろうとしたが、道の左右に設けられた土塁からの激しい矢や鉄砲の応酬が彼らの前進を阻んだ。

そこで彼らは一旦城下へ戻り別の攻め口を探ることにした。

いつもは先陣を務める源左衛門尉の姿が見えないことに、源五郎が首を傾げた。

「やつは義信様の婚儀を調整するため、今川家へ出向いておるわ」

源四郎は怒ったような口調で呟く。

「武芸にも長じ、政事にも重宝される源左衛門尉は近習衆第一の出世頭だなあ」

出世から見放されたような源五郎は、源左衛門尉が羨ましい。

「それがしに北からの攻め口を探らせて下され」

翌日軍議が始まると、戦功に逸る源五郎は開口一番北の偵察を虎昌に申し出た。

「お屋形は無理をせずにこの城を落とせと命ぜられておる。もしその場に留まるのが難しいと判断したら、ぐずぐずせずにすぐに引き返すのだぞ」

「あくまで人命を粗末にするな」と虎昌は念を押すと十名の兵を源五郎に貸した。

東へ大きく迂回して天満沢川を渡り岩肌が剥き出した急斜面の尾根道を登ってゆくと、岩を削ったような堀切が見えその後方に曲輪が見えてきた。

その近くには三重の塔のような高さをした物見櫓が姿を現わし、櫓の上には数名の見張りが周辺に目を光らせている。

まだ先の山頂の方を探りたかったが虎昌の渋面を思い出すと、ここらで引き返すことにした。

「北の守りはなかなか厳しそうです。明日は南の方に攻め口がないかどうか調べようと思いますが……」

苦い表情で報告を聞いていたが、源五郎の熱意に押されたのか虎昌は頷いた。

天文二十一年の七月の終わりは暑さが特に厳しく、日の出前から山全体が熱気に包まれそれに蝉の大合唱が混じり、甲冑姿で山を登る源五郎は汗まみれになった。

富士尾沢川の急流を渡河すると、山の勾配は昨日の北側より緩やかだったが、その分曲輪や堀切が多く狼煙台を兼ねた高い櫓が、敵の侵入を見張っていた。

報告のため城下へ戻ると、「義信様と義元公の娘との婚儀が正式に決まり、秋には府中で婚礼が行われることに決まったらしい」と情報通の源四郎に知らされた。

「源左衛門尉の働きだな。やつはまたしても大手柄を立てたな。こりゃうっかりしているとますますやつに置いてゆかれるぞ」

これを耳にすると、源五郎はますます焦った。

だが戦いは予想を裏切って長びいた。

大手道はもちろん北・南からの攻撃にも、城方はよく堪えた。

矢や鉄砲の援護射撃をして貰って味方は突撃を繰り返し堀切を越えようとするが、土塁の後方からの矢や鉄砲玉に思うように進めない。

源五郎は夜間に敵の目を盗んで堀切を埋めても翌日になると堀切は元通りに掘り返されている。

「これではまるでいたちごっこだわ」

源五郎は焦る。

八月に入ると猛暑はますます厳しくなり、暗闇での穴埋め作業は暑さと疲労との戦いとなってきた。

それでも盆を過ぎると、暑さは多少過ごし易くなったが、兵たちは長びく戦さに飽きてきたのか、武田軍の士気は急に衰えてきた。

この城攻めにそんなに時間をかける訳にはいかない。

晴信は遅々として捗《はか》らない城攻めに焦れてきた。

そんな雰囲気を感じた源五郎は虎昌に訴え出た。

「ここは一番夜討ちをかけたら如何でしょうか」

「夜討ちは兵力が劣る時には有効だが、こんな城にそんな危険を冒す必要はない」

物事に慎重な虎昌は源五郎の献策をなかなか取り上げようとはしない。

「しかし秋には義信様の婚礼が決まっておりますので、ぜひそれまでにはこの城を落とさねばなりませぬ」

晴信の心中がわかるだけに、さすがに虎昌もゆっくりとは構えていられない。

結局源五郎の意見が通り、南から攻め登った源五郎隊が櫓に放火して、敵の注意を引きつけている隙に、飯富本隊は東の大手道から、また源四郎隊は北へ回り込んで見張り櫓を焼くということが決められた。

三方から同時に攻め立てれば、五百しかいない城兵は統制を乱し詰《つめ》の城まで退くしかない筈だ。

そこに群がった城兵を武田軍が一気に襲う。

われながら良策だと、源五郎は頬を緩めた。

日が暮れてくると山道は登りにくくなるので、源五郎隊は土地の百姓に道案内を頼んで櫓が見えるところまで登ってきたが、そこから先はさすがに警戒が厳しい。

「火矢を放て！」

闇の中を糸を引くように数条の火の筋が走る。

鈍い音がして火矢が建物に刺さると城兵たちは奇襲に気づき慌てて消火を始め、敵の来襲に備えて弓や鉄砲を構えた。

「もっと火矢を放て」

火矢が命中するに従って火勢は強くなり、消火が追いつかなくなってきた。

最初は小さな火だったが、風に煽られ火の勢いが増してくると、やがて櫓は火の塊となって夜空を焦がす勢いにまでなった。

恐れ、怯む城兵の表情が、そこだけが明るくなった闇夜に浮かび上がってくる。

「退け。詰の城まで退くのだ」

背中を見せて闇の中を駆け去る敵を、逃すまいと源五郎はその後姿を追いかける。

明るくなった北の方を眺めると、大きな火の手が上がっている。

「やりおるのう。源四郎は」

思わず頰を緩めた源五郎の足元の山麓の方から喚声が響いてきた。

「すべて作戦通りだ。大手道からも飯富本隊がこちらへ向かっているわ」

逃げる城兵を詰の城まで追い込んだ武田軍は、その周辺にある曲輪に陣取って夜襲に備えて煌々と篝火を灯し翌朝を待つ。

「翌朝の先鋒にはぜひそれがしをお加え下され」

虎昌は昨日の源五郎の働きを知っているので、必死の形相で頼み込む彼の願いを無下に拒む訳にはゆかなかった。

薄暮で山の冷んやりとした空気が乳白色に包まれ始めると、兜の緒をしっかり結び直した源五郎は敵陣目がけて一目散に山頂へ駆け登る。

味方の先頭に立ち詰曲輪につくと、城兵は堀切を前に槍衾を作って敵を一歩も曲輪内に入れまいと身構えている。

堀切を一気に駆け上がり頭らしい男に槍を突き出すと、ずっしりとした手応えがあり、大きな悲鳴があがった。

「春日源五郎が一番槍だ。城将の小岩嶽図書殿とお手合わせ願おう」

「何をぬかすか若造のくせに！」

図書を守ろうと彼の郎党が源五郎に斬りかかってきたが、危うく身を躱すと源五郎はその男の喉を目がけて強烈な突きを入れた。

党郎は叫ぶ間もなく一撃で倒れてしまった。

「わしを甘く見るな。これでも近習衆の一人だぞ」

図書は徐々にその数を減らしながらも詰曲輪から何度も出撃し武田兵を撃退していたが、朝からの激しい戦闘で精根つき果ててしまったのか、傷ついた足を引き摺りながら詰城に入ると、建物に火を放ち自害してしまった。

それを見た城兵たちも今はこれまでと腹を寛げると刃を突き立てた。

残り火が燻る建物内と詰曲輪内には数百を超える敵兵の死体が散在しており、その中には相当数の女・子供の骸が混じっていた。

城下で敵の首実検を終えると、晴信に代わって飯富虎昌が論功行賞を始めた。

「本日小岩嶽城攻めの一番の戦功者は源五郎だ。その功により百五十騎持ちの侍大将とする。なお以後は名も春日弾正左衛門尉虎綱と改めよ」

感激が込み上げてきた。

(百姓のわしが侍大将となったぞ。これまで真面目に励んできた甲斐があった)

見上げた源五郎の目が晴信の目と合った。

その大きな輝く黒目は微笑を湛えていた。

「有難き仕合せにござる。これより一層お屋形のために尽力しまする」

論功行賞が済むと頬を緩めた源四郎が近づいてきた。

「よかったな。お前もこれでやっと念願の侍大将となれたか」

「年と実力から言えば源四郎の方が先に侍大将となっても不思議ではないのだが…」

源五郎は遠慮勝ちになる。

「そう気を使わずともよいわ。その内わしもお前を追い抜くぞ」

友人の心からの祝福を受けて、源五郎はいつか源四郎に報いてやらねばと思う一方、その夜虎綱となった源五郎は嬉しさのあまり眠ることができなかった。

そして続いて中塔城を攻めるとこの城に籠もっていた長時は慌てて城を脱出し、そのまま越後の長尾景虎のところへ落ち延びてしまったので、晴信は中信濃のほとんどを掌中に収めたことになった。

十一月になると義元の娘を乗せた輿は、十九日には駿河を発ち二十七日に接待役の穴山信友の屋敷に入った。

二挺の輿に長持が二十。それに女房衆の馬が百匹という豪壮な花嫁行列が躑躅ヶ崎館に到着したのは十一月も終わりを告げる頃だった。

十二月一日には館内で能が催され、酒宴の席で晴信は義信の隣りに座った。

信春は十四歳と十二歳の飾り雛のような花婿・花嫁を眺めていた。

上段に収まる晴信の顔は重臣たちからの返盃で珍しく朱色に染まっている。

(もしこの席に八代様がおられたらどんなにお喜びなされたことか…)

信春には孫同士の婚儀をあれ程望んでいた八代がこの晴れの席に居ないことが心残りだった。

(もう十年たてば義信様も二十四歳の若武者だ。その頃お屋形は四十一歳となる。普通の者なら隠居してもおかしくない年齢だが、お屋形にはまだまだ武田家を牽引して欲しい。お互い白髪姿の老人になるまで働きたいものよ)

戦さ続きの毎日だったが晴信と共に歩めることが信春には励みになって毎日が楽し

かった。

（お屋形はこれからどの方面に軍を進められるのか。村上を信濃から追い出せば、今度は越後の長尾景虎かそれとも碓氷峠《うすいとうげ》を越えて上野から関東に出陣なされるのか。果たして武田はどこまで伸び続けるのか…）

信春の胸はどんどん膨らんでゆく。

粗方《あらかた》ならされた信濃で残る大物は、村上義清一人となってしまった。

二度まで煮え湯を飲まされた晴信は、三度も同じ轍を踏まぬよう、戦いを始めるに当たって慎重を極める用心ぶりだった。

「松本平から葛尾城までの道を確保するのだ」

葛尾城まで通ずる道を得るために、まず東筑摩郡から小県郡の道筋に当たる刈谷原《かりやはら》城と塔ノ原城が狙われた。

刈谷原城は保福寺《ほうふくじ》川沿いに保福寺峠を越えて小県郡に抜ける峠道上にある。

まず武田軍は刈谷原城を自落させると、その北にある塔ノ原城も攻め落とした。

「刈谷原城を壊し、新城を築け。その城を今福石見守《いまふくいわみのかみ》に任そう」

ここを深志《ふかし》城と葛尾城とを繋ぐ中継点にすると、葛尾城の北を支配する屋代・荒砥城の屋代氏や、塩崎城の塩崎氏が次々と投降してきた。

そのため川中島へ入る更級郡南部が武田領となり、川中島への道が開けると四方を包み込まれてしまった村上義清は袋の中のねずみとなった。

支城を次々と落としながら葛尾城に迫ってくる武田軍の動きを察知すると、今まで村上方だった筑摩・安曇郡の豪族はもちろん、葛尾城がある更級・埴科郡の豪族たちも我も我もと晴信のところへ投降してきた。

危機感を募らせた義清は国衆たちを葛尾城に招集したが城には三千人程しか集まらず、しかも旗下には有力な国衆はほとんど参陣してこなかった。

「これではまともに戦えぬわ」

本丸から街道を窺う義清は、落胆の色を隠し切れなかった。

自領を侵してくる晴信と上田原で戦ってからもう五年の歳月が経つ。

義清にとってこの五年間は宿敵・晴信を討つことだけに賭けた歳月で、どうしてももう一度生死を賭して雌雄を決したかった。

「こうなってはしかたがありませぬ。一度この地を離れ、北信濃の豪族と共に捲土重来を図りましょう」

重臣・楽巌寺《らくがんじ》光氏《みつうじ》の悲痛な声が響く。

「先祖代々の葛尾城を、むざむざと晴信めにくれてやるのか…」

「この城を枕に討死するか、それとも城を棄てるかのどちらかですぞ」

楽厳寺はどうしてもこの頑固者を説き伏せようとした。

「誰かわしと一緒に武田軍ともう一戦さをやろうと思う者はおらぬか」

焦る義清の大声に本丸に集まった者たちは、お互いに顔を見合わせるだけで、押し黙ったままだ。

（五千も兵が集まれば、晴信ごとき者に敗れる筈がないものを…）

上田原と戸石城との二度の戦いで武田を打ち負かしたという自負が頭を掠め、義清は恨めし気に山麓を流れる千曲川沿いにある坂城の城下に目を遣った。

「やむを得まい」

今にも武田軍が襲ってくるという恐怖心に取りつかれていた国衆たちは、この義清の一言で安堵のため息を吐いた。

葛尾城を立ちのく村上の兵たちはわれ先にと千曲川の浅瀬を渡り、まだ敵の手が伸びていない北を目指す。

足の弱い女や子供たちが滔々と流れる大河を渡るためには渡し舟が必要で、いつもならつべこべ文句を言わずに命令に従う村人たちは村上勢が落ち目になると、急に強気になり、村の船頭たちは法外な金銭を要求した。

攻め寄せてくる武田軍に気を揉みながら、義清夫人は奥女中や子供たちと同じ舟に乗った。

対岸に着くと船頭は用意していた金銭では「足りぬ」と強引に申し立て、「もっと出せ」とさらに高額な金銭を強要した。

「わらわは村上義清の妻じゃ。これまでお前たちは誰のお蔭で気楽に暮らせたと思っておるのか！」

勝気な夫人が目を吊り上げて船頭を睨みつけていると、村上義清の妻がここにいると知って近辺から村人たちが集まってくる。

「早くこの場から立ち去りませぬと…」

奥女中は村人たちに取り囲まれている夫人の袖を引っ張って「敵が迫っておりますので…」と迅速に逃げるよう勧めた。

「村上家が安泰ならば、こんな目に遭わずに済むのに。無念じゃ…」

村上家の凋落ぶりに夫人は目を拭った。

「これだけあれば十分だろう。金の代わりにとっととこれを持ってゆけ」

そう言うと夫人は髪に挿していた笄《こうがい》を引き抜くと、船頭に投げつけた。からんという乾いた音を立てて地面に転がった金の笄は、陽光に反射して黄金色に輝いた。

船頭はそれを慌てて拾うと、大事そうに継ぎの当たる汚れた半纏《はんてん》の懐の中にしまい込んだ。

葛尾城を棄てて義清が越後へ走ったと知ると、地元の豪族たちは堰を切ったように晴信のところに投降してきた。

更級郡の犀川沿いを治める牧之島城の香坂氏や小県郡から埴科郡に抜ける要所を押さえる室賀信俊らの帰属願いは、晴信にとって大きな収穫となった。

越後の虎

「勢いがまるで違う。どうも村上義清ら北信濃衆だけではないようだ」

武田軍が川中島を北上し、更級郡八幡の八幡神社近くまで進んでいた時、数千もの敵軍の中に統制がとれた精鋭部隊がいるのに信春は気づいた。

「村上や北信濃の高梨の旗印に混じって、これまで目にしたことがない旗指物をつけております」

前線から本陣に駆け込んだ信春は、新しい敵の出現を晴信に告げた。

「一塊りとなった敵の部隊がわが軍に突っ込んできて、押し返そうとしてもまるで堅い岩に当たったように撥ね返されてしまうのです。一体何者なのでしょうか」

まだ武田に靡かない須田・高梨・島津といった北信濃の豪族たちの名前が信春の頭に浮かぶが、どうもそうではなさそうだ。

（ひょっとしたら越後の長尾景虎の兵か）と、思い当たった信春の視線が頷いている晴信を捉えた。

「多分それは越後の虎じゃ」

「前々から雪深い越後兵は強いということは耳にしておりましたが…」

「景虎はわしより若いと聞いておるが…」

「二十四歳になったばかりと聞きました」と信春が知っていることを伝えると、「そんな若竹のような若者相手に本気で勝負すると、こちらの怪我の方が大きくなってしまうわ。ここは一度退がってやつの戦さぶりを拝見するとしよう」と晴信は部隊に後退を命じた。

村上勢はこの時とばかり退く武田軍を追いかけ、勢いづいた義清は葛尾城を取り戻すと、千曲川を渡河して対岸の塩田城に入り込んでしまった。

深志城まで退却し敵が追撃してこないのを確かめると、晴信は一旦躑躅ヶ崎館に帰りそこで態勢を整えてから佐久口を通って再び塩田城を目指す。

この早い武田軍の反転に、越後に戻った景虎を欠く義清は慌てて塩田城を脱出すると、折角取り戻した葛尾城も棄てて越後へ逃亡してしまった。

そして越後に入った義清は、景虎の客将として新屋敷を宛《あ》てがわれ、故郷奮回のための策を練っていたが、景虎は晴信という新しい敵を知るために、これまで何度となく彼と決してきた義清を春日山城の本丸へ招こうとした。

晴信が景虎について知りたかったように、景虎もまた晴信という人物のことを知ろうとしたのだ。

「どのような男なのだ。武田晴信と申すやつは」

義清は孫のように年若い景虎に深々と一礼すると、重い口を開いた。

「やつが父親を駿河へ追放して武田の当主となってから早や十年以上が経ちますが、それがしはずっと信濃に侵入を繰り返す晴信と戦って参りました。その戦さぶりから判断すると、やつは生まれつき慎重な性格のようで、思い切った決戦を一度も試みたことがござりませぬ。それがしはやつの父、信虎とは何度も戦いましたが、信虎は乱れた甲斐を統一し佐久を奪うなど戦さの名人でしたが、短気なところもあり次の一手がまだ読める相手でした。ところが晴信の戦い方は父親とは全く違い、やつの打つ手は全く読めませせぬ。挑発しても乗ってきませせぬし、攻めていても知らぬ間にやつの手掌で踊らされている始末でござる」

話している義清は晴信のことを思い出したのか悔しそうに唇を噛んだ。

味方と先陣争いをする猛将型の義清は、陣営から一歩も動かずに戦況を指揮する晴信を卑怯な男だと嫌い、また懐深い晴信の戦さぶりを恐れてもいたのだ。

義清の晴信への恐怖心は戦場で華々しく戦うことをせずに、調略を用いて領国を広げようとする晴信の戦いぶりからきていた。

「やつは十里働くところは三里あるいは、五里で矛を収める戦法を守っております」

「そこまでで晴信という男のことが少しわかったような気がする」

まだ話そうとする義清を、景虎は制した。

「晴信の戦い方は華々しい戦さを避け、最後の勝利を取って国を奪うというものだな。そなたの話からすると、やつはわしとは正反対の男らしい」

「どうもそのようですな」

義清が頷くと、景虎にはこれまで霧の中に隠れていた晴信という男の輪郭が急に霧が晴れたように鮮やかになってきたように思った。

若い景虎は勝つことに拘《こだわ》っていたが、晴信にはそれが通じない男だと知った。

翌日になると、景虎は家中の侍大将を本丸に集めた。

「十月に入れば、わしは信州へ出陣するぞ。義清殿の故郷を取り戻し、晴信を討ち取るためだ。人数はいくら多くても動きが取りにくいので、八千ぐらいがちょうどよい。出陣への準備を怠るな。残留部隊には国元を任す」

本丸の大広間には先陣に加わる部隊名が読み上げられる度に、大きなどよめきが広がった。


「また景虎と出会えると思うと、胸が高鳴るわ」

景虎が川中島へ出陣してくるという噂が伝わってくると、信春には晴信の目の輝きが一層増してきたように思われた。

「不思議なことだが、これから戦さが始まるというのにこんな気持ちになるのは初めてだ。長い間思い焦がれた女人を待つような気分なのじゃ」

久しぶりに好敵手に巡り合った喜びのようなものが、晴信の心を満たしていた。

「思い焦がれた女人」という言葉を聞くと、信春はしばらく目にしていない美鈴姫のことを思い出した。

晴信の側室となった彼女とは躑躅ヶ崎館で時々顔を合わすことはあったが、勝頼を生んでからは彼女の顔には子供を得た幸福感からか、これまでの寂しそうな表情が消え微笑が浮かぶようになってきた。

(美鈴姫様にはこの微笑が一番お似合いだ)

幸せそうな美鈴姫の姿を見ていると、寺に入ると言い張った頃が懐かしく思い出されてきた。

(あの時、仏門に入られなくて本当によかった。子供を授かってからめっきり変わられたわ。せめてこの方だけでも幸せになって欲しいものよ)

信春の脳裏に初めて立ち合った諏訪頼重の鮮かな最期が蘇った。

微笑をこぼす美鈴姫にほっと胸を撫で降ろしていた信春だったが、最近彼女が痩せ始めてきたことを知って気になっていたのだ。

「出陣を前にしてこんなことを申し上げては不謹慎ですが、美鈴姫のお体の具合は如何かと…」

これを聞くと、晴信は眉を曇らせた。

「今まで黙っておったのだが、そちは気付いておったのか。伏せる日が多くなり心配して薬師に診せたところ労咳を患っており、『あと一年も持たぬ』と申しおった。尼にならずに済んだと思えば今度は労咳だ。まことに可哀想な女じゃ」

　晴信は顔を歪めた。

「やはり…」

　苦渋に満ちた晴信を眺めていると、信春はもうそれ以上何も口にすることはできなかった。

「景虎はどう出てきましょうか」

　信春は景虎のことに話題を変えた。

「若さに任せてわしと雌雄を決しようと勇んで向かってこような」

　戦さのことになると、今まで憂いを帯びていた晴信の目は急に戦士だけが持つ厳しい光を放ち始めた。

　晴信は塩田城に留って決戦を避け、がむしゃらに向かってくる景虎を躱す戦略を取ろうとしたが、一方川中島から塩田平へ出陣してくると思われた景虎は、消極的な晴信の戦法を見抜くと、決戦を急がず善光寺の北にある髻山《もとどり》に砦を築き、善光寺の西北に位置する葛山城を整備させ、越後から善光寺平までの道のりを確保するとあっさりと越後へ戻ってしまった。

「何やら拍子抜けした気分だのう」

景虎の帰国に安堵した晴信は、川中島をこの目でしっかり見ておこうと塩田城を出ると、千曲川に沿って軍を進めた。

犀川と千曲川に挟まれた川中島は北に善光寺平を望む南北に長く伸びた平野で、果てしなく続く刈り取られた稲株の上を無数の赤とんぼが群れをなして飛んでいた。

「虎綱はおるか」

「はい、ここに…」と持ち前の大声を響かせると、虎綱は自らが作成した台帳を手にして近づいてきた。

「これをご覧下され。川中島は高井・水内・埴科・更級の四郡から成っており、信濃全部で五万五千町歩ある内、この四郡だけで二万三千町歩を占めております」

台帳には田と畑とが青や緑で色分けされている。

「ほう。ここはそれ程広いのか。麦で見立てて二十万石ぐらいはあるな。それでは軍役はどれぐらいになる」

「厳しく臨めば二千人は集まりましょう。それに川中島は何と申しても多くの信者をかかえる善光寺が魅力ですわ」

虎綱は以前に各地を放浪していたので、善光寺の持つ魔力をよく知っていた。

「善光寺を押さえた者が信者を奪い、彼らを味方につけられると申すのか」

「さようで…」

　この時から晴信の頭の片隅に「善光寺」という文字が残った。

　翌年天文二十三年になると、「景虎が上洛して天皇と将軍に拝謁した」という噂が甲斐にまで伝わってきて、朝廷や足利将軍を味方につけてまで、自分と勝負を挑もうとする景虎の真剣さが、晴信のところまでひしひしと伝わってきた。

「景虎は上洛して朝廷には剣、黄金、巻絹を、将軍義輝には太刀、馬、大鷹、青銅三十貫を献上し、弾正少弼・従五位下に叙任されたとか。それに『隣国の敵心を差し挟む輩《ともがら》を討て』との勅命まで貰ったようです。今度こそ勅命をかざしてお屋形を討ち取ると息巻いて川中島へ現われましょうな」

　信春は大義名分を手に入れた得意満面な景虎を想った。

「若い癖に形式に拘るやつだのう。勅命など絵に描いた餅に過ぎぬし、何の役にも立たぬのに…」

　景虎の稚気を晴信は嘲笑った。

「景虎が古めかしい権威などを持ち出しわしに対抗しようとするなら、わしはもっと実質的な手を打ってやろう。これは景虎相手に以前から考えていた策だが…」

　主殿で開かれた軍議の席に姿を現わした晴信は、一枚の和紙を板の間に広げた。

そこには『北条氏政には晴信の娘を、今川氏真には北条氏康の娘を娶らせること』と端正な筆使いで大書きされていた。

一同はそれを覗き込むと唸った。

「われらは今川とは上手くやっていますが、果たして氏康殿が今川やわれらと手を組みましょうか」と工藤源左衛門尉が口を挟むと、傍らにいた飯富源四郎が、「氏康殿はお屋形の考えに賛成する筈に決まっておるわ。この策が成れば氏康殿は関東に専念でき、今川は北条に兵を割くことなく西の尾張へ目が向けられよう。双方ともこの策に異論を訴える筈はない」とその理由を解《と》く。

「氏康が納得すれば、武田も狙いを北信濃一本に絞ることができよう。これはまさに一石三鳥だぞ。義元殿にはもう了承済みだ。氏康との交渉は信春に任そうと思う」

力強い晴信の目が信春に注がれる。

「これはしくじれぬ荷の重い役目ですな」

信虎を駿河に追い遣った時の苦い思い出が信春の頭の中に過った。

「これがよい機会じゃ。氏康とはどのような男なのかよく見てきて、後でわしに知らせよ。それに小田原城は立派な城だと聞く。勘助仕込みのその目で城の縄張りや城下の様子を探ってこい。供には地理勘のある虎綱を連れてゆけ。何かと役立とう」

この策が気にいっているのか、晴信の声が弾んでいるようだ。

二人は小山田氏の領内の都留を通り、富士山を眺めながら相模川沿いを進み、平塚を過ぎると小田原の城下に入った。

冬といっても小田原には雪がなく、海が近いせいか春のような暖かさだ。縮緬皺《ちりめんじわ》のような波が立ち果てしなく続く大海原を、数隻の漁船がゆっくりと漂っている。

「山から眺める諏訪湖もよろしいが、やっぱり本物の海は心が洗われますな」

柄になく詩的な表現をした虎綱は、子供のように寄せてくる波を避けながら、砂浜が続く波打ち際を跳びはねている。

「海のある今川も北条も水軍を持っております。この海上を船で移動すれば敵に邪魔されることなく、一度に多くの兵や兵糧を運ぶことができます。越後の海を手に入れようとお屋形は考えておられるのでしょう。何せ越後は横に長く伸びていますが、北信濃から春日山城までは僅か十五里程しかござりませぬから」

虎綱に指摘されて初めて、信春はそのことに気づいた。

（山国で育たれたお屋形は海のある国を望まれ、その海への憧れが景虎に向かわせているのかも知れぬな。景虎との戦いは越後を手に入れるまで続くのかも知れぬ…）

小田原城の規模は躑躅ヶ崎館と比べものにならない程巨大なものだった。

「城は箱根の外輪山から伸びる三本の尾根の上に築かれており、本丸はその中央の八幡山と呼ばれる尾根の上にあります。西には箱根山と早川が、東には酒匂川、山王川、渋取川が流れていて、南は海です。どこにも攻め口はござりませぬ」

虎綱は小田原城のことには詳しいようだ。

「それでもどこかに弱点はあろう」

「唯一の攻めどころは箱根山から太い尾根が伸びている城の北西方面だけです」

二人はそれを確かめようと城の北西に回ると、そこには虎綱が言ったように大きな堀切が設けられていた。

「これではとても攻め切れぬわ」

堀切はこれまで目にしたことがないような巨大なもので、幅は二十～三十メートルもあり、急勾配の斜面を持った十二メートルぐらいの深さの堀切がぽっかりと二人の目の前に大きな口を広げており、それがずっと先まで伸びていた。

目を凝らすと前方にも同様の堀切が続いており、三重の堀切が人を寄せつけぬように北西の尾根を絶ち切っているのだ。

「これはとうてい攻め切れぬ難攻不落の城だ」

信春は唸る。

案内を乞うと前もって連絡がしてあったのか、二人はすぐに本丸に通された。

上段で待ち受ける氏康は目の涼やかな広い額を持った男だった。

「これまでは板垣信方がわが方の交渉役を務めていたが、板垣は討死したと聞いた。その方は馬場信春と申したな。武田家臣も随分と若返ったようだのう」

晴信より少し年上で言葉は穏やかで微笑んでいるが、鷹のような鋭い目が二人を見据えていた。

(氏康様が北条の当主となられたのは、お屋形と同じ時分だと聞いている。お屋形が信濃の大半を切り取られたように、氏康殿も先代の氏綱様が広げられた相模、伊豆からさらに武蔵、下総、上野へと領国を伸ばされ、武田の二倍ぐらいの領土を上手く治められているようだ。今川義元様と同様、敵に回せば恐ろしい男だ)

信春は微笑の奥に潜むこの人物の知力、胆力を見抜こうとしたが、老獪な氏康はそんな隙を与えなかった。

襖が開き、鮮やかな小袖に身を包んだ女人と顎が張った背の高い元服前の若者が部屋に入ってきた。

信春と虎綱の視線が二人に向き直った。

「妻は義元殿の姉で、晴信殿の嫡男・義信殿の嫁はこの妻の姪に当たる。姪が義信殿のところへ嫁いでおることはご存じだな」

氏康が妻を紹介すると、「姪が武田家へ嫁入りしてもう一年が経つ、本日は武田家臣の方がお見えと伺い、姪が息災に過ごしておるかどうかを知りたかったのじゃ」と彼女は身を屈めた二人を見降ろした。

目の前の夫人が義元の姉だと知り、二人は慌てて額を畳に擦りつけた。

「それとこの氏政がぜひ武田の方に挨拶をしたいと申してな」

氏康は夫人の言葉の後を続けた。

信春は上目づかいに氏政を見た。

（年頃は義信様と同じぐらいだが、義信様と比べておっとりとしているようだ）

信春の目はどうも身贔屓になってしまう。

「晴信殿は娘子をたくさんお持ちで羨しいわ。氏政に下さるのは長女の方かな」

氏康は社交辞令を言う。

「さようでござる。桔梗姫は美しく、謙虚な人柄で、氏政様に相応しいかと…」

無骨な信春の返答としては上出来だった。

幾多の人物を見てきた氏康は、口上手な者より真面目一方の信春を小田原へ遣った晴信の心の内を知り、そんな信春が気に入ったようだった。

「甲斐からは晴信殿のよい噂が伝わってくる。父親が晴信殿ならその娘の桔梗姫もさぞかし心根の優しい方であろう。そんな嫁を貰って氏政は果報者じゃ。これは似合いの夫婦となりそうだ。小田原にこられたら大切に扱うと申されよ」

歯の浮くような氏康の台詞を、了承したと受け取った二人は再び頭を下げた。

関東の覇者を狙う氏康はこれまでの因縁を棄てて、晴信がお膳立てした同盟案に飛びついてきた。

「これからは越後の景虎に備えねばならぬ」

虎綱の実力を認めた晴信は、彼に佐久の小諸城を預けようとした。

「わしも秋山のように城を預かる身となったわ」

百姓から城代に出世した虎綱の喜び様は大変なものだった。

源四郎ら同僚たちは住み慣れた府中を発つ虎綱を祝ってやろうとした。

その中には早くに侍大将となった源左衛門尉や、伊那郡を任され高遠城にいる秋山信友、それに原昌胤らの顔があった。

「小諸城は勘助殿が手塩にかけて改築された名城だ。塩田城におられる飯富虎昌様と連携して景虎の動きを阻止するのがお前の役目だぞ」

兄貴株の源左衛門尉ははしゃぐ虎綱に釘を差す。

顔面に微笑を湛えているが、同僚と思っていた虎綱に先を越されておもしろくない源四郎の心中を察して、「飯富家は武田家代々から続く名門なので、晴信様はそんな源四郎を侍大将として手離すことが嫌なので、いつまでも手元に置いていたいのだろう」と源左衛門尉は彼を労ることを忘れない。

「ここに戻ってくると近習衆であった頃が懐かしいわ。いつも晴信様のお側にいて直に話ができる源四郎殿が羨ましい」

秋山も気配りが出来る男だ。

「ところで晴信様は近々下伊那に出陣されるらしいぞ」

原昌胤は早耳だ。

「そのようだな。小笠原信定の領地である松尾城と鈴岡城には目立った動きはないが、あの知久頼元だけはわれらの誘いを拒み続けている。下伊那ではこの夏武田がやつが籠もる神之峰城を攻めるだろうという噂で持ちきりだ」

秋山はそんな知久の不穏な動きに目を光らせている。

小笠原信定というのは松本平にいた長時の弟で、長時の父・長棟の代になって信定は下伊那の松尾城に入ったのだ。

信定はあえて武田に逆わずこれまで大人しく振る舞っていたが、神之峰を本城とする知久頼元だけは武田に刃向かう姿勢を見せているのだ。

「源四郎の腕が試される日が近いかも知れぬぞ」

景政をはじめ兄の飯富虎昌や虎綱といった有力な家臣が景虎を見張ることになるので、神之峰城攻めを任せる者は源四郎ぐらいしか残されていないと、源左衛門尉は判断していたがその読みが当たり、兵二千人を率いる晴信が府中を発ったのは天文二十三年の七月に入った暑い日だった。

高遠で秋山隊と合流し下伊那に入ると、周辺の座光寺一族を道案内にして三千に膨らんだ兵たちが神之峰城を目指す。

松尾城や鈴岡城は武田の動向を窺うだけで、じっと鳴りを潜めている。

「神之峰城を落として武田の威力をやつの目に焼きつけてやれば、信定とも戦わずに済みそうだが…」

そう呟くと、晴信は重畳と続く伊那山脈の西側の丘陵地帯に、この山だけが独立しまるで神の住む峰のように美しい山容をした神之峰を見詰めた。

「わしの兵を預けるので、源四郎は秋山と一緒に先陣を務めよ」

同僚が次々と出世してゆく中、不平をこぼさず黙々と務めを果たす源四郎に、晴信は今回はどうしても手柄を立てさせてやりたかった。

晴信の命令に源四郎は一瞬耳を疑った。

（先陣はわしと秋山でやるのか。ここは何としても晴信様の期待に応えねば…）

じんわりと源四郎の胸に熱い思いが湧いてきた。

秋山の陣所に足を運ぶと、彼は何やら図面を広げてそれを睨んでいた。

「これを御覧下され。本丸は山頂にあり、大手道はそこから東へ下り城下を抜けると秋葉街道に合流しています。また、途中まで一緒だった搦手道は南下して城下に入ってゆきます、城内には至るところに巨石が転がっており、城下が広がる山麓には寺院が林立しています。これは昔上伊那に土着していた知久氏が諏訪神社との結びつきが強かった証拠でしょう」

源四郎は秋山の博学ぶりに驚く。

「西の谷に住む木曽氏や小笠原信定らが目を皿のようにしてわれらの動向を窺っているので、早くこの城を落としやつらに武田の恐しさを教えてやらねば…」

源四郎のこの考えは秋山も同感だった。

水も兵糧も豊富なこの城には、力攻めしかないと二人は判断した。

武田軍は翌朝早く城下の侍屋敷や寺院に火を放った。

暑さで乾き切っていたので、一気に燃え上がった建物から黒煙が噴き出すと、それは舌のような巨大な炎となってやがて城下一面を包み込んだ。

屋敷から飛び出した城兵たちは火炎地獄の中を必死になって大手道・搦手道に向かって逃げてゆく。

彼らの背中を追って源四郎は大手道を、秋山は搦手道から山道を登っていく。

曲輪に籠もる八百に満たない城兵は登ってくる武田兵に懸命に抵抗するが、槍衾を組んで攻め込む源四郎隊は手向かう城兵を串刺しにする。

武田軍が曲輪の粗方を占領すると、城兵たちは本丸まで退いた。

「勝敗はもう決まったわ。降伏は恥ずかしいことではない。刀を棄てる者は殺さぬぞ」

この源四郎の大声に疑心暗鬼ながらも敵の二、三人が武器を棄ててこちらへやってくると、残った者も手にした槍や刀を投げ棄てて投降してきた。

その中には悔しさに身を震わす城主・知久頼元の姿もあった。

これらの人質は本陣の前に集められ、頼元は晴信のところまで引っぱって連れてこられた。

「お前が知久頼元か。今までさんざん武田に逆らっておきながら、城を枕に腹も斬らずにおめおめと縄目の恥を受けるとは、伊那侍が聞いて呆れるわ」

「ふん、偉そうにほざくわ。この伊那はこれまで長閑なところだったが、お前が高遠頼継を騙し討ちにして高遠城を手に入れ、藤沢頼親の福与城まで奪ったので、この地の平和が崩れてしまったのだ。お前がどんな顔をしている男なのか、それをじっくりと見てやろうと腹を斬らずにここへ来たのだ」

暴れないよう源四郎に肩を押さえつけられ跪かされていたが、頼元は後手に縄で縛られながらも晴信を睨み据えた。

「世の中の動きが見えぬ頑固者めが！」

かっと目を見開くと、晴信は思わず大声で叫んだ。

移り変わっていく激しい世の動きから目を逸らし、高い名門意識だけを持ち続ける頼元のような男を、晴信はもっとも嫌っていた。

こんな男の領地など自分が手を下さなくても、誰か他の者が奪うだろうと思った。

あっけない神之峰城落城の噂が広がると、吉岡城の下条一族をはじめ周辺の小豪族たちは次々と帰順してきた。

そして晴信が嫌う名門の小笠原信定は松尾城や鈴岡城を棄てて逃亡してしまった。

「神之峰城攻めの一番の戦功者はお前だ。感状を取らそう。同僚らが侍大将となる中、よく腐らずにわしに尽くしてくれた。礼を申すぞ」

「それがしに頭を下げられるとは、誠にもったいないことです」

「しばらくこの地に留まり、秋山と一緒に帰順してきた小豪族たちを手懐け、空き城となった城と領地の後片付けをしてから府中に戻ってこい。これからまだまだ武田の新しい領土は広がってゆくので、お前に相応しい城も見つかるだろう。それまでしばらく待って欲しい」

「はぁっ！」

晴信の信頼がそこまで厚いことを知って、源四郎は返事に詰まってしまった。


天文二十三年十二月は雪の多い月で、府中に降り積もった大雪は根雪となり、躑躅ヶ崎館の内外は白一色の銀世界となった。

十二歳になった桔梗が氏政のところに嫁ぐ日がやってきたのは、そんな雪がちらつく日だった。

躑躅ヶ崎館の正門には桔梗の門出を見送ろうと、多くの一族の者や重臣たちが集まっていた。

まだ幼さを残す桔梗を乗せる美々しく飾り立てた輿が正門に着くと、三千もの供回りの騎馬の侍たちが輿の周りに控え、その後方に正装した万を越す家臣たちが跪く。

「息災でのう」

初めてのわが娘を他国へ遣る晴信の正夫人・若葉の目は涙で潤んでいた。

楓や真理姫をはじめ幼い妹たちは若葉に手を引かれながら、鮮やかな小袖を纏った姉の晴れ姿を見詰めていた。

花嫁姿の桔梗の脇を離れず、何かと彼女の安否を気遣い声をかける晴信の姿は、傍目にもその子煩悩ぶりを物語っていた。

「何か心配事や欲しい物があればすぐに手紙を寄こせ。相模の水が合わぬようなら、甲斐から送り届けさせるからな」

晴信は何度も念を押す。

やがて四十二丁もの長持ちが正門に姿を現わすと、「蟇目《ひきめ》役は小山田信茂が務めよ」と晴信は命じた。

十五歳になったばかりの信茂がきりりと弓を引くと、鏑矢は力強い音を響かせながら天高く舞い上がった。

「よし、出発じゃ」

晴信は用意させた馬に跨《またが》ると、輿から離れずついてゆく。

（敵には鬼のように恐れられるお屋形もわが子には甘いなあ）

「途中まで娘を見送る」と言い張って重臣たちを困らせた晴信の後姿を見守りながら、信春は苦笑を零《こぼ》した。

氏康と手を結んだ晴信は、もう北条に煩わされず越後の景虎だけに集中することができた。

「北条高広《きたじょうたかひろ》が景虎に叛旗を翻した」という噂が信春の耳に届いたのは、もう弘治《こうじ》と年号が改まった頃だった。高広は長尾家代々の家臣で「器量、骨幹、人に倍して無双の勇士」と言われた猛将だ。

「あの豪勇で鳴る北条高広を寝返らせるとは虎綱もなかなかやりよるわ」

信春を部屋に通すと、晴信は虎綱の働きを褒めちぎった。

(最近小諸城で姿を見かけぬと思ったら、虎綱は調略のために越後にいたのか)

躑躅ヶ崎館《いぶか》へやってきてはいつも腰巾着のように晴信の側から離れない虎綱の不在を訝しく思っていた信春は、これを聞くと納得した。

だが高広の離乱に激昂した景虎は、高広の反乱を早々と鎮圧し、その裏に晴信の手が伸びていたことを知ると、田植えが済む七月に入るや否や晴信と雌雄を決しようと、川中島に出陣してきた。

「今度はこの日のために勘助が目をつけた旭山城《あさひやま》がその力を発揮するぞ」

晴信は絵図面で黒印をつけた山城を指で押さえ、そこに控えている勘助を見た。

標高八十五メートルの旭山城は善光寺の西にある山城で、城は北を流れる裾花川《すそばな》を挟んで善光寺を見降し、景虎が本陣を構える北の大峰山の山麓にある葛山城を見据える絶好の位置にある。

「善光寺の別当《べっとう》・栗田永寿が支配する旭山城を手に入れておかぬと、景虎が川中島から犀川を越えてあわや武田軍と全面対決してしまうところでしたわ」

絵図面を見入っていた信春には、胴間声で話す勘助の戦略がわかる。

「もし景虎殿が大峰山を発ち裾花川を渡ってくれれば旭山城と本陣から越後兵を挟む」

勘助の言葉に晴信は満足そうに頷く。

犀川の南にある大塚に本陣を据えた晴信は、絶えず越後兵がどう動くかを目を皿のようにして注視したが、晴信の意図を察した景虎は決して犀川を渡ろうとはせずに旭山城だけに狙いを絞ったようだった。だがなかなか思うように旭山城を攻略できずに対陣は長引いた。

夏から初冬に至る数ヶ月の対陣では、補給路の長い武田軍の方が不利だったが、越後兵は他国での長陣に不安を隠し切れず人心は動揺し始めた。

「これをご覧下され。敵陣では厭戦の雰囲気が漂っておりますぞ」

勘助は生捕りした捕虜から奪ってきた誓紙を晴信に見せた。

「景虎様が何ヶ年対陣されようとも、他の方はどうであろうと、拙者は唯一筋に命令通りに在陣し、御馬前で奮闘します」と、誓紙には言葉とは裏腹に、景虎の厳命に苦悩する兵たちの心情がその紙面から滲み出ていた。

「味方の兵を纏めるのに、景虎は非常に苦労しているようだな。長陣もこの辺が見切り時のように思われる」

停戦の機会がきたと晴信は判断した。

「済まぬが信春、もう一度義元殿のところへ遣《つか》いをしてくれ」

「仲介を頼まれるので…」

「そうじゃ。義信の舅だからのう。嫌だとは申せまい。ついでに父上のご機嫌も伺って参れ」

公家のようにお歯黒をした小肥りの男を信春は思い出した。

重い腰を上げた義元の仲立ちにより和睦が成り、越後兵は続々と退却を始めた。

信春は来た時とは異なり、重い足取りで遠ざかってゆく越後兵の後姿をいつまでも見送っていた。

越後兵が姿を消すのを見届けると、晴信は虎綱を呼びつけた。

「真田幸隆が雨飾《あまかざり》城攻めの手伝いをよこせと申してきた。やつの調略を持ってしても落とせぬとは、東条信広とは余程の智者と見えるわ」

何か難題を言いつけられるのかと身構える虎綱を見ると、晴信は頬を緩めた。

「真田殿は今葛山城攻めで忙しいのでは…」

「やつのような有能な男を一箇所だけで働かせておくのはもったいないからのう」

（村上義清の戸石城を奪った幸隆殿が雨飾城ごときで手古摺るとは意外なことだ。調略が得意な幸隆殿にとって雨飾城を落とすことなど何でもないが、外様である彼は武田内で目立つことを恐れてわざと城攻めがむずかしいと主張しているのだろう。晴信様もそんなやつの性質を知っておられ、上手く利用されているのだ）

「お前に後詰めを任そう」

「それがしのような者で務まりましょうか、もっと適任者がおりましょうに…」

「惚《とぼ》けおってもわしの目は騙されぬぞ。早く手柄を立てて景虎と雌雄を決する程の者になりたいものだとその顔に書いてあるぞ」

「そんな大それたことがこの顔に出ておりますのか…」

つるりと虎綱は自分の顔を撫でた。

「翌朝に発て。真田一人に手柄を独占させず、早く落城させ見事手柄を立ててみよ」

一旦小諸城に戻ると、精兵を選りすぐった虎綱は千曲川沿いに川中島へ向かう。

前方に上田平が見えてくると、部下たちに休憩を命じた。かつて板垣信方や甘利虎泰といった大物が討死した戦場は、今もほとんどその田園風景を変えていなかった。

侍大将となり雨飾城へ急ぐ虎綱は、滔々と流れる千曲川の川面を眺めながら、昔の思い出にふけっていた。

「こら！　ここは春日虎綱様の本陣じゃ。近寄ってはならぬ」

家臣の大声に虎綱が振り返ると、家臣たちは一人の大柄な若者を取り巻いている。

「何だ。どうしたのか」

「こやつは百姓の身なりをしておりますが、『わしは春日様の身内の者だ。直接会って話がしたい』と申してわれらが制止するのを聞かぬのです」

「その者は何と名乗っておるのだ」

その若者を眺めるが、虎綱には思い当たらない。

「春日惣次郎と名乗り、殿の姉の子だと申しておりますが…」

「惣次郎？」

（どこかで聞いた名だ）

若者を見詰めていると、急に姉に手を引かれていた幼い顔がふと頭の中を過った。

（あれはわしが初陣した時だった）

生き生きとその時の情景が浮かんできた。

「惣次郎と申したな。よしここへ参れ」

家臣の輪から出てきた惣次郎は、陽に焼けて浅黒い顔をした逞しい体つきの若者だった。

「お前があの時会った惣次郎か。幼い頃の面影が残っておるぞ。懐かしいのう」

若者は虎綱の立派な甲冑姿を見ると、慌てて土下座しようとした。

「そう固くならずともよい。気楽にせよ」

訝る家臣に床几を運ばせるとそこに腰を降ろし、突っ立っている惣次郎をじっくりと見回した。

「あれから十数年経つが、何かあったのか」

惣次郎はしばらく言い渋っていたが、「父は博打に手を出して家屋敷は人手に渡り五年前に亡くなりました。その後母は細々と手仕事をしながらそれがしを養ってくれていましたが、三年前の流行病《はやりやまい》でぽっくりとあの世に逝ってしまいました」と辛そうにこれまでのことを口にした。

村の経営と食糧の搬入を一手に武田家に任され、繁盛していた本家がすでに他人のものになってしまったことを、虎綱はただ呆然と聞いていた。

よく友達らと駆け回って遊んだ蔵に囲まれた中庭の風景が思い出されると、かび臭い匂いがする漆喰の薄暗い蔵の中の様子が目の前に現われてきた。

「それでお前はどうしてここにきたのだ」

「それがしは住むところもなく各地を点々と放浪していろいろな職につきましたがどうも上手くいきませんでした。叔父上が武田家から城を預かるまでに出世したと耳にして、侍になって叔父上の手伝いをしたいとここまでやってきたのです」

惣次郎の利かん気をした目は虎綱と同じ春日家代々の目だった。

「百姓は性に合わぬと申すのか。侍は人を殺さねばならぬものだぞ。修羅場を何度もくぐらねば真の侍とはなれぬのだ。お前はそんな稼業に耐えられるのか」

「それがしも飢えて何度も死ぬ思いをしてきました。飯が食えるなら人を殺しても苦になりませぬ。ぜひ叔父上の下で働かせて下され」

必死に訴える惣次郎の目は真剣そのものだった。

「わしは身内とて遠慮はせぬぞ。むしろ身内の者にこそ厳しくする。味方の結束のためにはけじめが必要だからのう。それでも辛抱できれば家来に加えよう」

「よろしくお願いします」

「何度も申すが例え親類の者であろうと決して特別に扱わぬぞ。小池、こやつの世話を頼む」

虎綱は若党頭を呼びつけた。

後のことになるが、虎綱が書き綴った『甲陽軍鑑』の続きをこの惣次郎が引き継ぐことになるのである。

雨飾城は千曲川沿いにある、高さが七百八十一メートルもある雨飾山の山頂に建つ山城で、北西に伸びる尾根筋には金井山城と寺尾城とがある。

さっそく虎綱が真田幸隆の本陣を訪れると、「やはり晴信様が特別に可愛いがられている春日殿が参られたか」と幸隆は虎綱の早い到着を労《いたわ》った。

「どのような城ですか」

「寺尾氏を味方につけて北西の尾根筋は押さえているのだが、山頂の城は険阻な絶壁に阻まれ、攻め口がなかなか見つからぬので困っているのだ」

苦情を並べる幸隆の脇に、虎綱は妙な柄をした真田の軍旗が置かれているのに気づいた。

「これは六文銭ですな」

銭金を扱うことを潔しとしない当時の武士の風習からすれば珍しい旗印だ。

「六文銭は六道銭のことを表わしておってな。六道とは虎綱殿もご存じのように地獄・餓鬼・畜生・修羅・人間・天上の六つの迷界だ。人が死んだ時、三途の川を渡るために棺の中に六文銭を入れておくのだ。戦さに臨む折、この軍旗に描かれた六文銭を見ることで、わしを含め家臣たちがどの世界にいってもよいように覚悟を定めるのだ。この世の一寸先は闇ですからな」

六文銭の旗印を見る目が妖しく光り、口元だけを緩めている幸隆を見ると、武田信虎に故国を追われたが武田の棟梁が代わると彼を庇護してくれた長野業政を見棄ててまで武田に擦り寄ってきた幸隆の変わり身の早さに虎綱は驚くと同時に、この男に不気味さを感じる。

「武田の援軍が来たと知ると、山頂のやつらの士気は衰えるだろう。北と南側は絶壁続きで登れませぬが、それがしは西から、虎綱殿は東から攻め登って下され。『景虎が川中島へやってくるまでに落とせ』とお屋形は急がれておるようだ。山麓にいる寺尾氏はそれがしが抱き込んでいるので心配は要らぬ」

「これは手回しのよいことで。こちらも真田殿に遅れを取らぬように励まねば……」

虎綱は幸隆と分かれると東へ回り、山頂の雨飾城を眺める。

（東側は岩石が露出しており、急斜面が続いている。攻め口はどう見ても傾斜の緩い西側しかないわ。真田の領地はここから近いし、この辺りの豪族には顔が利く。やつは晴信様に援軍を頼んでおいて雨飾城を先に落として手柄を一人占めする腹のようだ。東側から攻めるのは不利だが、ぜひわしが一番乗りしてやるぞ）

食い入るように絵図面を睨んでいると、「東の奇妙山から尾根続きで雨飾山に向かう山道がございます。狭い道ですが人が歩けぬことはありませぬ。何ならそれがしが道案内に立ちましょうか？」と本陣を通りがかった惣次郎が声をかけた。

「お前はその道を歩いたことがあるのか？」

「樵《きこり》しか通らぬ獣道ですが、それがしが樵をしていた頃一冬を奇妙山で過ごしましたので、雨飾山への尾根道はよく知っております」

「それはよいことを教えてくれた。さっそく小池と下見をして参れ。その道が通れそうならさっそく雨飾山へ向かうぞ」

朝早く発った惣次郎たちは奇妙山からの尾根道が通行可能であり、警戒も緩いということまで調べてきた。

明日攻め登ることを幸隆に連絡すると、虎綱は気が高ぶって眠れずにいる惣次郎のことを思っている内に高いびきをかいてしまっていた。

奇妙山への登頂は暑さとの戦いであった。傾斜の緩やかな道を選んで登るが、それでも村人もめったに登らない山道なので非常に荒れており、道案内の惣次郎がいなければ迷い込んでしまうような獣道だった。

やっとの思いで奇妙山の山頂に辿り着くと、そこには廃屋のようになった樵小屋が建っており、樹々の間からちらりと雨飾城が垣間見られた。

その向こうには蛇行している千曲川が、更にその先の川中島には、青々と稲田が広がっている。

「まだ真田は雨飾城を奪ってはおらぬようだ。一服したら雨飾山へ急ごう」

休憩もそこそこに尾根伝いを進むと、堀切を守っている城兵が姿を現した。

「わぁっ！　敵の来襲だぞ」

圧倒的多数の敵だと知ると、城兵は鉄砲を撃ちかけもせずに一斉に持ち場を棄てて城の方へ逃げた。

虎綱らが雨飾城に着いたちょうどその時、寺尾氏を先頭に西の斜面から山道を這い上がってくる「六文銭」の軍旗が見えた。

虎綱らと真田隊に追われた城兵たちは本丸に逃げ込んだ。

生き延びようとする城兵たちは脱出路を求めて堀切を飛び越えて突出してきたが、

待ち構える両隊によって次々と倒されてゆく。

この悲惨な光景を目の前にして、惣次郎は呆然と突っ立っていた。

「こらっ！　そんなところでぼやぼやするな」

斬りかかってきた敵を串刺しにした小池は、無防備な若者を大声で叱りつけた。

「これでやっと片付き、晴信様に雷を落とされずに済みますな」

幸隆は自領に近い雨飾城を預かることを期待していたが、西上野の領有を目論む晴信は彼を休ませる間も惜しむかのように、西上野に通ずる鳥居峠に影響力を持つ岩櫃城への調略に向かわせた。

その結果、川中島を西から見張る絶好の山城の旭山城と同様に、川中島の東に位置する雨飾城の城代に虎綱を起用した。


十一月に入ると躑躅ヶ崎館の塀際に立ち並んだ木立が木枯らしで激しく揺れ動き、叢《くさむら》の虫たちも本格的な冬ごしらえに忙しかった。

その頃館内の離れ屋敷では、美鈴姫の実母・御大の方が屋敷で寝泊まりをして娘の看病をしていた。

美鈴姫の病が篤いと耳にした晴信は川中島から馬を飛ばして躑躅ヶ崎館に戻ってく

ると、廊下を踏み鳴らし慌しく彼女が伏せっている部屋に駆け込んだ。

入室を許された信春は彼女の変わり様に驚いた。

痩せて青白く血管が透けて見える美鈴姫は、薄化粧をして御大の方に助けられるように布団の上に座って、枕元にいるわが子の顔を食い入るように見詰めていた。

窶《やつ》れ果てた彼女の姿に呆然としたが、死期が近いことを知った晴信は彼女に何か声をかけようとすると、晴信に向き直った彼女は目に一杯の涙を留め、「思い残すことは何もありませぬが、この子の成人の姿を見ることができぬことだけが心残りです。この子をどうかよろしくお願いします」と肩を震わせて泣き始めた。

それは晴信の側室になってから初めて見せる涙だった。

「何を弱気なことを。もっと気を強く持て。いつものそなたらしくないではないか」

美鈴姫の目は晴信から再び幼いわが子に注がれ、わが子を残して死なねばならぬ悔しさをその顔に滲ませた。そしてその思いが突き上げてきたのか、次から次へと溢れる涙が頬を伝わり落ちた。

そんな娘の哀れな姿を直視できず、御大の方は顔を小袖に埋めると部屋を出て行ってしまった。

十歳になる勝頼（四郎）は子供心に母親がこの世を去ろうとしていることを感じた

のか、思わず母親のところへ駆け寄り、細くなった母の手をしっかりと握りしめた。

（せっかく子供も丈夫に育ち、これからという時だけに何とも労しいことだ）

目が潤んでくると、信春の視界が霞んできた。

その夜彼女は大量の血を吐いて息を引き取った。


「景虎が隠居したようだ」

そんな噂が府中に伝わってきたのは弘治二年に入ってからだった。

「確かなのか」

「本当なら越後入りの絶好の機会だ」

躑躅ヶ崎館内はその噂を巡って大騒ぎとなったが、騒ぎの渦中に虎綱の姿が見えないことが、信春の気にかかった。

不思議なことに数ヶ月経っても虎綱は一向に戻ってくる様子がなかった。

「あんなにお屋形に可愛がられていたのに、小諸城代を放って何故逐電したのか」

「もともと百姓出身だ。武士であることに愛想を尽かせたのだろう」

彼を軽蔑していた者は公然と虎綱の悪口を叩く。

源左衛門尉と源四郎があれこれと気を揉んでいると、「今度は危うい目に合って、もう駄目かと覚悟したわ」と聞き覚えのある野太い声が館内に響いてきた。

山伏姿をした虎綱の頭髪は薄汚れ、髭は伸び放題の浮浪者のようだったが、「よい土産を持って帰ってきたぞ」と日焼けした顔に白い歯を覗かせた。

「どこへ行っておったのだ。随分と心配しておったのだぞ」

二人の抱きつかんばかりの出迎えに、虎綱は「まずはお屋形への報告の方が先だ」と二人に背を向け足早に晴信の部屋へ急ぐ。

晴信はどかどかと入ってくる者たちを招き入れると、「どんなよい土産話を聞かせてくれるのか」とえびす顔をした虎綱の方に顔を振り向けた。

「景虎殿の隠居話は本当のことでございました。家臣たちの領地争いに嫌気がさしたらしく、景虎殿は『わしは出家する。わしの意志は固いので誰にも邪魔はさせぬ。家臣たちは協議して国政を執れ』と命じて本当に高野山に向かったのです」

虎綱の報告を晴信は平然とした顔で聞いていた。

（虎綱が突然居なくなったと思ったら、お屋形の命令で越後へ行っていたのか。虎綱の行動を隠密にするため、お屋形は今まで誰にも知らせずに黙っておられたのか。それにしても景虎が国を投げ出してまで出家するとは…）

百戦錬磨の景虎がそんな清廉潔白な一面を持っていようとは驚きだった。

（領主にとって家臣との揉め事は悩みの種ではあるが、何も棟梁の座を蹴ってまで出家することはあるまい。これは家臣の心を一つに纏めるために、わざと景虎が打った一世一代の大芝居かも知れぬぞ）

信春が景虎という若者について思いを馳せている間にも虎綱の話は続いていた。

「景虎の出家騒ぎで春日山城下の動揺が激しくなりだした頃を見計らい、それがしは大熊朝秀殿に近づきました。そして彼にお屋形からの内命を伝えたところ、大熊殿は以前から景虎殿のやり方に強い不満を抱いていたのか、越中で反旗を翻したのです」

「虎綱の土産は本庄実乃《さねより》、直江実綱と並ぶ大物の大熊を釣り上げたことか」

源四郎と源左衛門尉は「虎綱の調略の力は大したものだ」と、誇らしそうに褒めそやした。

近親者にもめったに腹の底を見せぬ晴信を眺めていると、信春には武田の大黒柱に相応しい大将に脱皮してゆくにつれ、今まで身近に思えた存在だった晴信がどんどんと自分から遠のいてゆく気がして一抹の寂しさを禁じ得なかった。

翌年になると大熊を引き抜かれた景虎の怒りが爆発した。

「景虎殿は余程お屋形に腹を立てておりますぞ」

虎綱が盗んできた更級八幡宮に奉納された祈願文には、「武田晴信という佞臣が信濃に乱入し、万民を苦しめている。断じて許すことができぬ」と景虎の激怒ぶりがありありと書き記されている。

「やつの怒りは大熊のことだけではない。これまで北信濃衆のものであった葛山城をわれらが奪い、飯綱・戸隠高原を押さえられ、さらに高梨政頼の飯山城まで攻められて、やつはわれらに脅威を覚えているのだろう」

晴信から手渡された祈願文に目を通した信春は、景虎の憤怒の原因となった葛山城攻めのことを思い出していた。

それは二月に入り雪のちらつく寒い日だった。

前回の対決は義元の仲介もあり「旭山城を取り潰す」という景虎の抗議が受け入れられ和睦が成立したが、和睦は一時的なもので、永久なものではない。

雪深い越後の景虎が川中島へやってこない内にできるだけ北信濃の豪族たちを恭順させようと思う晴信にとって一番目障りだったのは、旭山城の北を守る落合治吉の葛山城だった。

「ここは信春に働いて貰おう。なるべく犠牲を減らし、謀略が得意の真田幸隆を使え」と晴信は命じた。

葛山城は八百メートル級の山頂にあり、南を流れる裾花川を挟んで旭山城と向かい合っている山城だ。

城将の落合治吉はこれまで村上義清に従っていた国衆だったが、今は景虎に忠誠を尽くしている。

一万七千人を率いて葛山城に迫った信春は、幸隆を城へ遣って調略活動を試みたが、治吉は節を曲げぬ古武士のような男でなかなか応じようとはしなかった。

「何かよい知恵はござらぬか」

葛山城攻めに加わっている栗田永寿に相談しようと、信春は本陣へ栗田を招いた。

栗田は旭山城の城将の頃から、裾花川の対岸に聳える葛山城主・落合治吉のことには詳しい男だったからである。

「葛山城は水が乏しい山城です。裾花川を堰止め、日干しにすれば如何か」

「そうか。これはよいことを伺った」

窮地を救われた思いがした信春は膝を叩いた。

翌朝から栗田が先頭に立って武田の兵たちは凍った氷を割って川の中に入り、震えながら川底から石を運ぶと数日がかりで川を堰止めた。

これで城への流れは止まり、水の手を切ったと思った信春はしばらく城内を見張っていたが、城内は以前と変わらず平穏な様子だった。

城には水が余っているのか、滝のように水が流れ落ちる様子が遠目からでもよく窺えた。

「不思議だ。この山に水が湧くようなところは無かった筈だが…」

栗田も首を捻る。

「山麓にある静松寺の住職なら城のことをよくご存じだろう」

栗田から呼び出されて急いできた肥満気味の住職は肩を上下に動かし喘いでいる。しばらく考え込んでいたが、「この山には元々湧き水は無く、下の裾花川から汲み上げていた筈です。あんなところに滝はございませぬ。多分兵糧米を落として滝のように見せかけているのでしょう」と彼は湧き起こる汗を拭いながら答えた。

「やはりそうか」

信春と目を合わせた栗田は頷いた。

なおも城内の様子を探っていると、しばらく顔を見せなかった幸隆が微笑を湛えながら本陣へやってきた。

小柄な体付きのこの男の鋭い目は怪しい光を放っている。

「朗報ですぞ。城将・落合治吉の一族の落合遠江守と落合三郎左衛門尉とを口説き落としましたぞ。もっともお屋形から戴いた甲州金は底を尽いてしまいましたがな」と幸隆は苦笑した。

(村上義清の戸石城を奪い取ったのもこの男だ。「幸隆を連れてゆけ」と命じられたお屋形はこの幸隆の凄腕を認めておられたのか…)

そう思うと今目の前にいる小男が急に不気味なものに思われてきた。

「それではそろそろ仕上げにかかるか」

機が熟してきたことを知ると、信春は火攻めを敢行した。

葛山城の西側の横棚村から放たれた火は、春風に煽られて城の方へ向かう。燃え広がる火の中を城内に突っ込んだ武田兵は、日干しで弱り切り力なく太刀を振り回す敵兵を見つけしだい斬り殺した。

火勢を避けて北へ避難した女、子供は攻め登ってくる武田兵に捕えられることを恐れ、「姫谷」と呼ばれる谷底へ身を投げた。

城内を見回りながらあちこちに散乱した黒焦げになった敵兵の死体を一箇所に集めると、信春は住職に頼んで経を唱えさせた。

葛山城を落とし飯綱・戸隠高原を取り飯山城まで侵入してきた晴信に、深雪で越後から足を止めを食らっている景虎の怒りは頂点に達したようだった。

四月早々に凍りついた根雪を掻き分け北信濃の大地に足を踏み入れた景虎は、敵兵が籠もる葛山城を攻め落とすと、その南の旭山城を再興し晴信の姿を探し求めて川中島をさらに南下し、武田方に奪われた城を次々と取り返していった。

　だが慎重を決め込む晴信は殻を閉じた貝のように小諸城に留まり続け、怒り狂う景
虎の様子を静観していた。

「やつは雌雄を決しようとわしを探して暴れ回っているが、こんな手負いの猪のよう
な男と真っ向勝負すれば多大な犠牲を払うだけだ」

　慎重を極めた晴信の戦いぶりを、信春は知悉している。

（多分お屋形は景虎が越後へ戻る時を狙っておられるのに違いない）

　この信春の読みは当たった。

「源四郎はいるか」

　よく通る晴信の大声が本陣の空気を震わせると、源四郎は何か重大な役目を命じら
れるのかと思い、緊張のために武者震いが止まらなくなった。

「お前は安曇郡にある小谷城を落とし、さらに糸魚川に沿って軍を北に進めよ。景虎
のいない春日山の背後を突くのだ」

　大役のために、源四郎は震えを止めようとぎゅっと体を引き締めた。

　この晴信の策に背後からの脅威を感じた景虎は、春日山に向かって後退し始めた。

「今じゃ。この時を待っていたのだ。一人として無事に越後に帰すな」

小諸を発ち撤退する越後兵を追撃し髻《もとどり》山付近の上野原で敵の姿を捉えた武田軍と越後軍との間に激しい戦闘が始まり、双方とも懸命に戦ったが決着はつかなかった。

景虎が越後へ去ると晴信は占領地に若干の兵を残して川中島を後にした結果、武田は川中島の善光寺周辺から南側に勢力を伸ばすようになった。

「景虎が五千人もの兵を率いて上洛し、足利将軍と正親町《おおぎまち》天皇に目通りするらしい」

信春がこの知らせを耳にしたのは、永禄《えいろく》二年に入ってすぐのことだった。

「景虎が将軍や天皇を利用してわしを押さえようとするなら、わしは仏の力をもって景虎と対抗してやろう」

晴信は出家という方法で景虎を負かしてやろうと決意した。

剃髪を長禅寺で行うことが伝えられると、それを知った家臣たちが晴信に見習おうと寺の境内に詰めかけてきた。

黒染めの衣に身を包んだ神妙な面持ちの晴信は住職の岐秀元伯の手で髻を切り落とされた。頭を剃り上げると、晴信は頭に手をやり、「風が吹くと頭が寒くなってきたわ」と苦笑した。

院号を法性院、道号を機山《きざん》、諱《いみな》は信玄、別号を徳栄軒と名乗る僧侶となると、原虎胤・小畠虎盛・山本勘助らをはじめ境内には信玄に続く俄《にわか》坊主の姿で溢れた。

僧侶姿が似合うようになってきた頃、そっくり北信濃を掌中にしたい信玄はこの機会を捉えて深志城にいる信春に命じて再び北信濃に侵入させた。

それを知って慌てた景虎は将軍を通じて武田の和睦違反を抗議したが、逆に信玄は以前将軍から与えられた「信濃守護職」を盾に取って自分の行動を正当化し兵を北信濃から引かなかったので、景虎は滞在もそこそこに京を引き上げざるを得なかった。

北条、今川、武田の三者同盟が功を奏し始めた永禄三年になると、北条氏が武蔵の鉢形《はちがた》・松山城まで勢力を張り出し、景虎の目が関東に向かった隙を突いて、信玄はすかさず北信濃の奥深くまで侵攻した。

駿河から遠江・三河を押さえ「尾張の次は上洛だ」とまで噂された三国の中でも最大の強国を治める義元が、「桶狭間《おけはざま》」で尾張の新興勢力に過ぎない織田信長にその首を掻かれてしまうという一大事が起こった。

驚愕した信玄は慌てて勘助を呼びつけた。

「織田信長とは一体何者なのだ」

信玄の頭の中には信長という男の存在は全く無かったのだが、さすがに各地の情報に通じている勘助は信長のことを知っていた。

「信長はまだ亡くなった父・信秀から織田家の家督を継いだばかりで、どう掻き集めても三千にも足らぬ兵しか持っていない二十七歳の若造に過ぎませぬが、片や駿河・遠江・三河の大守であられる義元公は三万もの兵を従えて出陣なされました。どう転んでもこの戦さに敗れる筈などございませぬが、これは油断という魔物の仕業で、不運としか申す他はありませぬ」

「まぐれも実力の内だ。信長はうつけ者だと評判の男と申すではないか。わざとうつけっぷりをして敵の目を欺いていたのかも知れぬぞ」

信玄にそう言われると、勘助は今まで全く注目していなかった信長という男に急に興味が湧き始めた。

六月になると、今度は先に景虎が動いたが、彼は北信濃ではなく三国峠を越えて関東平野に出陣してきたのだ。

「景虎は関東管領の上杉憲政《のりまさ》に乞われて出陣したらしい。関東を追われた憲政など何の力も持たぬ男だが、やつは景虎にすがって北条から関東を取り戻すつもりなのだ」

（鬼の居ぬ間に楔を打ち込んでやろう）

「北信濃に景虎を阻む城を築きたい。城は犀川と千曲川が合流する辺りがよい。土地探しと縄張りは勘助に任そう。新しい城は虎綱が守るのだ。お前の補佐には小畠虎盛がよいだろう。虎盛と二人してしっかりと景虎を見張れ」

佐久の国衆を見張るため、虎綱は小諸城を預かり、今は雨飾城城代の身分にまで出世していた。

（百姓だったわしが景虎殿との最前線を任されるのか。しかも城作りは小諸城と同じく勘助殿がやってくれるとは、これは勘助様々だ。勘助殿に足を向けては眠れぬぞ）

虎綱の頭の中では勘助の醜い顔が神々しい大福様の姿と重なった。

「命に代えても景虎殿には決して犀川を越させませぬ」と虎綱は大声をあげて叫ぶと、ぎゅっと唇を噛みしめた。

深志城からは信春も加わり、勘助と虎綱の三人は築城に向いた地を探すため川中島付近を見て回った。

川中島には北を犀川が東を千曲川の二つの大河が滔々と流れている。

「千曲川と犀川とが合流する辺りから北には善光寺平と呼ばれる平地が広がっておるが、城を作るならもっと南の川中島の方がよい。北へ流れる千曲川を外堀とするならば、あの東にある雨飾城の山頂から尾根が降りてくる辺りが一番じゃ」

勘助は前方の山際を指差す。

山頂にある雨飾城は東条氏から奪った城で、今は虎綱が預かっている。標高七百八十メートルある山頂から人の腕のように尾根が広がっている。

「北西に出張った尾根筋には寺尾・金井山城が雨飾城を守っており、それに南西へ伸びる別の尾根にはかつて清野氏が居城とした鞍骨城があり、その支城が尾根筋に配されておる。出来上がった新城はちょうど雨飾と鞍骨城に挟まれる格好となる。小県からの街道を通れば、府中から敵に脅かされずにこの城に入れるようになるわ」

そう言うと勘助はまるで新しい城がそこに建っているかのように満足そうに目を細めた。

早々に関東出陣を宣言した景虎は、春になるのを待ちきれずに厩橋《まやばし》城で越年するとすぐに目指す小田原城へ向かったので、躑躅ヶ崎館にはその対策にさっそく重臣たちが呼び集められた。

かつて板垣や甘利といった重鎮の席には髪に白いものが混じるが背筋をぴんと伸ばした飯富虎昌が貫禄十分な姿で座っており、いつの間にか信春はその隣りに座るようになっていた。

源四郎・源左衛門尉・虎綱らにも上席が与えられ、緊張した義信の顔も御一門衆らに混じっていた。

「景虎の元には十一万もの関東の国衆が集まったと聞く。景虎が小田原城を開城できるかどうかについて、まずは皆の意見が聞きたい」

信玄がこう切り出すと、「この度は下手をすれば氏康殿も大きな譲歩を迫られるかも知れませぬ」と、虎昌は他の者も当然同意する筈だと言うようにどんぐり眼を大きく開いて周りを睥睨した。

「氏康は小田原城を支えきれずに開城すると申すのか」

「それがしはそのように思いますが…」

虎昌は時の勢いが景虎に乗り移っていると感じているようだ。

「信春はどうじゃ。お前は一度小田原城を見ておる。思った通りを申せ」

信春の目の前にはあの巨大な堀切が浮かんできた。

「たとえ十一万の兵が小田原城を取り囲んでも、あの城を攻め落とすことは無理でしょう。どこを探しても攻め口はござりませぬ」

小田原城から受けた強い印象を信春は忘れることはできなかった。

「虎綱はどう思う」

「十一万の兵と申しても関東の寄せ集めの者たちで、決して一枚岩ではござりませぬ。籠城が長引けばお互いに利害が生じ勝手に領国に戻る者も出て参りましょう」

信春の考えに同感する虎綱は胸を張って返答する。

（虎綱も随分と堂々として意見を申すようになったものだ）

弟子の成長ぶりに信春は目を細めた。

二人が想ったように、景虎は小田原城を包囲したがどうしても攻め切れず城の囲みを解くと鎌倉へ向かった。

「鎌倉八幡宮で景虎が憲政から正式に『関東管領職』を譲り受けたらしい」

早馬がこの知らせを持って府中に走り込んできたのは、山々の新緑も眩しい五月になった頃だった。

景虎から憲政の一字を貰って政虎と名乗ったのもこの時からだ。その後さらに足利義輝から「輝」の文字を戴いて輝虎となり、元亀元年に出家してからは、謙信と称するようになる。

「あの景虎のことだ。今度こそわしと雌雄を決する覚悟で川中島へやってくるぞ。やっと海津城が力を発揮する時がやってきたわ」

海津と名付けられたこの新城は景虎を阻むために昼夜兼行で人夫たちを働かせてようやく完成に漕ぎつき、勘助も満足がいく出来栄えのものだった。

領地を広げることに貪欲な信玄は景虎の留守中できるだけ多く北信濃の地を手に入れようと図り、北信濃の上水内郡にある割ヶ嶽城を攻めたが、城方の予想外の激しい抵抗で、猛将の原虎胤が瀕死の重傷で戸板に乗って信春のところへ運ばれてきた。

手足の傷口から噴き出す鮮血で顔色は蝋人形のように真っ白になっており、さすがの原もこのまま死んでしまいそうな程憔悴し切っていた。

「小城だと油断して負傷してしまったわ。お前にこのような格好を見せようとは…」

無理に起き上がろうとする原を信春は制した。

「わしはいつ死んでもよいが、娘婿の昌盛をよろしく頼むぞ」

原は荒い息を吐きながら呟く。

原の娘は小畠虎盛の一人息子・昌盛のところに嫁いでおり、虎盛を師匠と仰ぐ信春は原を粗末に扱えない。

「小畠虎盛様も海津城で伏せっておられるというのに。お二人を失うようなことがあれば武田家の大損だ。気を強く持たれよ」

「わしもすでに六十を越え、虎盛殿はもう七十の声を聞くような年寄りじゃ。これからはお前のような若い者が武田家を支えてゆく時だ。虎盛殿はお前の将来を随分と期待しておられたぞ。わしらが抜けた後のことはよろしく頼む」

それだけを言うと、原は疲れたのか静かに目を閉じてしまった。

海津城から小畠虎盛の死が知らされたのは、激戦の末割ヶ嶽城が落ちたすぐ後のことだった。

この日のくることを薄々予想していた信春は、海津城へと馬を急がせた。

これまで信春に武技を仕込んでくれ、板垣信方に紹介してくれたのも虎盛であった。彼にとって虎盛は恩人というより父親のような存在であった。

海津城の本丸には虎盛が布団に横たわっていて、顔には白布がかけられており、その場には虎綱をはじめ、虎盛の嫡男・昌盛や虎盛の娘や娘婿たちが集まっていた。

「一足遅かったですぞ」

虎綱は顔にかけられた白布を取り、その死顔を信春に見せようとしたが、その顔には楽しい夢を見ているような微笑がこぼれていた。

「虎盛殿はそれがしの手を取って昌盛殿のことを頼まれ、『信春はまだか…』と苦しい息の下で何度も信春殿の名を呼び続けておられましたぞ」

虎綱が呟くと、周囲からは嗚咽が漏れてきた。

「そうか…」

今まさに死のうとする直前まで自分のことを心に留めていてくれた虎盛のことを思うと、信春の目は潤み周りの光景が霧のようにぼやけてきた。

「『これからはお前も信春を見習って生きよ』と顔を合わす度に虎盛殿はそれがしに

申されましてのう…」

悄気返《しょげかえ》っている信春の姿に、傍らにいる虎綱まで泣けてきた。

「わしに何か言い残されたことは無かったのか」

頬を拭った信春は虎綱に呟いた。

「『わしの旗指物を信春に与えてくれ』と申されました」

「あの『黒御幣』の指物をか…」

「黒御幣」の旗指物は信春にとっては虎盛その人のようなものだった。

「黒御幣」の旗指物を見た途端敵の群れが道を開け、堂々と駆け抜ける小畠隊の姿が今も信春の目にありありと浮かんでくる。それは信春が幼い頃から憧れ続けてきた旗指物であり、その武士の魂とも言うべきものを虎盛は譲ってくれるというのだ。

(虎盛様の名に恥じぬようにしなければ…)

思い詰めたような信春の顔つきを凝視した虎綱は信春の興奮が治まってくるのを認めると、虎盛の遺言を口にした。

「ここに集まられている娘や娘婿殿に向かって虎盛殿は、『己の武勇を誇らずよく自分の身の程を知れ』と言い残されました」

「そうか、虎盛様らしいお言葉じゃ」

この遺言を聞くと信春の脳裏には、武田の足軽大将として驕り高ぶることもなく、ただ黙々と自分の武技を磨いていた虎盛の在りし日の姿が目に浮かぶ。

「身の程を知れか」

何度もその言葉を口ずさんでいると、自分も虎盛のように強くなりたいと毎日槍の稽古に励んだ若い頃のことが懐かしく信春の心の中に彷彿として浮かんできた。

越後の足元に近い割ヶ嶽城を落とされて、危機感を募らせた景虎が、八千の兵を引き連れて再び善光寺に姿を現わしたのは射るような厳しい陽光が降り注ぐ八月に入っての頃だった。

北信濃に近づくと、地元の国衆たちで膨らみ、景虎の兵力は一万二千程になった。川中島に現われた景虎の動きは信春の予想を遥かに越えた大胆不敵なものだった。

「敵は善光寺を通過すると、裾花川・犀川を渡り、そのまま千曲川を渡河して海津城のすぐ西の妻女山に陣を構えました」

伝礼が次々と信玄のいる府中まで走り込むと、景虎の動向を伝えた。

「何！　景虎は海津城と目と鼻の先に布陣したと申すのか…」

思わず信玄は唸った。

（これまでのお屋形は何度となく景虎殿を躱《かわ》してこられたが、景虎殿は今度こそ決着をつけようと虎穴に入り込んできたのだ）

信春は頻繁に足を運んだ海津城の周りの風景を思い出そうとした。

（海津城は北側を除いて周辺を山で囲まれている入江に浮かぶ島のようなところで、妻女山はその入江に突き出した尾根の先端にある瘤のような峰だ。景虎殿は随分と思い切ったことをしたものだ）

海津城から立ち登る悲鳴のような狼煙が府中にまで伝わると、信玄は今度の一戦が避けられぬと思ったようだった。

府中を発った武田軍は深志から加わった信春を含め、各地からの兵を吸収して二万に膨らみ、千曲川に沿って川中島に向かう。

「景虎殿は今度こそ雌雄を決したい腹のようですな」

馬を寄せながら信春は今度の戦いに賭ける信玄の意中を探る。

「わしを信濃を奪う盗賊呼ばわりをするうるさいやつだ。逃げてばかりではいかぬ。一度完膚なきまでに叩いておかねばならぬわ」

信玄は迷惑な蠅を払うように手で顔を煽ると、手にした鞭で馬の腹を打った。

やがて千曲川の右手に山塊がその姿を現わし始め景虎が立て籠もる妻女山が見えて

くると、雨宮の渡し口が目の前にきた。

「妻女山から千曲川を渡り越後へ戻るには、この雨宮の渡しを含め三ヶ所しか浅瀬はありませぬ。これらを塞げば戻り道は海津城を突破するしかございませぬ。景虎殿はもはや袋の中のねずみとなり、どう料理するかはお屋形の意のままでござる」

信玄のところへ近づいてきた勘助は微笑を浮かべた。

「敵城に近い妻女山に籠もることこそ、決戦しようとする景虎殿の強い思いに他なりませぬ。退路を断たれたねずみが死にもの狂いになって猫を噛むこともありますぞ」

刺し違えても信玄を倒そうと切望する景虎の激しさを、信春は恐れた。

「浅瀬を押さえたことは妻女山に布陣する上杉軍の退路と補給路を断つことが目的で、もし上杉軍が渡河しても迎え撃てますし、仮に景虎殿が海津城に攻め寄せようとしてもやつらの背後を衝くことができ、わが軍は景虎殿より有利な立場におります」

信春は死にもの狂いになる景虎を杞憂するが、勘助は武田軍の優勢さを強調した。

だが渡し口を押さえられても上杉軍はあくまで平静さを保ったまま動こうとはしなかった。

それでもしばらく浅瀬を塞いでいたが、長期戦を予想した信玄は浅瀬の封鎖を解き、千曲川の下流へ軍を進めると広瀬の渡しから海津城へ入った。

移動中の武田軍の横腹を突かれることを信春は心配したが、妻女山には目立った動きもなく山頂からは鼓の音やそれを囃し立てる声などが響き、これが戦場でなければ長閑《のどか》な田園の風景であった。

「やつらは退路が開かれたことで安堵しているのだろう」

海津城に入ったことで、重臣たちには敵の心理を思い遣る余裕が生まれてきた。

川中島の絵図面を前にして怖い顔つきでそれを睨んでいる勘助の傍らで、信春は妻女山への攻め口を懸命に見つけようとしていた。

両陣営の睨み合いが続き、糸をぴんと張ったような緊張感はやがて疲労へと変わっていく。戦い慣れた武田の兵たちもさすがに長陣に飽き始め、望郷の念が生じ始めたようだった。

「お屋形、そろそろ潮時かと存じます。撤兵するか、攻撃に移るかを決めなければ、兵の心が持ちませぬ」

勘助が決断を迫ると、信玄は軍議を開いて重臣たちの意見を聞こうとした。

「敵を目前にして戦わずここから去る訳にはいきませぬぞ。撤兵などしようものなら兵の士気にも関わりましょう」と、飯富は兵たちの思いを代弁した。

「それに景虎殿とはまだ一度も決着をつけたことはござらぬ。やつは関東管領などという大層な役目を背負って力んでおるようです。ここは一度やつの高くなった鼻柱を折ってやるべきです。ぜひ一戦やろうではありませぬか」

重鎮のもっともな意見に反対する者は誰もいなかった。

軍議が戦さと一決すると、信玄は信春と勘助を呼び止め、二人に重大な役目を言い渡した。

「この戦さはわしが先に三途の川を渡るか、あるいはやつが先にゆくかの激しいものになりそうだ。わしはこの世でやらねばならぬ事が多いので、まだ死ぬ訳には参らぬ。そこで二人には景虎を討ち取る策を練って欲しいのだ」

信玄の目は闘志に燃えていた。

大任を負わされた二人は思わず目を見合わせると、その日から食事を摂ることも忘れて一日中顔を突き合わせながら絵図面を睨み続けた。

九月になると千曲川の川面を渡ってくる朝晩の川風が少しは涼しく感じられるようになってきた。

「やはり『啄木鳥《きつつき》』でゆく他はござらぬな」と信春が呟くと、「『啄木鳥』でやるか」と勘助は絵図面から顔を上げると微笑んだ。

二人の策を信玄に伝えると、「啄木鳥」と言うだけで彼は頷いた。

「兵を二分し、一隊が景虎を山から追い出す策だな。わしの本隊は追われてくる景虎を八幡原で待ち受けよう。それまでに妻女山までの裏道を虎綱に確かめさせておけ」と信玄は命じた。

信春が「啄木鳥」の話をすると、「海津城を預かってからこの日があることを予想し、万事粗相のないように気を配っております。だが『啄木鳥』のように上手く妻女山から敵を追い出せればよろしいのですが…」といつもの自信たっぷりの虎綱にしては、珍しく眉を曇らせる。

「何か他に心配なことでもあるのか」

浮かぬ顔をする虎綱に信春は不審を抱いた。

「この辺りは今頃よく川霧が発生します。隠密に行動せねばならぬ夜間に暗闇だけでも難儀なのに、霧まで出てくれば尚のこと、妻女山まで予定通り辿り着くことが出来ますかどうか…」

「霧か。それはやっかいだな」

信春はこの辺りのことに詳しい百姓を招き、霧の出そうな日や霧が晴れるまでどれくらいの時間がかかるかを調べさせなければならぬと思った。

信玄は決行日を定めると、時刻を言い渡した。

「飯富、馬場、小山田備中、真田幸隆たちは子半刻（午前一時頃）一万二千の軍勢を率いて妻女山へ向かえ。先発隊はわれら本隊が八幡原で布陣するまで妻女山への攻撃を控えよ。残りの者は八幡原へ向かうぞ。旗本組の源四郎、信繁、穴山信君《のぶただ》と信廉《のぶかど》はわしの左翼につけ。右翼は義信と望月隊じゃ。後備えは跡部、今福、浅利隊に任す。わしはこの八千を連れて寅上刻（午前三時）頃ここを発つ。両隊ともすぐに出発できるように準備を怠るなよ」

日が暮れてくると海津城内は静まり返り、千曲川の瀬音が耳元まで響き周囲の山並みも暗闇に包まれてくる。

子半刻が近づいてくると、八幡原と妻女山に向かう甲冑姿の兵たちは腹ごしらえを終え、妻女山へ向かう信春ら別働隊は先に城を発つ。

信春のところへ勘助が馬を寄せてきた。

「わしらが布陣したらすぐに知らせる。妻女山を攻めるのは卯《う》の刻《こく》（午前六時頃）だ。早過ぎても遅過ぎても駄目だぞ」

勘助は睨みつけるように念を押す。

「わかっております、そちらへ敵を追い出すので、景虎殿を必ず討ち取って下され」

「任せておけ」

勘助は胸を叩いた。

暗闇の中を馬に馬銜《はみ》を噛ませ松明には火を点さずに、別働隊は千曲川沿いの道を妻女山に向かう。

甲冑の触れ合う音だけが夜の静寂に響き、脇を流れる千曲川の瀬音が近づいたり遠のいたりする。

妻女山への登り口は東に位置する清野口と西の薬師山からの登山道があるが、清野口から尾根続きの薬師山へ追いやり、雨宮の渡しの方へ敵を追わねばならない。

清野口に近づくと篝火《かがりび》が真昼のように煌々と妻女山の山麓を照らしており、越後兵が登り口を厳しく警戒していた。また登り口のいたるところに土塁や堀切が作られていて、土手には逆茂木が並んでいる。

「これは異常な程の厳重さだ。お屋形が布陣されるまで見つからぬように用心せよ」

重臣を集めた信春は、いつでも登り口に攻め込める態勢で兵たちを闇に潜ませた。

この頃虎綱が心配していた川霧が発生し、それが千曲川からこちらの方まで徐々に広がってくると、山麓にある篝火がぼんやりと霞んできてやがて一寸先も見えなくなってきた。

信玄の本陣から布陣が完了したことを伝えてきたのは、寅の刻（午前四時頃）を少し回った頃だった。

（事は順調に進んでいる）

　妻女山を見上げた信春の目には、遠くに赤く霞んで見える山頂が心なしか少し明るさを増したような気がする。

（さては我々の奇襲を感づいて、景虎殿は千曲川を渡る準備をしているのか）

　信春は奇襲策が見破られたのかと危惧した。

（そんなことはあるまい。この霧で敵はわれらの姿を見透かすことが出来る筈はない。味方の動揺を誘うような言動は避けねばならぬ…）

　信春の不安な様子を目にした飯富は、「妻女山にまだあんなに赤々と篝火が点っているのは、いつ攻撃されてもよいように備えているだけだ。われらの裏をかいて千曲川を渡るようなことはまずあるまい」と信春の杞憂を打ち消した。

「清野口は北信濃の国衆たちが守っているようですが、警戒がいささか厳し過ぎるように思われます。これは景虎殿が川霧を利用して闇に紛れて越後へ帰るつもりで、それを助けるために清野口を固めているのです」

　密偵を放った幸隆は知り得たことを報告した。

「妻女山の篝火がいつもより明る過ぎるのが不自然に思われたのだが、さては景虎殿がまだ妻女山にいるように偽装していたのか」

唇を噛みしめる虎綱を横目にして、信春は霧に煙る妻女山の山頂に目を凝らした。

「景虎殿が本当に越後へ向かっているかどうかを確かめねばならぬ。われらはすぐに妻女山へ攻め登ろう。もし敵が千曲川の渡しへ向かっているのなら、今からでも追いつけるぞ」

信春の決断で一万二千の兵が清野口に押し寄せたのは、ちょうどあらかじめ決められていた卯の刻（午前六時頃）になった頃だった。

一千程の北信濃と越後兵たちは別働隊が現われることを予想していたのか、堀切や逆茂木の後ろに回り敵を山頂に向かわせまいと懸命に防戦し始めたので、武田の大軍は清野口を攻めあぐねた。

山麓を迂回しようとしても、堀切が邪魔をするが、それでも敵の防御壁をこじ開けて山頂に辿り着いたのは、半刻後の七時を回った頃だった。しかし、山頂には一兵の上杉兵も見当たらず、紙旗や篝火の残りかすが燻っているだけだった。

「しまった。これは景虎殿にみごとに図られたぞ」

信春は地団駄を踏む。

「景虎殿はわれらの奇襲を帰国のきっかけにしたのだ。やつらを生かして越後へ帰すな。すぐ追いかけよ」と飯富は叫んだ。

「それがしは空っぽになった海津城が気にかかります。海津城が敵の手に奪われるようなことがあれば一大事ですので」

山頂で追撃隊と分かれた虎綱は慌てて山を降り始めた。

その時八幡原の方から激しい銃声が響いてきた。

（しまった。景虎殿に裏をかかれた。やつは帰国と見せかけて八幡原のお屋形の本陣を襲ったのだ）

「お屋形が危うい。すぐにここを発って千曲川を渡り八幡原へ急げ」

諸将は渡し場を目指して一刻を争うように妻女山を駆け降りる。尾根伝いに薬師山に向かう隊もあれば、樹々に身を支えながら恐る恐る斜面を降りる隊もある。

この頃になると霧は徐々に晴れ始め、雲間から刺すような陽光に樹々の間を走る細い獣道がはっきりとその姿を現わしてきた。

多くの武田軍が殺到したのは、妻女山にもっとも近い十二ヶ瀬の渡しであった。

腰まで水に浸りながら川を渡り始めた彼らを対岸で待ち構えていた上杉軍が弓矢・鉄砲の一斉攻撃で出迎えると、身を守る術のない彼らは、次々と鉄砲玉や矢の餌食となり川に倒れ込んだ。

「対岸には敵が備えているぞ。一箇所に固まらず離れて渡河せよ」

飛び交う矢や鉄砲玉に身を屈めながら、信春は味方を励ます。しかし焦った武田兵たちの渡河はなかなか思うようには捗らない。

「対岸には四～五千の伏兵がいるようです」

物見の報告を聞いた信春は、別の渡河口を探させた。

「上流の雨宮の渡しにも伏兵がいます」

「もっと上流・下流まで手を広げよ」

敵の用意周到ぶりに信春は焦りを覚え、八幡原にいる信玄の安否を気づかう。

「下流の猫ヶ瀬それに上流の狗ヶ瀬には敵の姿が見えませぬ」

伝令が再び信春のところへ駆け込んできた。

他の諸将たちにこの情報を知らせると、信春は兵を猫ヶ瀬と狗ヶ瀬へ向かわせた。

他の浅瀬から渡河した味方が敵の背後に回り込んだことで、敵の抵抗が少なくなり、武田兵たちは一斉に渡河し始めた。

「敵が逃げてゆくぞ。この隙に早く川を渡ってしまえ」

信春は一刻も早く信玄のいる本陣に駆けてゆきたかった。

「逃げる敵には構わず八幡原へ急げ」

敵は北国街道を北に犀川の渡しの方へ逃げてゆく。

日が高く昇り巳の刻（十時頃）になると一気に蒸し暑さが増してきて、渡し場での戦闘で信春の甲冑の中は汗まみれになってきた。

やっと八幡原に着いた信春が目にした光景は、これまでに見たことのないものだった。死闘はまだ続いており、武田の兵は千曲川の川岸まで押し込まれ、かろうじて戦場に留まっている味方の兵は散り散りになり、地面に倒れ伏す多くの死体に混じって戦旗もそこら中に打ち棄てられていた。

目を凝らすと遥か前方の本陣らしいところに人垣が作られていて、そこには黒地の旗が風に揺れて「風林火山」と書かれた金文字が陽光に輝いていた。

「お屋形は無事だぞ！」

信春の大声に回りからどっと歓声が湧き起こった。

源左衛門尉も源四郎隊が背負った旗指物はいつもより元気なく風に靡いていたが、味方が到着したことを知ると、急に元気づいたように映った。

後方から迫ってくる新手の別働隊の出現に気づくと、上杉勢に動揺が走った。

「これまでの借りを返してやれ」

一万二千の新手の兵たちは、怒濤のように慌て始めた敵に向かって駆け出した。

味方の到来を知ると広瀬の渡しまで押されていた武田本隊の兵たちは生き返ったように急に勢いづいて、敵を八幡原まで押し返し始めた。

朝からの形勢は逆転し、武田の兵たちは逃げる越後軍を北の犀川まで追いかけてゆき敵兵が手にした自分たちの主人の首を取り戻すと、勢いを弱めた越後兵は犀川の丹波島の渡しを目指して退いてゆく。

この時海津城からやってきた虎綱は、「あれが渡河を邪魔した別働隊の甘粕だ。やつの首を取れ」と部下に命じた。

丹波島の渡しを守る甘粕は戦場での遅れを取り戻そうとする虎綱の激しい攻撃を支えきれず、犀川を渡ると対岸に留まりそこで落ち延びてくる味方を収容しようとした。

怒りに任せて犀川を渡ろうとする虎綱を、信春は大きく手を広げて制した。

「犀川を越えてはならぬ。旭山城には直江実綱が後詰めに入っているぞ」

犀川が武田と上杉軍との境界となった。

敗走する敵を横目に見ながら本陣に戻った信春は、そこに何事もなかったように平然と床几に腰を降ろしている大将の姿を見つけた。

それはいつも見慣れている落ちつき払った信玄の姿であった。

「ご無事で何よりでした」

信春が安堵したようにため息を吐くと、信玄は低い声で「うん」と頷いただけだった。よく見ると軍配団扇を持つ右腕を伝わって指先から血が流れ落ちている。

信春の目が自分の腕に注がれているのに気づくと、「お前に手ほどきを受けた武技が役に立ったわ」といたずらを見つかった子供のように、信玄は照れ笑いをした。

さらに目を凝らすと軍配がささくれだっている。

「ここにいる原大隅守がわしの命を救ってくれたのだ」

信玄と信春が原の方へ目を遣ると、青貝の螺鈿《らでん》柄の槍を持って立っている原は恐縮して頭を下げた。

「われらが敵と渡り合っている最中に、突然萌黄色の胴肩衣をつけ頭を白手拭で包んだ武者が月毛の馬に乗ってここに現われたのです。その男は床几に座られているお屋形を見つけると、三尺もあろう太刀を抜き放ち三太刀も浴びせました。お屋形はその太刀を軍配団扇で受け止められたのです」

旗本を務める若者はその時の興奮がまだ冷めやらぬのか息を弾ませて報告した。

「咄嗟のことでわれらが駆け寄ることができなかった時、お屋形の近くにおられた原殿がその武者に槍を突き出されましたが、槍は逸れて馬の尻を突いたのです。それで馬は棒立ちになり、その男はそのまま駆け出してしまったのでござる」

信玄を守る近習の真田昌幸《まさゆき》は幸隆の三男で、父親に似たのか小柄だが精悍そうな面構えをした若者だった。

「あの男の目は怒りに燃えていたようだった。わしはやつが景虎だったような気がする。一人で敵の本陣に切り込んでくるとは、景虎はまったく見上げた男だわ」

信玄はその男が景虎その人だと思い込んでいるようだった。

（お屋形は命のやり取りがあったというのに淡々としておられる。まことに武田の棟梁に相応しい風貌を備えられてきたものよ）

若い頃から身近かに信玄を見てきた信春は、彼の成長ぶりがわが事のように嬉しかった。

ぞくぞくと集まってきた諸将の中に、信春はいつも微笑を絶やさぬ信繁と片足を引き摺るようにして歩く勘助の姿が見えないことに気づいた。

不審がる信春に気づくと信玄は、「信繁と勘助はわしの身代わりになってくれたのだ」と呟き、急に黙り込んでしまった。

「信繁様までもが……」

最も信頼する弟を失った信玄の瞳は、月並みな言葉ではとても慰められぬ程深い悲しみを湛《たた》えていた。

「勘助に会ってやれ。やつはこの作戦が失敗したのは己の責任だと思って死に急いだようだ。生きておればまだまだわしを助け新しい城を築いてくれたものを…」

首と胴が縫い合わされた勘助の骸《むくろ》は本陣の側の筵《むしろ》の上に横たわっていた。その辺りには眼の周りを泣き腫らした多くの家臣たちが取り巻いていた。

彼らは近づいてきた信春に気づくと、黙って席を空けてくれた。

勘助の目は閉じられていたが、その顔の表情には無念さが滲んでいた。

その死顔を覗き込む信春には、昨夜まで一緒に絵図面を睨み作戦を練っていた勘助が死んだということがまだ信じられなかった。

今にも片目を開けて、「よく眠ったわ」と微笑んで起き出してくるような気がした。

(勘助殿からは築城はもとより、いろいろな事を学ばせて貰った。わしにとって勘助殿は父親のようなお人であった)

信春は懐から数珠を取り出すと、まだ眠り続けている勘助に両手を合わせた。

(これからはわしも勘助殿の分まで生きねばならぬ)

刃傷で歪んだ勘助の死に顔に白布を被《かぶ》せると、信春は静かに立ち上がった。

海津城で一夜を過ごした信春は周囲が明るくなってきたので目を醒ますと、重く沈んだ気分でまだ白んだ川中島を眺めた。

城外に出ると、昨日まで戦場だった川中島から何かを叩く音が響いてくる。

その方向に近づいてゆくと、勘助の家臣たちが山から切り出してきた杉で弔いのための棺をつくっていた。

そこはちょうど海津城が見える小高い丘の上だった。

棺の中には血を拭い白い死装束に身を包んだ勘助が横たわっていた。

丘には大きな穴が掘られ土が堆く積まれており、棺の傍らには信玄をはじめ源左衛門尉・源四郎や虎綱らの瞼を腫らした姿があった。

「勘助はこの城をわしへの土産に残して逝ってしまいおったわ」

信玄はぼそりと呟いた。

それを聞くと信春には海津城の完成に向けて、一心不乱に精魂を込めて築城に打ち込む勘助の子供のような姿が思い出された。

棺に朝日が当たり、勘助の顔が白く輝いた。

家臣たちが蓋を釘で打ち終えると、縄で結ばれた棺は大きな口を開けた穴の中へゆっくりと降ろされていった。

「まずはお屋形から…」

鍬を手渡された信玄が棺に向かって土をかけると、鍬は重臣たちの間を回り、最後に信春のところへ回ってきた。

あらかた土で埋まってしまった棺を目にして勘助との別離が現実のものとして迫ってくると、信春の胸の中に何とも言いようのない悔しさが湧いてきた。

もう少し早く敵の意図に気づいていたらと思うとその悔しさが彼を失ってしまった喪失感と混じり合い、そのもやもやとした摑みどころのないやり切れない思いはやがて深い悲しみへと変化していった。

「早く埋めてやれ」

信玄に急かされてやっと現実に引き戻された信春は、手にした鍬で残った土を棺にかけてやった。

土が盛られると重臣たちは出来上がって間がない、まだ柔らかい土饅頭の上に新しい卒塔婆を立てかけ、静かに両手を合わせて頭を下げると、やがてその場から立ち去っていった。

箕輪城

「氏真《うじざね》は父上を駿河から追い出したらしい。憤慨した父上は『駿河を攻め取れ。さもないと浜松にいる家康がしきりに隣国の遠江を狙っておるので、遠江はゆくゆくは家康のものになるやも知れぬ』と申してこられたのじゃ」

父親・義元を討った信長との弔い合戦もせず、のうのうと暮らしている甥の凡庸ぶりを詰《なじ》ると、信玄は頼りない甥の顔を思い出したのか、思わず舌打ちをした。

「義信様の嫁は氏真様の妹で、実家は今川家なのですから、もっとしっかりして貰わねば困りますな」

信玄の苦り切った顔を見ると、信春は眉を曇らせた。

（甥の今川家が家康に侵されるのを、お屋形は歯痒くて見過ごしにはできぬのであろう）

「義信は嫁に甘い男だからのう。その内にはやつも戦国の厳しさが少しはわかってこようが…」

苛立ちを押さえると、信玄は話題を変えた。

「ところで上野国甘楽《かんら》郡の国峰《くにみね》城主・小幡憲重《のりしげ》が城を追われて府中にきているらしいのう」

「憲重殿の追放の裏には長野家に逆う憲重殿を煙たがった長野業政《なりまさ》の意図が働いておったようです。憲重殿が草津へ湯治に行った隙に、従弟の景定《かげさだ》に国峰城を奪わせたという噂があるのです」

「小幡と申せば箕輪《みのわ》城の長野氏と同様、上杉管領家の家老を務めていた家柄ではないか。これは思ってもない大物がやってきたものだわ」

西上野は長野業政を中心に纏まっており、攻めあぐねていた信玄は願ってもない出来事に思わず身を乗り出した。

「業政は多くの自分の娘を近隣の豪族のところへ嫁がせ、鉄のような結束を作りわれらの侵入を防いできたのだが、どうやら小幡憲重との間に隙間風が吹いてきたようだ。『憲重がわが武田に通じている』とわしが流布させた噂がやっと功を奏すようになってきたか。業政の強い絆に頭を悩ませていたが、これでやっと箕輪城攻めに風穴が開けられそうだ」

「憲重殿と会われますか」

「よし、ここへ呼べ。どんな男かよく見てみたい」

憲重は信玄の前に出ると低頭した。

憲重は信玄が想った通り筋骨隆々で膂力《りょりょく》逞しい男で、彼の鋭い目は長年上杉家を支えてきた自信と城を失った悔しさとが入り混じった色を湛《たた》えていた。

目を上げた憲重は今まで信玄が知らなかったことを口にした。

「西上野は業政殿を中心に一枚岩を保ってきましたが、業政殿は近頃床に伏せることが多くなり、家臣たちは動揺しております。もし彼が亡くなるようなことにでもなれば、若年の業盛殿では纏め切れますまい」

これは信春にも初めて耳にする話だった。

まだ一度も会ったことのない業政に思いを馳せていると、信春の脳裏にこれまで何度も苦杯を嘗めさせられた業政の鮮やかな戦さぶりが浮かんできた。

「箕輪城など何程のものか」と武田の大軍が箕輪城を取り囲むと、突然南の松井田・安中城方面から伏兵が現われてきて退こうとする武田軍は西にある鷹留城から追撃された。業政の神出鬼没の戦いぶりにはさすがの信玄も子供扱いされ、這々《ほうほう》の体《てい》で甲斐へ逃げ帰ることが何度も続いた。

「戦勝は五分を上とし、七分を中とし、十分を下とする。五分だと今後に励みを生じ、七分は怠りを生み、十分は驕りを生ずる」と勝って驕り高ぶることを信玄は平常から自戒していたが、五分を遥かに下回る業政との戦さに信春らは唇を噛みしめ続けてきたのだ。

「こんな相手とはまともにぶつかるべきではない」

業政の巧妙な戦さぶりに辟易した信玄は、彼との戦さを避けるようになった。

「お主を国峰城から追い出した小幡景定殿とはどのようなお人でござろうか」

相手の性格を分析してから戦略を練る信玄の癖を、信春はよく知っていた。

「やつは力量もあり物事の判断も人一倍優れておりますが、非常に短気で不意のことに遭うと気が動転するところがあります」

憲重は憎々しそうに唇を噛み、従弟の弱点を暴露した。

「これはよいことを承ったわ。われらが手を貸すので、ぜひ憲重殿が先鋒となって国峰城を取り戻されよ」

先陣を任されると聞くと、「信玄殿を頼った甲斐がござったわ。国峰城は元々それがしの城なので、攻め口はよく存じております。それがしが武田軍を先導致そう」

と、憲重は喜色を浮かべた。

憲重が退室すると、信玄は「国峰城攻めはお前と源左衛門尉とに任すぞ。やつの忠誠心をとっくりと見定めよ」と憲重の見張り役を信春に命じた。

武田の援護に力を得た憲重は千騎を引き連れて先頭を進み、その後から西上野に入った信春ら武田軍は、西牧城、高田城を簡単に葬ると国峰城に迫る。

国峰城は標高四百メートル余りの山頂に本曲輪を持ち、尾根が東西に細長く伸びた山城だ。

「手筈通りに」

憲重の言葉が終わるとすぐに、小荷駄を預る源左衛門尉が馬の鐙《あぶみ》に提灯を二つずつ結わせ馬を引く者たちには松明を用意させると、兵たちも棹の先に提灯をぶらさげ闇の訪れを待つ。

とっぷりと日が暮れてきて提灯に明かりを点し万燈を振って城門に向かって鯨波を挙げると、大手門を取り巻く憲重の兵たちも一斉に騒ぎたてた。

突然の鯨波と無数の明かりに城兵は慌てふためき、城内には混乱が広がる。

憲重が予想した通り、周章狼狽した景定は暗闇に大軍が攻め寄せてきたと思ったようで、しばらくは侵入してくる敵兵から城を支えていた。

だが、闘志をむき出しにした源左衛門尉が城内に突入し城兵を斬り倒し暴れ回ると、次々と城兵は討ち取られ、憲重が本丸に斬り込んだ時には、防戦が叶わぬと知った景定はもう自害してしまっていた。

憲重は血に塗《まみ》れた景定の死骸を見つけると、「お前は同じ小幡の一族なのに、業政殿の命令とは申せわしを謀りおって」と死骸に向かって恨み言を繰り返していたが、隣りに白装束に身を包み鮮血に染まって倒れている彼の妻を目にすると、急に黙り込んでしまった。

城を取り返すことができて喜ぶとばかり思っていたが、しんみりとした憲重の態度を見て訝しく思った信春は彼に声をかけた。

「景定の妻はわしの妻の妹で、妹の死を悼む妻の心を思うと、何か胸が締めつけられましてのう…」

憲重の目は潤んでいる。

「憲重殿の辛い気持ちをお察し申す」

憲重の憔悴した様子を目にすると、もうそれ以上信春には何も言えなかった。

それからしばらく死者に黙祷していたが、憲重は気を取り直したのか、「長い間留守にしていた城内を見回ってこよう」と呟くと腰を上げた。

しばらくして憲重が戻ってくると、信春は「憲重殿のお蔭でこの城を手に入れることができ、これで武田領の小県郡の内山城から業政殿に邪魔されずに南牧村・甘楽郡を抜けて利根川へ通ずる連絡道を押さえることができました」と憲重に礼を述べた。

憲重の活躍に大満足した信玄は、約束通り憲重に国峰城を与え武田方として彼を丁重に遇した。

翌年永禄五年になると、「松山城を一緒に攻め取ろう」と北条氏康からの誘いがあった。

すると骨休めする暇もなく深志城から躑躅ヶ崎館へ呼び出された信春は、「松山城攻め」に加わるよう信玄から命じられた。

「上野は北条と武田とで東西に二分する約束ができており、境界は利根川だ。北条領となる松山城攻めにはできるだけ兵の消耗を避けよ」

こう注意すると、信玄はさらに念を押す。

「武田軍が松山城に出兵すれば、景虎は必ず越後から松山城の救援に出てこよう。その時わしはここから急遽甲斐へ戻り北信濃へ兵を進めるつもりだ」

「それは承知しております」

「その旨を全軍に伝えておけ」

松山城は河越城を失った後関東管領の上杉憲政が居城とした城であったが、勃興してきた北条氏によってこれを奪われると、再び憲政から管領職を譲り受けた景虎によって奪回されてしまった。

景虎の来襲を恐れ単独では心細い北条氏康は、松山城攻めに晴信を誘ったのだ。

比企丘陵の東端にある松山城は広大なもので、東を除く丘陵の三方を市野川によって囲まれた要害の地に建っていた。

その市野川も丘陵に当たると大きく蛇行し、水流に削り取られた川岸は急峻だ。丘陵の先の東側もうち続く荒川や和田吉野川の氾濫のために沼地のようになっている。

また市野川を外堀とした城の規模も巨大なもので、丘陵の高みにある西の本丸曲輪を取り巻くように二の曲輪、三の曲輪、四の曲輪が低地となる東に順番に配されており、各々独立した曲輪は川の水を引き入れた堀切で守られていた。

「これは稀に見る難攻不落の城だ」

甘利昌忠と共に松山城攻めの総指揮を任された源左衛門尉は市野川の対岸から見る松山城の堅固さに舌を巻いた。

「城将は上杉憲勝だがやつは飾り物に過ぎぬ男だ。本当の城将は岩槻城にいてこの城の城代を務めている太田資正だ。やつは筋目を通した道灌と縁りが深いだけあって、関東の豪族たちが北条氏に媚び諂う中でも一人北条に靡かずに頑張っている。やつが景虎と連絡を取り、ここへやって来るまでにぜひこの城を落さねばならぬ」

自信を持ってこう言い放つ源左衛門尉を見ると、源四郎には近習衆の中で一番の出世頭である源左衛門尉の姿が一段と大きくなったように映る。

「どのようにして落とすつもりだ」

「この城の唯一の弱点は東側だが、先に来た北条氏政があのように陣取っておるわ」

三万を越える軍勢を誇るかのように、北条の軍旗が丘陵の東を埋め尽くすように棚引いている。

「どれぐらいの兵がこの城に籠もっておるのかのう」

「せいぜい多く見積っても三千程だが、この堅固な様子ではそう簡単には落ちぬぞ」

熱心に城を眺めて何か相談している二人を見つけたのか、馬に乗った大柄な男が何か叫びながら近づいてきた。

「やはり源左衛門尉か。久しいのう」

その男は滴り落ちる汗を手で拭うと、厳《いかめ》しい顔を微笑で崩した。

「これは懐かしい人に出会うものだ。親爺が手討ちにされて以来ですな。もう二十年になりますが、兄上もご健勝そうで何よりです」

色艶は若者のようだが顔は皺寄り、髪には白いものが混じっており、それは長い歳月の苦労ぶりを示していた。

「幸い氏政様に目をかけて貰ってこの松山城攻めでは総大将を任されておる」

「それはお目出たいことですな」

源四郎は兄弟の再会の邪魔をせぬよう、そうっとその場を立ち去った。

「それがしも松山城攻めの差配を甘利殿とで任されておりまして…」

「甘利殿と申せばあの上田平で討死された武田の重鎮の甘利虎泰殿の嫡男の昌忠殿のことか」

「そうです」

「そんな立派な人とご一緒できるとは、工藤家の誇れだな。お前は若い頃より度胸が据わっており、槍の腕前もわしより優れていたからのう。それにしてもこの城攻めでわれら工藤家の兄弟が一緒に働けるとは夢にも思っていなかったわ」

頬を緩めた長門守は、再び城に目を遣ると眉を曇らせた。

「ところでわれら北条軍は昨年からこの城を攻めているのだが、攻め手を欠いて困っているのだ」

弟が武田の総大将だと知ると、長門守はつい弱音を漏らした。

「攻め口について一度信玄様とも相談して見ますので、北条方の単単攻撃は少し手控えておいて下され」

もっと話していたかったが、早々に切り上げた源左衛門尉は信玄の本陣を訪れた。

「蟻一匹城から抜けられぬと知り、城将の憲勝は日頃城内で飼い慣らしている間諜犬の首に後詰め要請の書状を入れた筒をつけ、その犬を夜に岩槻城に向かって放ったと聞く。その書状を見た資正は松山城の危機を知り越後にも応援を頼んだらしい。岩槻城では後詰めの準備に忙しいようだ。城攻めは急を要すぞ」

後詰めがやって来るまでにぜひとも城を落とさねばならぬと、信玄は決心したらしかった。

五千騎の武田の先陣が市野川を渡河し土手を辿い上がりかけると、城の塀の狭間からは銃口が覗き轟音が響いた。

硝煙が薄まると市野川には夥《おびただ》しい死体が浮かび、驚いて引き返そうと川を戻り始めると再び鉄砲玉と矢が雨のように降ってきて味方は次々と川の中に倒れ込んだ。

「こりゃ駄目だわ。別の手を考えねば…」

源左衛門尉もその兄・長門守も強行策ではとてもこの城を落城させることは無理だと知った。

武田・北条両家の軍議が開かれると、「水の手を切るしかござらぬわ」と金堀人足を帯同させている源左衛門尉は武田が得意とする城の水脈を絶つことを主張した。

「それは良案じゃ。ぜひ今日からやるべきだ」

長門守も弟の考えを支持した。

信玄が頷くと氏政もそれを認めた。

金掘人足たちは翌朝早くに山の峰から掘り始めると、城内に建つ櫓の根元まで坑道を進める。

櫓が倒れ城内で騒いでいる間に、地下から汲み上げていた城内の井戸を手当たり次第潰し始めた。

地上からは甘利昌忠の家臣・米倉丹後守が工夫した竹の盾を持って、鉄砲玉や矢を防ぎながら渡河してゆく。

信玄の厳命に甘利虎泰の息子の甘利昌忠は一番槍を狙い、鉄砲玉避《よ》けに竹を重ねて城壁まで辿りつくと、城壁を乗り越え松山城内の水の手を見つけた。そして激戦の末とうとう水の手を切ることに成功した。

その時、先頭を駆けていた侍大将の一人が戸板に載せられて後方へ運ばれてくるのを目にした。

「米倉彦次郎ではないか」

苦悶の表情で唸っている男が彦次郎だと知ると、昌忠は思わず戸板を覗き込んだ。

鉄砲玉が腹を貫通したらしく、腹からの出血が激しく彦次郎は虫の息だ。傍らには心配そうにしている父の姿があった。

「『命が惜しいので牛馬の糞まで飲んだと噂されれば武士の恥になる』と倅は申してなかなかこの薬を飲んでくれませぬ」

父親の米倉丹後守は、困り切った顔を昌忠に向けた。

戸板の枕元には薄く濁った液体が入った瓶が置かれており、ぷんと鼻を刺すきつい匂いが昌忠のところまで漂ってきた。

馬の小便に馬の糞を混ぜたものは、血を下してくれるという昔から伝わる秘薬だ。

昌忠は瓶を片手で持ち上げると、それを口に当てると一気に傾けた。

「なかなかの美味ではないか。こんな旨いものを飲まぬ手はないぞ」

昌忠は口を拭うと旨そうに舌を鳴らす。

「昌忠様がそう申されるならば……」と苦しい息づかいで昌忠の様子を見ていた彦次郎は、気を取り直してそれを一息に飲み干した。

二ヶ月の籠城の末やっと松山城が落ちたのは、景虎が救援にやってくる二日前のことだった。

城を奪われたことを知り怒り心頭に達した景虎は、城将から預かっている人質を袈裟がけに斬り棄ててしまう程立腹を露《あらわ》にした。

北条との義理を果たし帰国した信玄は、「この戦さで一番の手柄を挙げたのは甘利昌忠じゃ。父の虎泰以上の大物になりそうだわ」

と重臣たちが集まる中で昌忠を褒めちぎった。

そして次に源左衛門尉を呼ぶと、「甘利とお前は西上野攻めの指導を取れ。長野業政を箕輪城から追い出した暁には、二人に西上野の支配を任そう」と信玄は次の狙いを西上野の領有に的を絞った。

西上野での武田軍の領有が進む中、業政が死んだことを確信した信玄は、さらに箕輪包囲網を縮めようとした。

箕輪城は榛名山の麓に位置するために西からは攻めにくいことを痛感した信玄は、北からの圧力として鳥居峠沿いにある吾妻郡の岩櫃《いわびつ》城を早く落とすよう真田幸隆を急がせた。

また箕輪城攻めの拠点を国峰城からさらに北上させるために、信玄は信春と源左衛門尉に利根川に近い和田城を調略を用いて落城させたので、箕輪城の包囲網はますます狭まり、残すは箕輪城の南を流れる碓氷川沿いの松井田・安中・倉賀野城とそれに箕輪城の西を守る鷹留城だけとなってしまった。

特に倉賀野城は利根川に近く、ここを落とせば、景虎が越後から三国峠を越えて関東への入り口にしている沼田・厩橋城への道を塞ぐようになるので、それを懸念した景虎は、頻繁に関東出陣を行った。

「義信様の動きが疑しい」という噂が信春のところに届いたのは、そんな時だった。

躑躅ヶ崎館内にいる信玄は、いつものように御閑所に籠もり領国経営にあれこれと頭を悩ます日々を過ごしており、飯富源四郎、原昌胤《まさたね》と跡部《あとべ》勝資《かつすけ》の三人が交替で躑躅ヶ崎館に詰めていた。

御閑所というのは六畳敷の静かな広間で、風呂の水で汚物を流すように設計された便所を兼ねたところで、御太刀持ちが襖障子の陰に控えて外からの侵入者に目を配っていた。

部屋の四隅には香炉が置かれ、沈香が漂っている。

広間の中央にある小机の上には信玄が命じた他国・自国の絵図面が置かれていて、ここで信玄は雑用を忘れて心置きなくあれこれと思案することができた。

目付の坂本豊兵衛と横目の荻原豊前が重大な知らせを持ってきた時、信玄はいつものようにこの部屋の中で小机に向かって書見していたが、二人がきたという報告を受けると、御閑所から外に出た信玄は庭にうずくまる二人から話を聞こうとした。

「実は…」

言い出しにくそうに、二人はお互いに顔を見合わせている。

「義信のことか」

腹中を言い当てられた二人は思わず頷いた。

「この頃義信様は毎夜のように長坂勝繁と曾禰《そね》与市助を伴い、飯富虎昌殿の館へ訪れられております。そこで何かを相談されているようで…」

（義信はわしのやり方に不満を持っておるのだ）

氏真を貶《けな》すとむきになって彼を庇おうとする義信の姿が信玄の頭に浮かんできた。そして信玄が今川家の重臣にまで手を伸ばしていることを知ると、義信は顔を合わせることを嫌いわざと父を避けるようになった。

国峰城にいた信春は府中にくるように、信玄から呼びつけられた。

「身内のことを頼めるのは、お前の他には誰もいない。わしでは倅の義信に情が移ってしまうのだ。お前自らが倅のことを探ってくれ」

信玄からこう切り出されると、「まさかあの義信様に限って…」と信春は絶句した。

「義信はわしが嫁の実家を敵に回すかも知れぬと危惧しておるのだ」

「今は戦国の世。嫁の実家など何の役にも立たぬということを、義信様はとうの昔にわかっておられましょうに…」

「お前は親馬鹿だと笑うかも知れぬが、わしは倅を大事に育て過ぎたのかも知れぬのう」

　信玄は苦笑した。

　その苦笑には父・信虎に軽視され続けてきた幼少期の苦い思い出が滲んでいるように思われた。

　その日から信春の探察が始まった。

「どうも荻原や坂本殿が調べてきたことが正しいようです」

　数日間の隠密の調査は、目付が報告した裏付けを明らかにしただけだった。

　義信が「灯籠の見物」と称して長坂勝繁や曾禰与市助らの近習を連れて飯富虎昌のところで密会していた動かぬ事実を、信春は突き止めることができた。

「それに義信様の周りには信虎様の頃に重用された者たちが集まっております。彼らはお屋形が父上を追放したことを覚えており、これでお屋形から重宝されると思っていたのが逆に疎外され、不満を託《かこ》っているようです。それで彼らは再び主君の首をすげ替え、自分たちの世がくるようにしようと図っておるらしいのです」

「そうか。放っておけばわしが父上を駿河へ追い遣ったように、やつらによってわしも領国外へ追放されるやも知れぬな」

父親を追放したことは、信玄の心の奥底にいつまでも消えずに残っている汚点だったのだ。

「義信はやつらに唆《そそのか》されているのだな」

「そのようで…」

「はっきりとした証拠を摑むまで、やつらをしばらく泳がせよう。わしは身の周りを固め、できる限り外出を控えて御閑所から目を配ろうと思う。後のことは信春に任すのでしかるべき証拠を握ったなら、わしのところへすぐに知らせてくれ」

「わかり申した。今後お屋形はしっかりと身を守ることだけに専念して下され。命に替えても真相を暴き出して見せまする」

（黒幕の中心は飯富虎昌殿だな）

飯富虎昌は義信の守り役で、元服の際烏帽子親を務めたのも彼だった。

（源四郎なら何か兄のことを知っているかも知れぬ）

源四郎は信春が虎綱や源左衛門尉と同じように可愛いがり信頼している一人で、虎昌の年の離れた弟であった。

「それがしも義信様と近習たちが、夜更けてから兄上のところで集会を開いていることを、薄々不審に思っておりましたが…」

信春の突然の訪問に源四郎は兄が信玄から疑念を抱かれていることを知って驚いたが、これまでの兄の行動を思い起こすと少なからず疑念が湧いてくる。

「信玄様の世になって日の当たらなくなった者たちが義信様を担《かつ》いでいるのだ。立場上お前の兄上も苦慮されているようだが…」

信春はこれまで調べてきた一部を、信じられぬような顔つきで耳を傾けている源四郎に話した。

しばらく口を閉じていた源四郎は、やっとその重い口を開いた。

「そう申せば兄はそれがしと酒を飲んだ折、『これからもお屋形のために尽力せよ』と何やら遺言めいたことを申しておりました。兄は出陣する時いつもそれがしに遺言を残して出かけるので、またいつものことだなとそれ程気にかけておりませんでしたが、今から思うと、疑惑を抱かれた際、自分一人が罪を被るつもりでいたような気がします。それがしは兄が出陣した後、小机の上に手紙が置かれていたので、いつものように兄が遺言を書き留めていったのかと、兄が帰陣するまで封も切らずにそのまま置いています」

源四郎は小机の引き出しを開き、一通の手紙を信春に差し出した。

「これはわしが預かっておく。賊が躑躅ヶ崎館を襲ってくることも考えられるので、もしそのような場合が起これぱお前は体を張ってでもお屋形をお守りせよ」

「兄は賊に加担しているのでしょうか」

源四郎の声は震えている。

「そのことはまだわからぬが、念には念が肝要じゃ」

御閑所でいつものように書見していた信玄は、信春から受け取った手紙の封を切ると中身に目を通した。

「やはり飯富は義信の頼みを断り切れなかったようだ」

歪んだ顔をして、信玄はその手紙を信春に渡した。

「承諾されたことを嬉しく思う」と文面には、得意そうに踊るような義信の筆跡が鮮やかに残されていた。

「倅の無理な頼みに、虎昌は苦渋の決断を下したのだ」

信玄は大きくため息を吐いた。

「お前は義信の元服の日のことを覚えているか」

信春に向けた信玄の目は潤んでいた。

その日は晴れの舞台に相応しく朝からからりと晴れ上がって、十六歳となった初々しい義信は守り役の虎昌の手で真新しい甲冑を着せられ、信玄が手ずから義信の盃に酒を注いでやったことを、信春は思い出した。

頬を朱色に染めた義信は一気にそれを飲み干すと「ふう」と大きな息を吐いた。続けて原昌胤・小幡虎盛・山本勘助らが義信の盃に酒を注ぎ、最後に目を細めた虎昌がなみなみと酒を盛ってやった。

虎昌の目は優しさと誇らしさに満ち、孫の成長を喜ぶ祖父のような目をしていた。

「これで武田家は盤石じゃ」

信玄の声は喜びに溢れて、それを耳にした重臣たちも武田の前途を寿《ことほ》いだ。

感激で震える信春が周囲を見渡すと、虎綱・源四郎・源左衛門尉らも感極まったように目を潤ませていた。

(何故だ。何が不満でお屋形を除こうと考えられたのか。嫁の実家のことなど武田家の繁栄のことを考えれば些細《ささい》なことに過ぎぬではないか)

信春が目を上げると、目の前には悲痛な面持ちをした信玄がいた。

「やはり義信様をお許しになられぬつもりですか」

「これは倅だけの問題ではなく、武田家全体のことだ。けじめは厳しく処さねば示しがつかぬ」

それを聞くと信春は項垂《うなだ》れた。

永禄八年の十一月十日は秋晴れの穏やかな朝で、躑躅ヶ崎館の周辺にある重臣たちの屋敷の門は固く閉ざされていたが、飯富虎昌をはじめ義信の近習たちの屋敷に向かう兵たちの足音が朝の静寂を破った。

身に甲冑を帯びた兵たちを指揮しながら信春は飯富邸を取り囲んだが、屋敷内は誰もいないかのように静まり返っていた。

表門と裏門から一斉に屋敷に乗り込み、廊下伝いに離れ座敷まで進んでゆくとつんと血の匂いが信春の鼻を突いた。

そこには死装束に身を包み血の海の中で伏せている飯富虎昌の姿があった。

「一足遅かったか」

信春がまだ温かい虎昌の死骸に目を遣ると、傍らの小机の上に一通の書状が載っているのに気づいた。

それに目を遣ると、「これはわしの一存でやったことなので、義信様には何の罪もござらぬ」とその遺書には一身に罪を被ろうとする虎昌の思いが込められており、それは急いで書かれたようで、まだ墨も乾いていなかった。

報告を受けると、信玄は小声で「そうか」と呟いただけだった。

「昨年は甘利昌忠や原虎胤が病死した。四年前には小畠虎盛が逝き、その年の川中島では弟の信繁と山本勘助とを失った。今度は飯富虎昌か…」

信玄の声は震えていた。

「お前や虎綱・源左衛門尉それに源四郎がその穴を埋めねばならぬぞ」

信玄の声は深い悲しみが込もっているようだった。

「飯富虎昌はお屋形と義信様との間を裂こうと画策したが、その企みが発覚して成敗された」と家臣たちには反逆は飯富一人の仕業だと発表され、義信の近習たちは斬罪となり、義信は捕えられて東光寺に幽閉された。

「しばらく源四郎からは目を離すな。やつは兄が罰せられたことで、自害してその責任を果たそうとするかも知れぬ」と信玄は信春に源四郎を見張るよう注意した。

またこの事件から一ヶ月が経たぬ内に、信玄はいつまでも飯富姓では源四郎の肩身が狭かろうと、信虎に成敗されて断絶していた譜代家老家の山県家を源四郎に相続させ名も昌景《まさかげ》と改めて、彼に虎昌の家臣の内五十騎を引き継がせた。

父と子の確執を知った禅宗の臨済・曹洞宗の、それに天台・真言宗の高僧たちが幽閉中の義信を巡って両者の不仲を執り成そうとしたが、信玄は決して義信を許そうとはしなかった。

「二男・竜芳《りゅうほう》は盲目だし、三男・信之は早世している。残るはまだ幼い勝頼だけじゃ」

珍しく信玄は信春に向かって弱音を漏らした。

「お屋形のそんな弱気な姿を目にしたのは、それがしが奉公に上がってから初めてのことです。神のように崇められていたお屋形もやはり一人の悩める父親でしたな。それを知って安心しましたが、それがし以外の前ではそんな弱々しい姿をお見せにならぬように」

信春の諫言を聞くと、信玄は怒りもせずに頷いた。

「わかっておるわ。お前だからこそ甘えられるのだ。誰にもこんな姿を晒せられぬわ。お前も随分と口が悪くなってきたな。意見する顔付きまで勘助に似てきよったわ」

信玄は弱々しく苦笑した。

十一月になると最近めきめきと台頭してきた信長が、勝頼に自分の養女を貰って欲しいと擦り寄ってきた。

この申し出は西上野攻略に力を注ぎたい信玄には渡りに舟だった。

永禄九年になると北の岩櫃城、南の国峰・和田城を押さえた武田軍は、碓氷川沿いに並ぶ松井田・安中・倉賀野城を落としいよいよ箕輪城へと迫る。

この猛攻ぶりの裏には、義信を跡継ぎにすることを思い切ろうとする信玄の怒りのような執念が込もっているようだった。

「箕輪城と鷹留城との連絡を断て」と信玄は、その二城間に林立する小城を攻め落とそうとした。

先鋒はこの地方に詳しい小幡勢だ。

軍馬に乗った一千もの赤備えの小幡衆に、武田に下った西上野の国衆たちが烏川沿いにある里見城を攻め落として烏川を渡河すると、北に築かれている高浜の砦を奇襲した。そして高浜の砦を焼くと、その余勢を駆って鷹留城と箕輪城の中間に位置する白岩山にある砦まで落としてしまった。

いよいよ箕輪城を目前にして、信玄は「鷹留城攻め」を源左衛門尉に命じ、道案内として小幡憲重をつけた。

鷹留城には業政の弟・業氏の三人の息子、業通・業固・業勝が籠もっている。

「先陣はぜひそれがしにお命じ下され」

那波無理之助《なわむりのすけ》は父親が上野にある那波城主だったが、景虎に城を奪われ信玄のところへ逃げ込んできた男で、縄で編んだ羽織を鎧の上から着込んでいる。

「それがしはどんなことにも無理を通すので、無理之助と申しておるのだ」と嘯《うそぶ》き、人を人とも思わない豪傑肌のところを、信玄は大いに買っていた。

鷹留城から城兵が出撃してくると、無理之助は小幡隊の先頭に立って斬り込んだ。その勢いに城兵はその場に踏み留まって耐えていたが、やがて武田の援軍が到着すると一旦城に引き揚げてしまった。

「憲重や無理之助の働きはさすがだな」

二人の活躍を信春が褒めると、昌景は「いつまでも西上野衆のやつらばかりを働かせておくのは武田の名が廃《すた》れます。明日はぜひそれがしが一番槍を狙いまする」と先陣を申し出た。

翌日は雲一つない五月晴れで、浅間山からの黒煙が真っすぐに立ち上っている。

城兵は槍衾を前に並べて後ろには鉄砲隊を潜ませ敵を誘い出そうとした。

「よし、今日はそれがしが先鋒を務めるぞ」

昌景が家臣と共に勇んで出撃すると、見る見る内に敵の槍衾を斬り裂いて城に近づいてゆく。

その時、突然側面から弓矢と鉄砲隊が出現し、一斉射撃が始まると矢玉に当たった山県隊は急に動きが止まり、ばたばたと地面に倒れ込む。

「これは放ってはおけぬわ」

信春は憲重を誘って騎馬隊で戦場へ急ぎ、敵兵を迂回して横から敵の鉄砲・弓矢隊を蹴散らすと、多勢の敵の出現に驚いた城兵たちは、浮き足立って慌てて城門へ駆け入ろうとした。

この時武田に通じた城兵が放った火で鷹留城は城を包み込むような黒煙を上げていたので、彼らは鷹留城へ戻ることもできず、また敵に包囲されている箕輪城にも入ることができず、敵の警戒が緩い榛名山の麓を通って吾妻郡を目指すしかなかった。

「無理攻めはいかん。命はその方一人のためにあるのではない。お屋形のために大切に使え。虎昌殿のことは兄弟とは申せ、お前とは関係ないことだ。お屋形はお前がその事を気にして死に急ぎはせぬかと気を揉んでおられ、その方を見張るようわしにお命じになられたのだぞ」

真剣な眼差しで懇々と諭す信春の態度に、昌景は今にも泣きそうに顔を歪ませた。

「お屋形の心を煩わせてしまい済まぬことを致しました。それに信春殿にまでご迷惑をおかけ申して…」

本気で心配してくれる信春を前にして、昌景は今まで心の底に沈殿していた何かがふっ切れたようだった。

しばらくすると沈み込んでいた昌景の顔にいつもの明るさが戻ってきた。

（こいつはもう大丈夫だ。これでいつもの昌景に立ち直るだろう）

信玄から申し渡された大役を果たしたような気がして、信春は肩を撫で降ろした。

鷹留城や周りの支城を落とされ、援軍を失った箕輪城は孤立してしまった。

武田軍二万に対して五千と圧倒的に少ない兵力の長野勢は、籠城していても支援がないので城外へ討って出ようとした。

榛名山から箕輪城の南を流れる烏川とその南の碓氷川が合流するところは若田原と呼ばれる広大な波状平野を形成している河岸段丘だ。

信玄は碓氷川の対岸に本陣を構え、源左衛門尉に軍配を渡した。

源左衛門尉は甘利昌忠の元で西上野の領地化を任されていたが、甘利が亡くなってからはこの方向の大将を務めていたのだ。

戦いは地の理を生かした長野勢の方が優勢で、大軍を有する武田軍は押され気味になり、懸命に敵陣に斬り込んでゆくのは無理之助を含む小幡隊だけだった。

（もう敵は箕輪城を残すだけだ）

信玄には余裕がある。

「長野勢はなかなかやるわ。あの旗印は誰のものだ」

「あれは長野勢の中でも『長野十六槍』と呼ばれ、豪勇で知られる赤石豊前守・寺尾備前守・土肥大膳亮らです」

何度もこの旗印を信春は目にしていた。

「あれが長野十六槍の面々か。成る程長野業政はよい家臣を持っておるわ」

側面から活きのよい隊が現われ武田軍の横腹を突くと、武田兵たちは崩れ立ち数町あまり後退する。

「これはまた強そうなやつが出てきたな」

じっと目を凝らして敵の様子を窺っていた信春は、「あれは藤井豊後守という者です」とその旗印を指差した。

その内西から統制のとれた一隊が姿を現わすと、劣勢の武田軍を真っ二つに分って進んでくる。

先頭に立ち鹿毛に乗って戦場を駆け回る男は六尺近い大男で、軽々と大槍を振り回す様はまるで鬼が舞を踊っているように華麗で躍動感に溢れている。

「あやつは一体何者だ」

「あれは兵法者として名高い大胡《おおご》城の上泉伊勢守と申す者です」

傍らから源左衛門尉は、敵ながら大した人物と自ら認める男の名を口にする。

「大胡城は利根川より東にあり、北条に属する者も多いと聞くが…」

「大胡のような小城は北条や上杉の狭間で生きねばならぬ身でありながら、上泉は業政殿の頃より律義に長野氏を一筋に支えております。それに箕輪城に道場を持ち、五千人もの門弟を抱えておるとか……」

「敵ながらあっぱれなやつよ。惚れ惚れとする戦いぶりじゃ。原虎胤や小畠虎盛が生きておればきっと褒めそやすに違いない。こんな者を家臣に加えたいものよ」

信玄が上泉に興味を持ったと知ると、源左衛門尉はますます上泉を褒めた。

「彼の前妻は小田原城主・大森氏の孫でしたが、年若くして身罷りました」

源左衛門尉の話を聞いているのか、信玄の目は馬上の上泉の動きに釘づけになっている。

「お屋形は例の甲斐に侵入してきた今川家の福島正成《ふくしままさしげ》を御存じでしょうか」

「原虎胤が討ち取った今川軍の大将だったな」

「そうです。二代目の北条氏綱《うじつな》に大層見込まれ韮山《にらやま》城を任されるまでに出世した正成の息子・綱成は、自分の愛娘を与える程伊勢守を気に入ったようです」

「そうか」

上泉伊勢守の動きを見続けている信玄は、源左衛門尉に生返事を繰り返すだけだ。

やがて日が暮れてくると、信玄は箕輪城攻めを止めさせた。

「長野氏が何代もかけて心血を注いだ城じゃ。そう簡単には落とせまい」

信玄は小幡憲重を本陣に招くと、城内の様子を探らせようとした。

「長野衆はまだ籠城を続けるつもりなのか、それとも降伏に応じる気はありそうかを知りたいのだ」

「当主・業盛《なりもり》は二十歳にもならぬ若者ですが、業盛殿の叔父・業氏殿をはじめ豪の者たちが彼を補佐しており、とても降伏などせぬと存じますが…」

申し訳なさそうに憲重は首を横に振る。

「そうであろうな。業政殿の頃より長野衆は一枚岩だったな。そう簡単には城を棄てることはあるまいのう」

「箕輪城兵は景虎殿の救援を待っているようでして…」

城兵の望みの綱は景虎らしい。

「北の沼田は真田幸隆が目を光らせ、東上野の国衆たちは氏康殿に靡《なび》いている。多分やつは箕輪城を助けにはこられまい」

「そうでしょうか…」

「ところで業盛とはどのような男だ」

信玄は敵将の性格を知ろうとした。

「業盛殿は律義で鳴る男で、きっと父である業政殿の遺言を厳守しましょう」

「業政殿は死に際にどのようなことを申されたのか知りたいものだ」

業政に何度も苦杯を嘗めさせられた信玄は大いに興味が湧く。

「『わが死骸は累世の菩提である室田の長年寺の土中に埋めよ。経などは要らぬから、敵の首を一つでも二つでもわが霊前に供えよ。それが何よりの孝養である。まかり間違っても甲斐や相州の降人となって父親の名を汚すな。もし運が尽きた時は城を枕に討ち死にをせよ』と申されたと聞き及んでおります」

憲重は城方の決意の固さを強調した。

「それでは増々調略は無理のようだな。そなたは業政殿の娘婿なので、城の弱点をよく知っておろう」

これを聞いて信玄はやっと調略を諦め、本格的な城攻めをしようと決心したようだった。

「箕輪城は広大な城でとても一日や二日で落ちるような城ではござらぬ。西は榛名白川が外堀の役目をしており、南の大手口には榛名沼と呼ばれる湿地帯が広がっています。北から東の搦手《からめて》まで空堀に囲まれ、その空堀の幅は悠に二十三間（約四十メートル）を越え、深さは六間（約十メートル）を越す程です」

「それでは空堀を埋め立てて搦手口から攻め寄せるのが、一番被害が少なくて済みそうだな」

信玄は大手門に主力を集め、「まず大手口から攻め入るふりをせよ」と命じると、兵たちは竹束を持ち攻撃を始めた。

兵たちが邪魔になる逆茂木を取り除こうとすると、大手口の櫓《やぐら》から鉄砲隊が顔を覗かせ閃光が走ると一斉に轟音が響き、味方の兵たちはばたばたと倒れた。すると味方に動揺が走り、退こうとする者と前進しようとする者とで隊伍が乱れると、鉄砲玉に混じって矢まで飛んでくる。

ますます死傷者は増加するばかりで、堪らず信玄は撤兵を命じた。

「憲重の申した通りだ。搦手口から攻めるしか手はなさそうだ。搦手口は勝頼が攻めてみよ」

初陣に興奮している勝頼に搦手口の大将を命じると、「済まぬが倅の補佐をしてくれ」と信玄は原昌胤に勝頼を任せた。

竹束を手にして空堀を埋めようとする武田兵を目がけて情け容赦のない鉄砲玉が飛び交う中を、空堀の埋め立て作業は続けられた。

埋め尽くされれば城を守り切れぬことを知っている城兵は、恐怖に堪え切れなくなったのか、搦手門を開いて討って出てきた。

大手門口にいた信春・昌景・源左衛門尉はこの知らせを知ると急いで搦手口に向かって駆け出した。

信玄の配慮に恩を感じている昌景は、この時とばかりに城入りの一番槍を目指す。三科《みしな》、曲淵《まがりぶち》、小菅《こすげ》、広瀬ら昌景の配下の者たちは果敢に長野勢に突っ込んでゆくと、それを見た土肥大膳・赤石豊前といった長野勢が彼らの横合いを突く。

敵・味方が入り乱れ旗差物が交差するが、その時、白月毛に乗った六尺近い大男が搦手門から姿を見せると、大槍を振り回して近寄る武田の兵たちを薙ぎ倒し始めた。

彼の奮闘ぶりにさすがの昌景隊もそれ以上前進できずに止まってしまうと、その男は殿《しんがり》を務めて悠々と味方を搦手門へと誘導した。

付け入りを逃した信玄は「あれが噂の上泉伊勢守か。何度見てもすごいやつだのう」と残念がるどころか満足そうに頷く。

「今や長野勢は鳥籠の中の鳥だ。武田に仕えたいと思う者は許す。憲重は城へ入って城方の者にこの主旨をよく伝えて参れ」

戦いは一時中断され、憲重は久しぶりに古巣の箕輪城に入ったが、城内は静まり返っている。城兵たちは兵糧不足のせいか、痩せ衰え焦点のない目で憲重の姿をちらっと窺ったただけで、彼を非難する元気もないのか槍を杖代わりに身を支えているのが精一杯のようだった。

（これはもう限界だな）

本丸には見慣れた顔ぶれが揃っていたが、憲重が本丸に足を踏み入れると重臣たちの敵意に満ちた目が彼に集中した。

彼らの中心にいる業盛は父親譲りの頑なな態度を緩めず、「お前がどんなに執り成してくれようとも、信玄などの申すことには一切耳を貸さぬぞ。降伏は絶対にせぬわ」と憲重の機先を制して彼の口を封じた。

「それでは話し合いにもなりませぬな…」

さらに説得しようとする憲重を、刺すような重臣たちの厳しい目が彼の口を黙らせようと注がれているのを知ると、憲重は何を言っても無駄であることを悟った。

「せめて業政殿の位牌だけでも拝ませて欲しいのだが…」

憲重は行き違いになったままの業政とゆっくりと別れがしたかったのだ。

「敵に回ったお主が業政様に会いたいなどとよくもぬけぬけと申せたものだ。裏切り者の顔など見たくもないと業政様は怒鳴りつけられる筈だ」

そこにいる重臣たちは一斉に憲重に毒づく。

「まあよいではないか。侍はお互い今日、明日の生き死にがわからぬ身の上だ。憲重殿の気持ちはどの侍にも同じであろう。今は敵と味方とに分かれてしまったが、憲重殿も心の底では業政様に詫びておられるのだ」

立ち上がった上泉伊勢守が先を歩き、本丸から北へ御前曲輪に向かいそこから新曲輪へ憲重を導くと、二人は霊置山の山麓にある小さなお社の前で足を止めた。

そこには小ぶりの宝篋印塔《ほうきょういんとう》と「実相院殿一清長純大居士」と書かれ苔むした卒塔婆が立っていた。

（業政様が亡くなってからもう四年も経つのか…）

静かに目を閉じると、跪いた憲重は両手を合わせて何かを呟いていた。

「搦手門まで見送ろう」

立ち上がった憲重を守るように、伊勢守は彼の傍らを歩く。

「総攻めは明朝早くですぞ。御武運を…」

これだけを伝えると、憲重は逃げるように搦手口を出ていった。

憲重から城の様子を聞いた信玄は、「残念だがしかたがないな。明日の戦さは早いので、十分に眠っておくことだ」とため息を吐いた。

夜が更けてくると、城内からは盛んに笛や太鼓の音が響き、その音は信玄がいる本陣にまで伝わってくる。

その嫋々《じょうじょう》とした音色は哀れさを誘う。

「城兵には心置きなく最期の宴をさせてやろう」

信玄の声は信春の耳にしんみりと響く。

翌朝は秋晴れの青空が榛名山の上空一杯に広がり、狩人のような目をした武田のどの兵の顔にも「今日で決着をつけてやるぞ」といった強い決意が漲っている。

援軍を望めない長野勢は、大手口には業盛が、搦手口には上泉伊勢守を大将にして出陣してきた。

美々しい甲冑に身を包んだ勝頼はそれを目にすると武者震いが止まらない。

搦手門が開き立派な甲冑をつけた敵将らしい者を見つけると、勝頼は「よき敵なり」と叫び、家臣たちが制止するのを振り切って駆け出してしまった。

その男は振り向きざまに勝頼の胴を払い落馬させると、素早く馬から飛び降り勝頼の上に馬乗りになり、脇差に手を伸ばして彼の首を掻こうとした。

勝頼は必死に抗うが、丸太のような腕をした男の体を跳ね返すことができない。

その時、後ろから駆けてきた原昌胤が男の背中を摑むと、組みついている相手の男を引き倒した。

「さあ、今ですぞ」

立ち上がった勝頼は脇差を引き抜くと、羽交い絞めされている相手の喉元にそれを突き立てた。

慌てて信春がその場に駆けつけた時には、勝頼は放心したように藤井正安の首を片手で握りしめていた。

「およそ先駆けというものは、大将でも足軽でも同じことで、後に続く者があると知ってこその先駆けです。ただ一人高名手柄を立てようと味方から離れて深入りするものではござらぬ。そのために生命を失うか捕われるのが落ちです。大将たる者が一人で先駆けするなどは匹夫《ひっぷ》の勇《ゆう》と申すものですぞ。大将たる者は軍勢を掌握して進退し、時に応じて臨機に動いてこそ信玄様のように名将と呼ばれるのですぞ」

訥々と子供を諭すような原の調子に、放心から醒めた勝頼は「うむ、よくわかった。以後先駆けは慎しもう」と素直に頷いた。

信春は勝頼の無事な姿を見てほっと胸を撫で降ろした。

（勝頼様は初陣で経験も浅いが、ゆくゆくが楽しみだ）

いささか猪武者の嫌いはあるが、若者だけが持つ清々しい姿が信春の目に眩しく映った。

搦手口を破った武田軍は本丸へ迫る。

「武田に降伏する者は斬らぬが、手向う者は斬り棄てるぞ」

大声で叫びながら信春が本丸に向かうと、そこには、憲重の懸命の説得で上泉伊勢守をはじめ数名の長野十六槍の面々が血に染まった甲冑姿で集まっており、どの顔にも悔しさと諦観とが漂っていた。

「業盛殿はどこにおられるのだ」

信春の大声に、「すでに本丸の北にある御前曲輪で自害なされ、多くの重臣たちもその後を追いました」と苦汁に曇った表情をした憲重が返答した。

武田に走ったとは言え、憲重にとって長野家は彼の身内の一族なのだ。

重臣たちに取り巻かれた信玄の一行が本丸に姿を現わすと、信玄の歩みは六尺余りある大男の前で止まった。

「お主が上泉伊勢守か。敵であるとは申せ、お主の戦いぶりは見ていても惚れ惚れしたぞ。これからは武田に仕官しないか」

「そうなされませ。今や武田家は日の出の勢いでござる。信玄様はわしに国峰城を取り戻してくれ、領地も与えて下された。お主の力量なら領地も望みしだいじゃ」

信玄の心を知って、憲重は盛んに伊勢守を勧誘しようとする。

「それがしは籠城している間ずっと、立派に死ぬことばかり考えておりました。だが未練たらしいことですが、湧き起こってくる生への執着がそれがしを苦しめておりました。それはわが心血を注いできた新陰流《しんかげりゅう》兵法が世に現われることなしに消えてゆくことを無念に思う心からです」

「信玄様に仕えていてもそれはできよう」

憲重が傍らから口を挟む。

「兵法道は二足草鞋などとても適わぬ厳しいものです。諸国を巡り、名のある兵法者と生死を賭けて仕合いをすることで己の剣に工夫を加え、それがしの新陰流をこの世に広めたいとの夢が取りついて頭から離れませぬ」

「新陰流を磨くために旅に出ると申すのか」

「そうです。本来なら業盛様の後を追い自害する身なのですが、それがしは兵法への思いが棄てきれませぬ」

「惜しいのう。信春」

伊勢守の夢を聞きいくら説得しても無駄だと知った信春は、落胆している信玄に目配せをした。

「思い焦がれた女人と別れるような気分だがしかたがないわ。旅をすることは許すが、他家への仕官は禁ずるぞ」

　信玄は折れた。

　伊勢守が立ち去った後も、信玄は何度も「残念じゃ」を繰り返した。

　本丸では論功行賞が行われた。

「この度の一番の功労者は小幡憲重じゃ。憲重の忠義、勇功は武田衆に劣らぬ程だ。われらは憲重を頼りにしておるが、そなたの妻は長野業政殿の娘だ。彼の娘がそなたの連れ合いではどうも割合が悪い。妻を離別してわが武田家の重臣の娘を娶られよ」

　信玄が憲重から長野家の繋がりを断とうとするのを、集まった重臣たちは当たり前のように聞いた。

「そこまで買っていただいてそれがしは有難いのですが……」と憲重は口を濁すと、首を横に振った。

「それがしの信玄様への恩義にはどんなに骨を砕いても報いねばなりませぬ。信玄様の大事に際しては一命をも棄てる覚悟でござるが、これだけは不承知です」

　憲重はきっと目を信玄に向けた。

「それがしの妻は業政の娘だとは申せ、糟糠の妻として二十七年も尽くしてくれ、産んだ子供も数多くおります。国峰城を追われた時より妻は父・業政から離縁されました。今はもう箕輪城は落ち、長野家は滅んで帰るところがなくなっておるので、この上それがしが妻を離別することになれば路頭に迷うか、餓死するしかございませぬ。それではあまりにも自分の身勝手に過ぎましょう。それ故信玄様の有難い申し出ですが、これればかりはご容赦下され」

憲重の声は嗚咽でくぐもり、本丸に集まる重臣たちも目を潤ませた。

「武田への義理も義理だが、妻女への情も情だな……」

憲重の切ない心を思うと、信玄はさすがにもうそれ以上何も言えなかった。

憲重の後には西上野領有に尽力した源左衛門尉がこの地の支配を任され、箕輪城を預かり、武田家重臣の内藤姓を賜って名も昌秀と改めた。

信春は有能であると見込んでいた弟子の源左衛門が信玄に認められたことが嬉しかった。

論功行賞が済むと、信春は昌秀と昌景とを自分の陣営に招き、二人を相手に満足そうに盃を傾けた。

五十歳を越えた信春の顔には深い皺が刻まれて髪には白いものが混じっていたが、鋭い眼光だけはまだ若い頃の精悍さを残していた。

「わしは越中へ手を伸ばしている景虎を牽制するため、深志城から北にある牧之島城へ移ることになった。昌秀が西上野を治めるようになれば、景虎もうかうかと三国峠を越えて関東にやってはこれまい。景虎が北信濃へ出陣するのを見張るのは虎綱の役目だ。これで景虎は動きづらくなるだろう」

弟子たちの出世ぶりに目を細めていると、信春は昌景が不満気に二人を見詰めているのに気がついた。

「お前も今は旗本衆の頭目としてお屋形の側にいるが、その内重要な城を預かることになるだろう」と信玄が昌景の労に報いようとしていることを信春が伝えると、急に昌景の目が輝いた。

「内々のことだが、お屋形は今度駿河を狙われているようだぞ」

「今川はお屋形の姉上の婚家ですが……」

昌秀は声を荒げた。

「今は弱肉強食の戦国の世だ。そんな甘い理屈は通用せぬ」

「それは承知していますが、出陣はいつ頃のことでしょうか」

同僚に出遅れた昌景は出陣のことが気になるらしい。

「お屋形は三河の家康と歩調を合わせて出陣し、武田は駿河を、遠江は徳川領として今川領を二分しようとお考えなのだ。駿河への出兵はもうまもなくだと思っておる」

それを聞くと、険しかった昌景の表情が緩み、何やら安堵したように映った。

彼らの酒宴は夜更けまで続いたが、榛名山から風が出てきたようで山々から樹々の唸り声が響き始めると、叢《くさむら》からは秋の虫たちの合唱がそれに混じってかしがましくなってきた。

関東の雄

義信を東光寺に幽閉したが、それだけではまだ家臣の動揺を押さえきれないと危惧した信玄は、家臣たちに起請文を書かせ、それを神社に奉納しようとした。

夏の暑い盛りで、生島足島神社に整列した重臣たちの額からは汗が滴り落ちる。

生島足島神社は六十余州の万物を生育発展させる生国魂の神とそれを充実満足させる足国魂の神を祀っている神社だ。

信濃を完全に領国化していたが、まだ西上野は占領したばかりの信玄にとって、西上野に近いこの生島足島神社は都合がよかった。

この夏頃から義信の食が細り体調が優れないことを気にかけていた信玄は、奉納して武田の行く末に人心地ついたのか、東光寺にいる義信を訪問しようとした。

訪問は人目を忍んで夜に行われたが、かび臭い座敷内にある侘し気な明かりが、痩せ細った義信の小さな背中を照らしていた。

「粥も食べぬそうだが…」

声がした方を振り返った義信は、薄明かりの中に立っている信玄の姿を見つけた。

二年もの座敷での暮らしのためか落ち窪んだ目は反抗的に光っていたが、青ざめた顔は骨が浮き上がり、引き締まっていた体は一回り縮み急に老け込んでしまったかのように思われた。

「駿河へ兵を出すわしを、まだ許せぬのか」

「……」

「せっかくのお屋形の御見舞ですぞ。何か申されませ」

見かねた昌景が声をかける。

「……」

「よいわ。こやつは昔からこちらが折れるまで我を張り通す癖があった。雑念を棄てて武田を取り巻く世間の様子を眺めるよい時期だというのに…」

「妻の実家を攻めることが武田のためになるのですか！」と苦悶の表情を浮かべた義信は、やせ細った体のどこからそんな大声が出せるのかと訝る程、声を張り上げた。

「それがしは父を追放し、今度は息子の妻の実家を奪おうとするあなたを憎みます」

「それぐらいの元気があれば、腹も減り食も進もう。そなたの身はそなただけのものではない。武田のためにもしっかり食べて力を蓄えよ」

「……」

久しぶりに大声を出して疲れたのか、睨み返すだけで義信は返事もしなかった。

座敷を出た信玄は東光寺の広い境内を歩きながら、「義信から目を離すな。絶食を続けて死ぬつもりだ」と呟くと、辛そうに目を伏せた。

「はっ！」

（お屋形も頭の痛いことだ。妻の実家のことになると何故あのように反抗されるのか。妻の実家など何の支えにもならぬことがわかる筈だが…）

「信長が上洛した」

その知らせが牧之島にいる信春の元に届いたのは、それからしばらくしてからのことだった。

先を越されて苛立っているだろう信玄を気づかって躑躅ヶ崎館にやってきた信春は、床の上に飾られた進物に驚いた。

「これは信長からの贈り物だ。相変わらず派手なやつだわ」

床の上には珍しい品々が堆《うずたか》く積まれていた。

「あやつは勝頼に自分の養女を嫁がせた時から、わしに欠かさず進物を贈り続けておるのだ」

信玄の目には信長への嫉妬が浮かんでいるのを、信春は見逃さなかった。

「上洛を果たしたやつは出来るだけわしを京から遠ざけておきたいのだ。この山のような贈物はわしへの恭順のようだが、実はわしを怒らせまいとするやつの諂《へつら》いだ。わしよりも二回り程年下だと申すのに、まったく抜け目のないやつだわ」

「信長殿の目が京に向いている内に、お屋形は駿河に出陣なさるので…」

それには何も答えずに、「癪に障るがこれからは信長の動きに目を配らねばならぬ」と、信玄は剃り上げた頭に手をやった。

朝夕めっきりと涼しくなってきた頃、食を絶った義信は風邪をこじらせたのか、急にこの世を去ってしまった。

「死ぬまでわしに逆らいよって…」

訃報に接した信玄は一日中御閑所に閉じ込もったまま、外へは姿を見せなかった。

義信が死ぬと、彼の妻を今川家に送り届けなければならない。これは今川家との手切れを意味する。

「この役目を任せられるのはやはりお前しかいない。辛いだろうが引き受けてくれ」

頷いた信春の頭にふと信玄の父・信虎を今川家に追放した時のことが掠めた。

十一月となると山国の甲斐はどんよりと灰色の雪雲が空一面を覆う重苦しい日々が続いた。

十五年前には豪華に飾られた輿と長持ちを連ねての輿入れだったが、今度は質素な輿が駿河へ向かい、付き添う者は輿の周りを守る信春配下の数百人に過ぎない。

「奥方様、輿から出られませい。これで裏富士も見収めですぞ」

信春が輿の簾越しに声をかけると、内掛け姿の婦人が輿から顔を覗かせた。

侍女が履物を雪の上に揃えると、婦人は白い息を吐きながら雪に覆われた富士の前に佇んだ。

そして手に持った小さな壺を雪の上に置き、その蓋を取ると壺に向かって何やら囁いていた。

傍らにやってきた信春に気づくと、「義信様にこの富士の姿を見せております。あの方はいつもこの富士を眺めては、『早く戦さの無い世の中がこぬものか』と申されておりました。わらわもこれからは駿河からこの山を仰ぐことになりますが、この山を眺めあの方のことを思い出すことで毎日を過ごそうと思っております」

（おいたわしいことだ。戦いのない世になれば、信虎様やこの奥方のように苦しむ人が救われるというのに…）

先導する家臣たちが雪道を踏み固めると、止まっていた輿が再び動き始めた。

翌月になると、勝頼に嫡男が誕生したが、その喜びも束の間で産後の肥立ちが悪くなった彼の妻が亡くなり、これまで明るかった躑躅ヶ崎館の雰囲気が急に悲しみに変わってしまった。

その悲報が伝わると、「嫡男の奇妙丸に信玄公の娘を頂きたい」と武田との繋がりを失いたくない信長は、まだ七歳の幼娘のお松に白羽の矢を立ててきた。

「よい話ではありませぬか」

信春は武田のためにもこの縁組に賛意を示す。

「お前もそう思うか。信長の力は侮りがたい。駿河への出兵は、やつの目がまだ西に向いている時こそがよい機会じゃ。これを逸《のが》す手はあるまい」

縁談は順調に進み、信長から贈られてきた厚板、薄板、練白《ねり》といった織物百反に帯上中下が百本ずつという莫大な進物を目にして、幼いお松ははしゃぎ回り家中の女房たちは館に押しかけてそれを見物した。

「わしへの贈物はこれじゃ」

虎の皮や豹の皮という信春が目にしたこともない舶来品を、信玄は指差した。

「信長というのは途方もなく気前のよい男のようですな」

「その気前のよさがやつの武器じゃ」

「お屋形も油断して寝首を掻かれぬよう気をつけて下され」

「わかっておるわ。こちらからの返礼の品はこれじゃ。贈物の手配は秋山に申しつけておけ」

秋山信友は伊那郡代として、信長との取り次ぎをしている。

信春が受け取った和紙には、「蝋燭三千、漆千桶、熊の皮千枚、御馬十一疋」といった山国の産物が載せられていた。

(信長との誼《よしみ》を深くしておき、その隙にお屋形は駿河へ出陣されるつもりだな)

年が変わり永禄十一年になると、信玄は景虎が越後から出られぬよう彼に不満を抱く揚北衆の本庄繁長に手を伸ばすと、駿河から今川領を攻める武田の動きと連動させるように、家康を遠江へ侵入させようと謀った。

「昌景、お前は穴山信君と三河の家康と会ってわしの腹蔵案を上手く伝え、家康を口説き落とせ。その際やつの人物をよく見てきて欲しい」

昌景はこの大役に震えが止まらないようだった。

甲斐からの使者の来訪に、薄々信玄の意図を察していた家康は、昌景と信君を岡崎城の本丸へ貴賓として迎え入れた。

本丸に集まった家康の重臣たちは信玄からの申し出に大きく頷き、長老の酒井忠次が、「武田殿は駿河を、わが方は遠江を攻め取れと申されるが、その境界はこの辺りになりますかな」と大井川を指差した。

徳川としてはこの際もっと領地を拡張したいが、強敵武田の機嫌を損じたくはないので、下手に出なければならないが、毅然とした態度を崩す訳にはいかない。

「今川の出方もあり一応大井川を境と決めておき、細かいことは氏真殿を追い出してからおいおい決めてもよかろうと存じるが…」と武田の威光を背にした信君が境界を明示させないで了承を取り付けようとすると、酒井は不満そうな顔付きで上段の家康の意向を窺った。

「武田の方が申される通り、だいたい大井川を境としておこうではないか」

家康は武田に遠慮した。

信玄は昌景からの首尾を聞くと、「家康は武田を恐れているようだな。駿河を手に入れた後は大井川を越えてやつの出方を見てやろう」ともう次のことを考えていた。

「問題は氏康がどう出るかだが、関東を手に入れたい氏康が関東管領となった景虎と組むことはあるまいが、武田が今川へ攻め込むとなると長年続いてきた氏康との同盟は破れ、今後は北条と鉾を構えねばならぬようになろう」

信玄の呟きを耳にすると、昌景の脳裏には北条氏政の妻となって小田原にいる信玄の長女・桔梗姫のことが過《よぎ》った。

十二月に入り武田の大軍が駿州往還を通り由比口の内房に陣を構えると、今川軍は敵を駿河に入れぬように、駿河湾に突き出た薩《さっ》埵《た》峠を固めた。

ここからは果てしなく拡がる雲一つない青空を背景に群青色をした駿河湾が眺められ、その青い海の彼方に冠雪を被った富士が美しい容姿を現わしている。

「表からの富士は甲斐から眺める姿と違って優雅そのものだのう」

信玄の落ちつきぶりは、信春には余裕のように映る。

武田軍の動向を知ると、薩埵峠にいた敵の姿はいつの間にか消えていた。

「やつらは武田に内通していたのだ。氏真に尽そうとするのは庵原忠胤だけだ。今川家はもう屋台骨が腐り始めておるのだ」

敵の戦意の無さを不審がる重臣たちに、信玄は今川の凋落ぶりを皮肉った。

興津《おきつ》城と久能山に布陣した武田軍が駿府《すんぷ》城へ乱入すると、怒濤のような武田の進軍を恐れた氏真は駿府城を棄てて唯一信頼できる家臣・朝比奈泰朝《あさひなやすとも》が守る掛川《かけがわ》城に逃げ込んでしまった。

この時北条氏康の娘で今川氏真の妻である早川殿は、乗り物を用意する隙もなく徒歩で掛川城まで逃げ続けたので、それを聞いた氏康は「愚老息女は乗り物を求め得ざる体、此の恥辱雪ぎ難く候」と激怒し、北条家は同盟を破った武田に宣戦布告を通達して信玄の娘で氏政の妻となっている桔梗姫を甲斐へ送り返してきた。

氏政が率いる北条軍は薩埵峠の東、蒲原《かんばら》城に入り、武田の最前線となった薩埵峠を挟んで両軍は睨み合う。

「家康殿が掛川城を包囲しました」

家康の動きを見張っている昌景が本陣までやってくると、信玄は義理堅く約束を守っている徳川の動きに満足そうに頷いた。

「昌景は大井川を越えて家康がどう動くかを探ってみよ」

(家康がわれらに遠慮するようなら、お屋形は遠江まで奪うつもりだ)

領地を広げ上洛まで視野に入れていた信玄だったが、北条との膠着状態に内心弱っていたのだ。

信玄の意図を知った昌景は、大井川河口の小山辺りで刈田を行って周囲を荒らし回すと、これにはさすがに律儀者で通る家康も激怒した。

城の包囲を部下に任せると、直接信玄に抗議しようと島田までやってきたが、百五十騎ばかりの家康勢は迫ってくる昌景隊に追い立てられ、命からがら大井川を渡河すると金谷を通過し掛川まで逃げ延びた。

「同盟をしている徳川殿を敵に回すとは、山県昌景は馬鹿なことをし出かしたものだ。下手をすれば家康殿の背後にいる信長殿と断交となるかもしれぬわ。そうなればわれらは北条だけでなく、織田、徳川とも戦わねばならなくなる。その原因を作った山県昌景を改易させるべきだ」

勝頼を補佐する跡部勝資《あとべかつすけ》と長坂釣閑斎《ちようかんさい》の声高な山県への非難が武田本陣内を飛び交った。

それを耳にすると、昌景を憂える内藤昌秀はじっとしておれず、真田幸隆を誘って信春のところを訪れた。

「昌景は大井川河口で刈田を行っていた時、彼の部下が徳川の兵と鉢合わせとなり境界を巡って喧嘩になったところ、昌景隊と徳川方とがお互いに加勢して合戦となってしまったようです。部下の責任を取って、昌景は謹慎しております。信春様からお屋形に昌景の無実を申し上げて下され」

調査の結果昌秀の申し立て通りであったので、信春は側近衆の土屋昌続を通じて信玄に言上した。

「昌景の行動は止むを得ぬことだ。家康の心胆を寒からしめ、苦杯を嘗めさせた昌景は武田随一の武将だ」

昌景を叱るどころか、信玄は昌景を褒め上げた。

謹慎を解かれ軍務に復した昌景は、お屋形のためなら死をも厭わぬと決意した。

だが信玄の予想に反し、駿河の領有を憂える氏康は景虎と同盟を結び、また氏真とその妻を掛川城から嫁の実家の北条領へ帰した家康は、遠江まで侵入してきた武田に不信感を募らせた。

そのため家康は北条と手を組むようになり、東西から挟まれた信玄は苦境に立たされるようになった。

それで駿河入りが長期化することを恐れた信玄は、興津城に穴山信君を、久能山城には板垣信安を残し庵原郡から山越えで府中に帰ってしまった。

府中に戻った信玄は、氏政のところに嫁していた桔梗姫が離別させられ甲斐に送り届けられていることを知った。

彼女の小田原へ嫁入りする時に見せた信玄の子煩悩ぶりを鮮明に覚えていた信春は、信玄の心痛を思う。

（覚悟されていたこととは言え、気の毒なことだ）

生木を裂くように小田原にわが子を残してきた桔梗姫は甲斐に戻ってからは生きることに疲れたのか、部屋に閉じ籠もることが多くなり、心配する母親は彼女のところを何度も訪れた。

徐々に食が細くなり、寝込むことが多くなってくると、膨《ふく》よかだった頬の肉も削げ始め、子供たちと再会することを諦めたのか、桔梗姫は静かに経を唱える日々を過ごすようになってきた。

「いずれ氏康殿と仲直りすれば、そなたもまた小田原へ戻れるようにもなろう。それまでは何も考えずに甲斐で過ごすのだ」

このまま死んでしまうのではないかと思うと、心配のあまり信玄は夜も眠れない。

「わらわのことはもうよいのです。お願いですので北条とは仲直りをして下され。わらわの父上と舅や夫とが争うことを見ないで死ねることが唯一の幸せです」

呼ばれた薬師はあらゆる手を尽くしたが、肩で息をするようになる頃には、桔梗姫はもう床から起き上がることができなくなってしまった。

意識が朦朧としてきた彼女の手は支えていた信玄の手を滑って畳へと落ちてしまった。そしてそれを目にした一族たちの間からは嗚咽が漏れ始めた。

娘の葬儀が済んでも、信玄は御閑所に閉じ籠もったままで誰にも会おうとはしなかった。

側近からは心配する声が湧きあがり、牧之島城に居る信春に来てくれるよう使者がやってきた。

「お屋形は御閑所に入られたままなのです」

府中にやってきた信春を見ると、側近の昌景は泣きそうな顔をして信玄の様子を窺って欲しいと信春に頼む。

「桔梗姫はお屋形の最初の姫君で随分と可愛いがられておられたからのう」

桔梗姫の輿入れの際に見せた信玄の子煩悩ぶりは家臣たちの間でも評判になっていた。氏政のところに嫁いだ彼女が懐妊したと知らされると、信玄は人目も憚らず信春ら側近を引きつれて南都留の勝山村にある御室浅間神社にゆき安産祈願を行った。

その折に見せた真剣な面持ちで両手を合わせて祈る信玄の姿を信春は忘れることが

できなかった。

「やはりお前がやってきたのか」

御閑所への入室を許された信春に、信玄は泣き腫らし垂れ下がった瞼に充血した目で微笑したが、ここ数日間で信玄はかなり憔悴したように映った。

「悪い夢を思い切ろうとしても、なかなか忘れられぬのだ」

川中島で弟・信繁や勘助を失った時には、毅然としていた信玄だったが、長年見慣れ信頼している信春がやってきたからなのか、心の奥に仕舞い込んでいる悲しみを信春には無防備に吐露してしまった。

「やはりお前と会うと心を許してしまい、隠している弱気を晒してしまうようだな」

「……」

「昔も一度お前の前で同じように醜態を晒したことがあったのう」

「……」

「だがもう安心してくれ。家臣のためにもわし自身の悲しみはもう忘れて今度こそ駿河を領有しなければならぬ」

（これでようやくお屋形は立ち直られそうだ）

鷹が獲物を狙うように鋭くなってきた信玄の目を見ると、信春はほっと胸を撫で降ろした。

　御閑所を出た信玄は信春と駿河入りについて意見を交わし始めた。

「問題は景虎殿の動きですな。彼が北信濃に出陣してくれれば事ですからな…」

「やつは権位に弱い男だ。天皇から甲越同盟を勧められれば、嫌々ながら従うかも知れぬ。そうしておいて越中の一向宗を焚きたてて景虎を困らせてやろう。家康の方は心配要らぬ。やつには信長から言わせればよく効くからな。景虎と家康の二人を牽制しておいて、今度こそ氏康には痛い目を見せてやらねば…」

　死んだ娘の責任はすべて北条にある。信玄の激しい怒りと憤りは痛い程信春にも伝わってくる。

「景虎への対応はお前と虎綱に任すぞ。手に余るならすぐに引き返してくるからな」

　大事な一戦に加われぬと知ると、信春は肩を落した。

　甲斐から駿河への通路の確保のため、六月に入ると武田軍は富士郡の大宮城を落とし、九月には西上野から氏政の弟・氏邦が守る武蔵の鉢形城を、そして南下すると同じく弟・氏照が城主をしている滝山城を攻めようとした。

「やっと間に合いましたな」

　信玄が本営に戻ると、牧之島城にいる筈の信春が目の前に立っていた。

顔面からは汗が滴り落ち荒い息遣いの信春の姿は、長距離を疾駆してきたことを物語っていた。

「北信濃で何かあったのか」

景虎が北信濃に出陣してきたのかと、一瞬信玄はそのことを危惧した。

「大事な一戦を前に留守居の役目は倅と虎綱とに任せ、矢も盾も堪らず駆けてきました。当分の間、景虎殿は越中の一向宗との争いで手間取り身動きがとれぬようでござる。まず御安心下され」

気にかかっていた景虎が出陣してこないと知ると、信玄は急に気が楽になってきた。

「滝山城攻めの総大将は勝頼で、副将は典厩信豊にやらせようと思う。済まぬが猪武者の勝頼が無茶をやらぬように、信春は倅の面倒を頼むぞ」

信豊は川中島で討死した弟・信繁の嫡男で、信玄はこの甥を勝頼同様可愛がっていたのだ。

大軍を任された勝頼は、勢い込んで滝山城の大手門を破ると二の丸に迫る。

「どんなことがあってもここを死守せよ」

氏照勢は必死に二の丸を守ろうとするが、勝頼を先頭に、武田の大軍は塀を乗り越え二の丸に突入してゆく。

　勝頼を補佐しなければならない信春は、若い勝頼の猪突猛進ぶりに眉をひそめた。

（勝頼様の戦さぶりは、まるで侍大将か足軽大将のようだ）

　その時鎌槍を手にした大柄な男が、勝頼の前に立ち塞がった。

「それがしは師岡と申す。名のある武将とお見受けした。一手お手合わせ願いたい」

「わしは武田勝頼じゃ。望むところだ。さあこい！」

　先頭に立つ勝頼は一軍の大将であることを忘れたように彼に向き直る。

　大身の鎌槍を師岡に向け「手出しはならぬぞ」と叫んだ勝頼は、相手目がけてさっと槍を突き出した。

　相手は簡単にそれを払うと、勝頼の冑の死角である喉を目がけて強烈な突きを返してきた。

　見かねた信春が思わず手を貸そうとすると、かろうじて身を躱した勝頼は、「こやつはわしが倒す。誰も手を出すな」と助太刀を制する。

　数回もの槍合わせに戦さ慣れした相手もさすがに若い勝頼を持て余し気味になり、本丸へ逃げ込んでしまった。

　尚も本丸へ付け込もうとする勝頼のところに、「もうその辺で引き揚げろ」という信玄からの命令がやってきた。

「われらの目的は氏康に武田の力量を知らせることで、この城を一挙に攻め落とす必要はない。あまり無理をしてお前や信豊が討死しては困るからな」と、信玄は不満そうに本陣に戻ってきた勝頼を宥め、小田原へ兵を進めた。

「これは今まで目にしたこともない壮大な城だわ」

城下に足を踏み入れ小田原城を初めて目にした信玄や重臣たちは、お互いに顔を見合わせて唸った。

土塁・水堀・空堀のすべて目に入るものが、初めて目にする巨大さであった。櫓がいたる所に建ち並び、家臣や住民たちの屋敷をすべて城内に包み込んだ惣構えの城であったのだ。

「これではさすがの景虎も攻め落とせなかった筈だ」

城の東を流れる酒匂川が外堀の役目をしている。

「お前はこの川の瀬踏みをせよ」

信玄は秘蔵の家臣である初鹿野伝右衛門《はじかのでんえもん》に渡河口を探らせる。

百足《むかで》の旗差物を背負って、陣羽織の背に香車の文字を染めた初鹿野が勇んで馬を川に乗り入れると、水は一気に馬の背まで押し寄せてきたが、一同が見守る中を、彼は波を立てながらなんなく対岸に立った。

「よくやった」

向こう岸からは大きな喝采が湧き上がるのを耳にすると、初鹿野は素早く陣羽織を裏に翻した。それには黄金に輝く「金」という文字が鮮やかに描かれている。

「やつめ、香車から金になりよったわ」

頬を緩めた信玄を見て、一同はどっと彼を褒めそやした。そして信玄が手にした軍配がさっと振られると武田軍は続々と川を渡り始めた。

湯本の風祭にある信玄の本陣に箕輪城から駆けつけてきた昌秀が「それがしにぜひ一番槍をお命じ下されとせがんだ。

いつも相手している北条勢に一矢報いようとする彼の心情を知った信玄が頷くと、昌秀に率いられた箕輪衆は北にある城の大手口の蓮池四門に駆け込む。

箕輪衆が城門に近づくと、閂《かんぬき》が外された城中から敵兵が姿を現わす。

小幡隊を含んだ箕輪衆が敵兵に一当てすると、敵わずと思った敵兵は城内へ駆け込み城門を閉じてしまい、城壁にある狭間《さま》から盛んに弓矢、鉄砲玉を放ち始めた。

それを見ると信玄は一旦箕輪衆を退かせ、重臣たちを本陣へ集めた。

「小田原城は殻を閉じた貝のように、城門を厳しくして、討って出てこようとはしない。これでは長期戦になり、こちらの兵糧が尽きてしまう」

落城させることは無理だと判断した信玄は、数日間の包囲を解いて、帰国しようと決意した。

「北条にはあくまで武田の恐ろしさを教えることが目的で、城を落とすことではない。これからわれらは甲斐へ戻るが、戦さは退却する折が一番難しいのだ」

信春をはじめ昌秀、昌景らの目が一斉に信玄に注ぐ。

「われらがこの地を去るのを知ると、氏康は必ずわれらを待ち伏せようとするだろう。氏邦・氏照らを先回りさせ、われらを挟み討ちにしようと小田原城からは本隊が追撃してくる筈だ。まずは景虎がやったように『鎌倉八幡宮に参拝する』という噂を流せ。甲斐への退路は三増峠を越すことにする。北条軍を叩き潰すのはこの峠だ」

こう話すと、広げられた絵図面で相模川沿いにある三増峠を信玄は指差した。

「氏政殿を城から引き摺り出し、一泡吹かせてやろう」

本陣には熱気が込もり、本格的な戦さを前にして重臣たちは気負い立つ。

城外の侍屋敷に火をつけて、その燃え上がる火煙を後に武田軍は撤退を始めた。

平塚で北に方向を変えた武田軍は、そのまま相模川の右岸から津久井を目指す。三増峠は津久井と愛甲両郡の境にあり、これを越えるともう甲斐の国だ。

物見を放つと予想通り峠の北には氏邦・氏照の兵が待ち伏せをしていることがわかったので、信玄は再び重臣を本陣に呼び集めた。

「三増峠の山頂にはすでに氏邦・氏照らがわれらがやってくるのを待ち構えており、その北にある津久井城はわれらとの戦さの準備に忙しいようだ。まず小幡憲重は三増峠を迂回して城兵が出撃せぬように津久井城を包囲せよ。また昌景は三増峠の西にある志田峠から三増峠の山頂へ回り込め。敵の正面から三増峠を登るのは信春・勝頼・浅利・昌秀の本隊だ。わしは三増峠の東の山伝いに三増峠の山頂に向かう。この勝負は志田峠を登る昌景隊がいかに早く三増峠にいる敵陣のところへ着けるかで決まってくるぞ」

これを聞くと昌景の唾を飲み込む音が、緊張した本陣の空気を震わせた。

軍議が済むと信玄は昌秀を呼び止めた。

「昌秀。そちに頼みがあるのだが…」

「何でしょうか」

難題を吹きかけられそうだと、昌秀は身構えた。

「お前に小荷駄奉行を任せたいのだ」

それを聞くと、昌秀は顔をしかめた。

小荷駄隊は食糧・武器・弾薬・武具・寝具など軍需品を運ぶ隊で、最も歩みが遅く敵に狙われ易い隊なのだ。

「それがしが上野の箕輪城に在城しているのは、関東方面を見張り何かあれば先陣を担うためで、殿軍を務めるためではござりませぬ。ましてや小荷駄奉行など他の者に申し付け下され」

一本気な昌秀は、不満を顔一杯に表わして抗議した。

「景虎が小田原城を攻めたものの北条軍のため上手くいかなかったのは、小荷駄隊が襲われたからだ。小荷駄隊が潰されれば、その敗北感は全軍に伝わるのだ。だから出来るならわし自身が小荷駄隊を指揮したいぐらいだ。もう甲斐が近いので少々の荷駄を棄ててもかまわぬ。小荷駄隊を一人も殺されぬようにして欲しいのだ。小荷駄隊を守り切れるのは、そちしかおらぬ」

信玄にこう持ち上げられれば、さすがの昌秀も引き受けざるを得なかった。

十月六日の朝は澄み切った青空が広がり、長閑《のどか》な山麓の叢《くさむら》からは虫の音が聞こえてくる。

武田軍は先行した小幡隊を除き、三隊が別々に三増峠の山頂を目指す。

三増峠を登ってくる武田の主力隊の様子は山頂にいる北条軍からは人の表情まで

はっきりと窺える。

峠の上からの弓矢、鉄砲は遮るものがないので防ぎようがなく、武田の兵が怯んだと知ると北条の兵たちが群がって襲ってきた。

まず殿を務める浅利隊が狙われ、大将の浅利信種《あさりのぶたね》が敵の鉄砲玉に当たって落馬し混乱をきたしたが、その慌てふためく兵たちを見ていた軍監の曾根内匠が浅利に代わって指揮を取る。

「小荷駄を囲んで円陣を取れ。ゆっくりと坂を登れ」

次々と襲ってくる敵兵から、昌秀は小荷駄を守ろうと懸命だ。

昌秀が坂の上に目を遣れば、先頭を進む馬場信春隊の「黒御幣」の旗の動きが止まっている。

群がる敵兵の中に大剛の者がいるらしく、さすがの馬場隊も「武田勢を打ち崩せ」と大声で叫んでいるその男を持て余しているようだ。

敵兵のため馬場隊が危うく見えた時、勝頼隊がその敵兵たちに横槍を入れた。

敵の勢いが削がれると、「それがしが一番槍だぞ」と馬場隊の軍監を務める真田昌幸が、群がる敵兵の中に飛び込む。

坂道ではあちこちで死闘が繰り広げられたが、しばらくすると志田峠の山頂から白い帯のような狼煙が上がった。

「おお、昌景がやりよったぞ」

これを合図に信玄の本陣からは軍扇が高く掲げられ、押し太鼓と法螺貝の音が山鳴りのように山の空気を揺るがせた。

すると今まで押されっぱなしであった武田の兵たちの表情が自信に満ちたように一変し、逆に意気消沈した敵兵を押し返し坂を登り始めた。

峠から脇道を駆け西の中津川の方へ逃げてゆく敵兵を、武田の兵たちは獲物を追いかける狩人のように勇猛果敢に追撃する。

坂の上ではまだ馬場隊を悩ませた白い陣羽織を身に着けた大男が、槍を振り回して暴れていた。

「敵ながら天晴れなやつだ。生捕りにせよ」

信春はこの勇士を殺さず取り押さえようとするが、男の槍先は鋭くなかなか近寄れないので、遠巻きにして相手が疲れるのを待って、大石遠江と名乗る大男をやっと取り押さえることが出来た。

「浅利信種を亡くしたことは残念だが、本日の一番の手柄は昌景と昌秀だ。それに馬場隊を助けた勝頼の働きも立派だったぞ」

三増峠の山頂にやってきた信玄は家臣の活躍に大満足で、褒められた勝頼は顔を赤らめた。

「小田原城からの追っ手が気にかかるので、早くここを立ち去らねばならぬ」

武田軍は韮尾根《にろうね》から山王の瀬を渡り、長竹村に出ると反畑《はた》辺りの石滝山の麓まで足を伸ばし、ここでゆっくりと首実検を始めた。

首は三千二百六十九もある大勝利だったが、武田の一族でもあり重臣だった浅利信種の死を一同は悼んだ。

信玄はここまで運んできた彼の死骸を石滝山にある密院に預けその供養を頼むと、翌日は都留郡上野原に着いた。そこで領内に帰ってきた安心感からか、兵たちは初めてゆっくりと休息を取ることができた。

だが十月といっても山国の夜は冷えるので、夜営している兵たちは寒さで眠れない。堪えかねた兵が近くにある諏訪神社の塀や門や社殿を壊して暖を取り始めた。

小さな焚火は二万もの兵たちの体を暖める巨大な焚火となり、侍大将もそれを見棄てている訳にもゆかず信春のところへ訴えてきた。

「何！　諏訪神社を壊していると申すのか！」

信春の報告に諏訪信仰の強い信玄は、一瞬怒りの表情を露《あらわ》にしたが、「この度は諏訪神社の大祝《おおほふり》の孫である勝頼がどう裁くか、あやつの采配ぶりを見てやろう」と処置を勝頼に委ねた。

　大焚火の激しい火勢は一晩中夜空を焦がし続けた。そして翌朝信春が目を擦りながら本陣にいる信玄のところへ顔を出すと、「勝頼は焚火をすることを許したようだな」と重い眼瞼で眠そうな目をした信玄が呟いた。

「『お前たちにはこれからも駿河併合に向けて働いてもらわねばならぬ。そのためには寒さで風邪をひくようなことがあってはならぬからな。だから今夜は特別に焚火を許そう。神殿はいずれ新築するつもりだ』と申されたようでござる」

　昨夜の勝頼の態度を信春が申し上げると、信玄は満更ではない様子で頷いた。

　一ヶ月程兵たちを休ませた後、駿河掌握に燃える信玄は「再び小田原城を攻めるぞ」という偽の噂を流布させた。

　富士川に沿って駿河に向かった信玄は、小田原防衛のため手薄になっていた蒲原城を攻め落としたので、北条との最前線は東の富士川にまで進み、武田領となった薩埵峠から北条勢は逃げてしまった。

　駿府城は今川方の岡部正綱が死守しようと身構えていたので、信玄は犠牲を避け力攻めをせずに臨済寺の鉄山宗鈍《てつざんそうどん》の仲介を頼み、正綱を家臣とすることで開城を認めさせた。

さらに西駿河の経略を進める信玄は、大原資良が城将をしている花沢城を奪おうとした。資良は全盛時には東三河の吉田城を任された程の今川の重臣なので懸命に城を守ろうとしたが、武田の大軍を前にしてはどうすることもできず膝を屈した。

こうして西は大井川までを領土化すると、再び東進した信玄は改めて駿河湾を眺めた。群青色の海面はどこまでも広がり、縮緬波に陽光が反射してまるで鏡のようだ。

「わしはこれまで諏訪湖しか目にしたことがなかったが、改めてじっくり見ると海とはこのように広々としたものだったのか。甲斐のような山国では食糧も少ないが、海には魚がいて無限の食糧が手に入る。それに船を使えば誰にも邪魔されずに一度に多くの兵を移動させられる。今川や北条は水軍を手にしているので、わしも水軍を持たねばならぬ。そうすれば信長に負けぬような力を手に入れられよう」

この頃信長は姉川の戦いに勝利し畿内を掌握していたので、上洛を狙う信玄は焦っていたのだ。

「甲斐と繋がっている富士川に近い清水港は昔からの良港だ。わしはここに水軍の城を築くことに決めたぞ。縄張りはお前がやれ」

信春に船城を作ることを、信玄は命じた。

船城と聞いて、信春は驚いた。

「様々の城を勘助殿と共に築いて参りましたが、いまだ船城などは作ったことがないので、それがしには自信がござりませぬ」

「何を申す。お前は勘助仕込みの男ではないか。この国に信春以上の築城の名人はどこにもいないのだぞ。もっと胸を張れ」

「……」

「村人を総動員して一ヶ月以内に築き上げよ。それに今川の水軍を武田に組み込め」

「それをたった一ヶ月で仕上げるのですか…」

「そうじゃ。富士川の対岸の北条を攻めるためだ。もたもたしている暇はないぞ」

今川の水軍の将だった岡部忠兵衛と今川の旧臣・伊丹大隈守の二人に信春は急いで水軍の編成を命じると同時に、船溜りを設けるために金を惜しまずに村人を集め昼夜兼行で築城を指揮した結果、約束通り一ヶ月で城を完成させることができた。

大手口の城門は陸続きで、巴川の川口に突き出した石垣を積んだ二ヶ所ある船溜りには櫓も門も備わっている。

「これは立派な船城ができたわ。やはり勘助が信春を見込んだだけのことはあるぞ。この城を清水城と呼ぼう」

城が一ヶ月で出来上がったことに、信玄は喜びを隠せない。

「清水の地は富士川に近いので何かと便利だ。清水城は水軍の城で、わしはもう一つ駿河全体に目を配る城が欲しい」

信春は首を傾げた。これまで今川家がいた駿河城があったからだ。

それを察した信玄は、「今は北条に備えねばならぬ。すぐ北にある江尻《えじり》の地は巴川で清水城に繋がっているので、駿河領内を治めるのにこれからはこの江尻が重要となってこよう。江尻に城を早く完成させ、出来上がった暁には城を昌景に任せようと思っているのだ」

初めて駿河へ侵攻してきた折、この地を掌握するための拠点として信春は江尻城の築城を任されていたのだが、城はまだ完成していなかったのだ。

「昌景は喜びましょうな」

「やつも一人前になったので、そろそろ城を持たせてやろうと思っていた頃だ。お前の弟子の虎綱をはじめ昌秀、昌景らも実力をつけ、今や板垣信方や甘利虎昌のようにわしの両腕となって武田を支えてくれておる。これもお前のお蔭じゃ」

「そう持ち上げて下されば、江尻城の完成を急がねばなりませぬな」

「そう思って申しておるのだ」

二人は顔を見合わすと哄笑した。

武田の水軍は岡部と伊丹の尽力で、北条方の間宮武兵衛・間宮造酒丞をはじめ北畠家の小浜民部左衛門も加わり本物の水軍らしくなってきた。

江尻城が出来上がると、信玄は信春との約束通り昌景を城代にした。

信玄が富士川から黄瀬川を越え北条方の城を攻め始めたのは、年号が元亀と改まってからすぐのことであったが、「氏康殿の病はひどく子供たちの見分けがつかず、食事も御飯と粥とを両方用意すると、食べたい方を指差すだけで口の中へ入れても飲み込めぬらしい」と「氏康重症」の噂が信玄のところにまで伝わってきた。

「お前はこの噂をどう思うか」

信玄は本陣に呼びつけた信春に真偽のほどを問う。

「多分本当のことでしょう。この頃何故か敵の反撃が手ぬるく思っておりましたが、これでようやくその理由がわかりました」

武田の勢力は伊豆半島の付け根まで伸びており、箱根の山を越すと小田原も近い。

(氏康様は賢明な人だったが、すでに五十六の老人だ。いつ逝かれてもおかしくない年だ)

小田原城を訪れた折に見た怜悧な氏康の風貌を信春はふと懐かしく思い出した。

翌年になると箱根外輪山麓にある深沢城を落とし勢いづいた武田軍は激しく興国寺城、韮山城を攻めるが、北条勢も早雲公以来の城を守ろうと必死だ。

箱根の山々が紅葉で色づく頃、「氏康他界」という悲報が信玄のところにもたらされると、それを知った重臣たちが次々と本陣に集まってきた。

「氏康も家督を継いで三十一年、関東の山内上杉、扇谷上杉家を没落させ北条氏を関東管領の地位まで引き上げてきたが、寄る年波には勝てなかったようだ。やつの半生は山内上杉家に取って代わった越後の上杉謙信（景虎）との抗争に明け暮れたものだった…」

信玄は氏康の死でこれからの局面が変わることを予感した。

「北条は今後どのように出てきましょうか」

箕輪城を預かっている昌秀は、北条が牛耳っている関東の動きが気にかかる。

「北条と一度は手を組んだとは申せ、謙信は北条を全く助けようとはしなかった。氏康の死を契機に息子の氏政はそんな謙信に愛想を尽かし、武田に擦り寄ってくるかも知れぬぞ」

「それではあまり北条を刺激せぬ方がよいですな」

信春にはこれ以上北条と戦うことを控えたい理由があった。

それは少し前に信春は陣中で信玄が血を吐く姿を目撃していたのだ。

その時本陣には信春しかいなかったが、畳を汚した吐瀉物には胃の腑の内容物だけでなく、血塊が混じっていて、それを信玄は真剣な面持ちで見詰めていた。

「このことは誰にも口外するな」と青白い顔色をした信玄は信春に釘を差し、「急に吐き気がしたのだ。多分夕方に食べた魚の小骨が胃の腑に刺さってそこから出血したのだろう。年のせいで胃の腑も弱っているのだ」と言い訳がましくつけ加えた。

「お屋形の体はご自分一人のものではござりませぬ。武田家の大黒柱なのですぞ。御自愛下さらねばわれら一同が心配しますので…」

（確かに一度だけだったが、他にどこか重大な病いが潜んでいるのではないか…）

信春はこれからの武田のことを思うと、信玄には戦さに煩わされず一度十分に静養して欲しかった。

だが血を吐いた日から信玄の顔色が冴えなくなってくると食欲が減り始め、見た目にも痩せが目立つようになってきた

「お屋形は一度甲斐へ戻られ、長い間の戦塵を払い落とすために湯治をされては如何でしょうか。後のことはわれらが何とでもいたしますれば…」

信春は信玄に帰陣を促す。

「わしも氏康より六つ若いとは申せもう年じゃ。若い頃のように無理も利かぬようになってきた。この度はお前たちに後を任すとしよう。昌景には江尻城にいてしっかりと駿河を見張って貰うとして、気になるのは北条ではなく遠江にいる家康のことだ。やつからは決して目を離すな」

帰陣を勧められ逆らうかと思われた信玄だったが、素直に信春の意見に従った。

その態度が信春には気になったが、信玄を乗せた輿は静かに江尻を離れていった。

信玄が予想していたように氏政から同盟の誘いがきたのは、彼が甲斐へ去ってから一ヶ月もしない内であった。

上洛

「ついにお屋形は上洛を決意されたようだぞ」

海津城にやってきた信春は、虎綱に上洛に賭ける信玄の強い思いを伝えた。

「それでお屋形の体の方は大丈夫なのですか」

侍医の板坂法印が上洛に逸る信玄に寒心していることを虎綱は耳にしていたのだ。

「とに角熱は下がったようだが。お屋形は謙信と信長を牽制するために、大坂の本願寺や朝倉・浅井との連絡に多くの時間を忙殺され、そのことでお疲れになられたようだが…」

こう言うと、信春は眉をひそめた。

「あの賢明なお屋形が『たとえ上洛中に病に倒れるとも悔いはない』とまるで子供のように向きになられたというのだ。病床に詰める土屋昌続もそんなお屋形を持て余しているようなのだ」

信春は数日前に見た昌続の弱り切った顔を思い浮かべる。

「この機会を逃せば二度と上洛はできまいとお屋形は思われているのでしょうな」

虎綱には信玄の焦りがわかるような気がする。

(お屋形は五十二歳になられる。氏康殿のようにいつ死んでも不思議でないと思われており、信長と雌雄を決して上洛の夢を果たしたいのだ)

戦場を共にしてきた重臣たちには、この信玄の熱い思いが痛い程伝わってくる。

信玄が手がけた信長包囲網は着々と進み、越前の朝倉・近江の浅井らは信玄の上洛を待ち侘びている。

幸い熱が下がりようやく愁眉を開いた信玄は、九月二十九日には昌景を先鋒隊として出発させた。

（いよいよお屋形の大望が叶えられる日がやってきたのか。この日を一日千秋の思いで待っておられたのだ）

上洛に信春の胸が高鳴ると、不安と同時に華やかな京の様子が目に浮かんでくる。

信玄は自らの行動を隠密にするため富士川沿いの平坦な道を避け、一旦棒道を通って諏訪に向かう。

信濃の山々の樹木は赤や茶や黄色の葉が重なり合い、山はもうすっかり秋の粧《よそお》いを凝らし、高い山の頂きはうっすらと白くなっている。

諏訪の上原城に入ると、そこで西上野・北中信濃・佐久からの兵が集まってくるのを待つ。

上原城は信玄が棟梁になってから初めて手に入れた城で、ここから信濃平定を始めた地だ。

信春は光り輝く諏訪湖の湖面を懐かしく眺めていた。

久しぶりに本隊に加わった虎綱も目を細めて連山の山容を遠望していると、西上野からの部隊が到着したようでこちらの方までそのざわめきが伝わってきた。

昌秀が本隊にいる二人を見つけたのか、白い歯を覗かせながら近づいてきた。

「今度こそ家康と信長とに会えるな。やつらと戦えると思うと、今から武者震いが止まらぬわ」

感傷に浸っている二人を知らぬ気に、昌秀は闘志満々の顔を向ける。

兵たちが集まってくると、信玄は府中から乗ってきた特別仕立ての駕籠を降りて輿に乗り移った。坂道にはこの方が体に楽だからだ。

信玄の姿が輿の中に消えると一行は諏訪を発ち、輿は何度も休みながら杖突峠を越え高遠城へ向かう。

諏訪からの早馬で信玄の輿が城門に入ってきたことを認めると、高遠城の城代を務める秋山信友は輿まで走り寄って跪き、うやうやしく信玄を出迎えた。

秋山はこの城を本拠地にして美濃・尾張の信長の動向を見張っており、年格好は虎綱とさほど変わらないが、思慮深い男だ。

高遠城は山本勘助が縄張りをして信春も築城を手伝った城であり、城門を潜《くぐ》ると今にも目の前に微笑を浮かべた勘助が姿を現わしてきそうな気がした。

城に入った信玄はすぐに秋山に出陣を命じたので、信春は秋山と久闊《きゅうかつ》を叙す暇もなかった。

「さっそくで準備に手間取るだろうが、お前は高遠城の兵二千を連れて東美濃へ行け。岩村城を奪い取り、東から岐阜城にいる信長を脅かすのだ」

信玄の目はらんらんと燃えており、秋山は上洛に賭ける信玄の強い思いを感じた。

「すでにいつでも発てるよう用意はでき上がっております」

力強い声で秋山は応じた。

（高遠城の兵たちは意気揚々と胸を張っておるわ）

色とりどりの兵たちの鎧が陽光に反射し、信春の目には眩しく映る。

高遠兵が出陣するのを見届けると、信玄は再び輿に乗り込んだ。輿は屈強な兵たちに守られながら天竜川に沿って南へ進み、飯田の城下に入ると兵たちは寺院や民家に分宿したが、その兵力はすでに三万を越えるまでに膨らんでいた。

翌日、一行は飯田から天竜川を離れて秋葉街道に入り青崩峠に向かった。

青崩峠というのは雨が降ると白い砂質の土が崩れ落ち、その跡が青白く光るところから名づけられた名前だ。

（この峠を越えるともうそこは遠江だ）

信春には遠江の風景が珍しかった。

秋葉山が近づいてくると、前方には様子を窺う兵の姿がちらほらと見えてきた。

（天野景貫の出迎えの兵だ。お屋形の威光は遠江まで及んでおるわ）

一歩ずつ京に近づいていると思うと、信春の心は湧き立つ。

天野景貫の犬居城に入ると、信玄は茶を喫し旅の疲れを癒す間もなくすぐに重臣たちを本丸に集めた。

「二俣城はどのような城なのだ」

信玄は目の前に広げられた絵図面を食い入るように睨んでいる。

（この城を攻め落として、お屋形は東の掛川城と南の高天神城との連絡を断とうと考えられているのだ。病に苦しんでおられた人とは思えぬ眼力と気力をお持ちだ）

あくまで冷静な態度を崩さない信玄の姿が、信春には頼もしく映る。

虎綱、昌秀らもいつもと変わらない信玄の様子を見て、ほっと胸を撫で降ろす。

「なかなか攻めづらい城でして…」と天野は口を濁した。

忠誠心を試され、戦闘部隊の真っ先に立たされる天野の返答は慎重になる。

「二俣城は家康殿のいる浜松城から約五里程北にござる。城の西は天竜川が、東と南は二俣川が外堀の役目を果たしており、どちらも川幅が広く深い川なので渡河できるところはありませぬ。攻め口は陸続きの北のみでござる」

重臣たちの目が一斉に絵図面に墨で黒く塗られた二俣城の北の方に注がれると、そこには何段もの堀切が描かれていた。

「この城にはどれぐらいの兵が籠もっておるのだ」

（お屋形はできるだけ体力を温存し、長期戦を避けたいのだ）

信春は信玄の意図を知っている。

「城内には一千そこその兵がおりますが、城将の中根正照は家康殿に忠誠を誓っており、とても簡単に開城に応じるような男ではありませぬ」

「よし、だいたいのところはわかった」

大きく頷くと、信玄は信春の方に向き直った。

「お前はこれより少し南の神増に布陣して浜松からやってくる家康の援軍を見張れ。穴山信君は天竜川の東岸に陣を構えて掛川と高天神城からの出陣に備えよ。昌景はすでに奥三河衆を味方につけ、そろそろこちらに着く頃だ」

いつもの落ちついた声で命ずると、信玄の目は身を乗り出して絵図面を睨んでいる勝頼の方を向いた。

「この度は勝頼が総大将だ。信豊は副将として勝頼を助け、二人して見事二俣城を落として見せよ」

これを聞くと勝頼の顔はぱっと輝き、勝頼の全身からは「絶対に城を落としてやろう」という強い熱気のようなものが、信春のところまで伝わってきた。

（二十六歳の勝頼様と二十三歳の信豊様か。初陣の頃に比べると随分と精悍になられてきたものだ。お屋形もそろそろ代替りを考えておられるようだ）

信春の目には息子と甥の成長ぶりに目を細めている信玄が、急に老け込んだ好々爺のように映った。

二俣城攻めの総大将の座を勝頼に譲ると、信玄は城から約一里程南に下がった合代島に陣を構える。

二俣城への家康からの救援がないことを認めた勝頼は、北から攻め込もうと盛んに鉦・太鼓を打ち鳴らして兵たちを鼓舞するが、北の大手口は急な坂道が続き無理に攻め寄ろうとすると、堀切の向こうから武田兵の頭上へ鉄砲玉が飛び交う。

勝頼の直截的な攻めぶりが、老練な信春の目にはいささか強引過ぎるように映る。

紺地に金泥で法華経を記した母衣を身につけた勝頼は、敵からも味方からもよく目立った。采配を手にして最前線に立ち、鉄砲玉が頰をかすめても一歩も退かずその場に立ち続けた。

そんな大将の姿を目にして家臣たちは奮い立ったが、鉄砲除けに竹束の盾を片手に坂道を登ってゆく兵たちには容赦のない鉄砲玉が集中する。

（まだ勝頼様も若いわ。お屋形ならもっと調略や離反策などをお使いなさろうが…）

勝頼の戦いぶりを眺めていた信春は、合代島にいる信玄に呼びつけられた。

床几に腰を降ろし、寒そうに手を擦り合わせていたが、顔色はよさそうだった。

「勝頼は攻め手を欠いているようだな。よい策はないのか。あれば何なりと申せ」

信玄の顔は息子に手柄を立てさせてやりたい父親の顔になっている。

普段は厳しい信玄を見慣れているだけに、信春は苦笑した。

「御存知のように北には幾重もの堀切があり、強引に攻め立てればやがて落城させられましょうが、それまでに多量の血が流れます。またこのまま漫然と城を囲んでいても敵の兵糧が尽きるまでには相当の時間がかかりましょう。こんな小城にそんな手間暇をかけている訳には参りませぬ」

本丸がある天守台の西側に天竜川に突き出したような格好をした櫓があることに、信春は気付いていた。

部下によく見張らせていると、夜が更けてくると必ず城兵が櫓から釣瓶のようなものを川に投げ入れ、それを網で引き上げているのがわかった。

「城兵は櫓から水を汲み上げているのです。櫓を壊しては如何でしょう」

「お前ならどのようにして櫓を壊すつもりか」

急に父親から武将の目になった信玄は、身を乗り出してきた。

「櫓の上流から筏を流し、橋脚を折れば簡単に櫓は倒れる筈です。水さえ無くなれば敵は降伏せざるを得ませぬ」

以前から考えていた腹案を申し上げると、信玄はいつもの癖で熟考するように目を閉じた。

「天竜川は激流じゃ。そう上手く筏を操って橋脚に命中させられるかな」

まだ半信半疑のようだったが、大きく目を見開いた信玄はとに角勝頼にやらせてみようと思ったようだった。

翌朝から周辺の山に一万もの兵が入り込み木を切り倒すと鉈《なた》で飛び出た枝を打ち払ってそれを鉋《かんな》で削り、背丈を揃えるとその丸太を組み合わせた。そしてそれらが離れないように何重にも縄で縛りつけた。

一万もの兵士が筏作りを始めると、川原は黒山のような人と木材で溢れた。

城兵は敵の意図に気づいたらしく、急いで水を汲み上げ始める。

筏を担いだ兵たちは指示された川原の上流まで歩いてゆくと、肩から筏を降ろし、それを集めてきた川舟の両側に綱《つな》で縛りつけた。

それから川舟を漕いでできるだけ櫓の橋脚にまで近づけると綱を切った。

放たれた筏の群れは天竜川の急流に乗って櫓の脚部近くを通過したが、命中せずにそのまま下流へ消えていくと、川原からは思わずため息が漏れた。

「もっと川舟を集めてこい。舟を出来るだけ櫓近くまで近づけてから筏を流せ」

勝頼の命令に兵たちは四方へ散ると、川舟を持っていそうな民家を探す。

仕事に欠かせない川舟を手放したくない村人たちを脅しつけたり、大金を握らせたりして数十隻もの川舟を集めてきた。その中には役立ちそうもない古い小舟も混じっている。

川舟に綱で繋がれた筏が川原に並ぶと、兵たちは川舟が流されないように腰まで川に浸りながらそれらを支え、全員が川舟に乗り込み櫓近くまで漕ぎ寄せた。

川舟は激流に乗りまるで氷の上を滑るように川面を走るので、兵たちは懸命に漕ごうと力むが、流れに邪魔されて思うように櫓に近づくことができない。

それでも必死に操って櫓の近くまでやってくると、彼らは筏を放ち櫓の橋脚を狙おうとするがなかなか上手くゆかない。

しかしたまたま渦に巻かれて方向が変わった筏の一つが脚部に当たった。

「ぎいっ」という鈍い音がしたと思うと櫓はゆっくりと傾き始め、川原から固唾を呑んで見ていた兵たちから大きな歓声が上がった。

「もう少しだ」

「二、三回も当たれば、脚が折れるぞ」

筏を放つこつを摑んだのか、それとも慣れてきたのか、筏は徐々に脚部に集中し始めると当たる度に櫓は傾いてゆき、ついに大きな水音をたてて横向きに倒れた。

櫓は激流の中を川面に顔を覗かせたり沈んだりしていたが、やがてその姿は見えなくなってしまった。

「やったぞ。これで城のやつらは水を汲めなくなり、間もなく降伏してくるわ」

再び大きな歓声が川原から湧き上がった。

城の包囲を緩めず、武田方は相手の出方を窺っていたが、数日経つと竹竿の先に笠をつけた格好をした城からの使者が大手口に姿を現わした。

男は本陣にいる勝頼のところまでやってくると、一礼して跪いた。

「城中に貯えていた水が底をつき、城兵は苦しんでおります。『城方全員の命を保障して貰えれば開城しよう』と城代の中根が申しております。証人として武田から一人人質をお出し下されば、わが城からも城代の息子を人質に差し出します。人質交換をお願いしたい」

使者の口上の無血開城は武田にとっても望むところだ。

「よし、明日の早朝大手口にて人質の交換を行い、城兵は大手口から出ていって貰おう。われらはお前たちの浜松城までの通行を妨げぬことを約束する。条件はこれでよいな」

勝頼の申し出に使者は深々と頷くと、もう一度開城の条件を復唱した。

翌日は快晴で澄み切った青空が見渡す限り空一杯に広がる中で、人質の中根の息子と武田方の人質とが交換された。

その後を痩せこけた城兵たちがぞろぞろと城門から姿を現わし始め、彼らは武田の本陣に向かって一礼すると西の浜松を目指して遠ざかっていくが、それはまるで病人の行列のようだった。

彼らの退いていく様子を飽かずに眺めている勝頼のところに、信春は近づいた。

「兵を損わずに開城させることができましたな。『戦わずして勝つ』これこそお屋形の好きな孫子の言葉です。勝頼様の見事な采配ぶりに、お屋形もいたく喜ばれておりましょう。これは勝頼様のお手柄じゃ。お目出とうござる」

勝頼は照れたように顔を赤くして手を振った。

「何を申す。わしはお前の進言に従ったまでだ。わしこそ拙い采配ぶりを見せつけてしまって申し訳なく思っているのだ。しばらく顔を見ていないが、父上の按配はどうだ。わしはどうあっても父上に京を見させてあげたいと思っている。お前たちも病気に立ち向かっておられる父上を励まして欲しい」

「有難きお言葉。お屋形も勝頼様のお気遣いに目に涙を浮かべて喜ばれましょう」

真摯な勝頼の態度が若い頃の信玄の姿と重なってくると、信春の目の前にいる勝頼の姿が滲んできた。

「鬼の目にも涙か。敵も恐れる信春だが、年を取ると涙もろくなったようだのう」

無理に笑おうとした信春の顔が歪む。

「さあこれで浜松城にいる家康も力を落とすことでしょう。京までにはまだ幾多の城を落とさねばなりませぬ。まずは浜松城をその次には岡崎城を。いちいち感慨に浸っている暇はございませぬぞ」

信春は信玄を無事に上洛させることで頭の中が一杯だった。

「ついに勝頼が開城させたか。これは頼もしい限りだ」

信玄は信春の報告を聞くと、子供のようにはしゃいだ。

「さて次の目標は浜松城だ。まずは天竜川を無事に越えねばならぬ。天竜川の浅瀬はもう見つかったのか」

目の前には天竜川が滔々と流れている。

「浜松からの援軍がやってきました折、彼らを追撃したところ、やつらは浅瀬を渡って逃げ帰りました。それで浅瀬が知れたのです」

「よし、そこから渡河しよう。ここを翌朝早々に発つ」

「よっこらしょ」と声をかけると、信玄は床几から重い腰を上げた。

翌朝薄《うっす》らと山々が白んできた頃、本陣の合代島を発った武田軍は南へ移動をし始め神増に着きそこから西の天竜川に向かうと、渡し場には信春の兵たちが本隊のために人間の堰を作っていた。

天竜川の対岸までの浅瀬を、兵たちは横一列になって並んでいるのだ。

十二月下旬の川の水は冷たく、兵たちは絶えず体を動かし寒さと戦っていた。

「お前たちの心遣い、有難く頂戴するぞ」

輿の中から顔を覗かせ、信玄は震えている兵たち一人一人に声をかけた。

彼らは恐縮したように輿に向かって一礼する。

川を渡り切ると秋葉街道をそのまま南下して浜松城へと向かい、途中休憩した重臣たちは浜松城を攻めるかどうかについて軍議を始めた。

「浜松城に籠もる家康殿の兵は一万そこそこです。もしこの城をそのまま放置しておけば、これからも後方に気を配りながら西進しなくてはなりませぬ。少々手間をかけても落としておくべきでしょう」

昌秀が正論を吐く。

信春は信玄の体のことが気にかかっていた。

(できるだけ早く上洛すべきだ。本気で落とそうとすれば、城内には十分な兵糧が用意されているので相当な時間を食うぞ。そんなに悠長にしている暇はない)

信春の危惧を知り、虎綱が口を開いた。

「この城は家康殿が丹精を込めて作った城でござるので、落とそうとすれば少なくとも一ヶ月はかかるでしょう。もしその間に信長が全力で援軍にくれば、われらは腹背に敵を受けることになろう。この際浜松城には構わず、軍を先に進めるべきと存ずるが……」

家康を叩き潰すことを目的としている重臣たちは、虎綱の意見に違和感を覚えた。

信玄が血を吐いたことは信春と虎綱だけの秘密で、二人は信玄にできるだけ早く上洛させてやりたいと願っていたのだ。

「虎綱の考えも一案じゃ。どのような戦さでも勝たねばならぬ。その為には信長と家康を一緒にさせぬことが肝要だ。姉川の戦いではやつらは連合して朝倉・浅井軍を破った。浜松城攻めに手間取れば、信長の援軍がくるやも知れぬ。われらは朝倉や浅井の轍を踏んではならぬからな。わしは敵地である三方原を堂々と行軍するつもりだ。家康がどのように出てくるかはやつ次第じゃ。浜松城は攻めぬぞ」

軍議は信玄の判断で虎綱の案が通った格好となった。これは早い上洛を願う信春の意に沿うものだった。

「昌景や昌秀殿にもお屋形が血を吐かれたことを話しておきましょうか。やつらはお屋形の焦りがわかっていないようなので…」

軍議が済むと、虎綱は信春にお伺いを立てた。

「いや、要らぬ心配をさせることになろう。そのことはいずれわかろうが今は伏せておこう」

信春は虎綱を窘《たしな》めた。

軍は再び動き始めたが、家康の出方を窺いながらの行軍となった。

信春は家康がどう思っているのか行軍中ずっと考えていた。

（家康殿は遠江の国衆に見限られることを恐れて多分出陣してくるだろう。お屋形はそれを見越してわざと城を素通りされるのだ。家康殿が城を出てくれば叩き潰そうとなさるに違いない。さて戦場はどの辺りになるだろうか）

前方の崖の上には広々とした台地が横たわっていた。

有玉付近までくると、武田軍は進路を再び西に向け、大菩薩（欠下）から三方原の台地に上り追分に出てそこで大休止を取り、敵前で悠々と弁当を広げ、それが済むと陣型を整え始めた。

（お屋形は家康殿を挑発しておられるのだ。ここからは浜松城への注意を怠れぬぞ。これまでわが軍は敵に正面を向けていたが、これからは敵に後ろを向けて進まねばならぬからな）

殿を任された信春は何度も浜松城の方を振り返る。

一刻程経つと再び小休止が命じられ、信春は信玄のいる本陣へ馬を走らせる。

「家康殿はなかなか出陣してきませぬな」

輿から出て床几に腰を降ろしていた信玄は、じっと浜松城の方を睨んでいた。

「やつは迷っておるようだが、決して気を緩めるなよ。きっと城から出てくるぞ」

信玄の目は血走った狩人の目ではなく、何か悟りの境地にある高僧のような澄み切った目をしていた。

三方原台地は東西約三里、南北四里に渡る天竜川の扇状地が隆起したもので、高さは二十五メートルから百十メートルにも及ぶ広大なものだ。

三河へ向かうにはこの台地が尽きる祝田の坂を降りてから刑部に行くことになる。

祝田から刑部への道は左は三方原台地と右は浜名湖に注ぎ込む都田川の流れに挟まれた細道で、大軍が移動するには不便な地だ。

（わしが家康殿の立場なら、祝田の坂を降りた時を狙う）

信春はあらかじめ絵図面で調べておいた三方原の地形を頭に描きながら、雑草が生い繁る台地を見渡していると、

「この辺りが戦場となりそうですな」と近づいてきた虎綱は信春が考えていることを口にして何事もなかったかのような顔つきでまた隊列に戻っていった。

（敵の兵力は信長殿からの援軍も合わせてせいぜい一万五千。こちらは三万の大軍だ。どう転んでも負けぬが、油断すると義元殿のようになるやも知れぬ）

桶狭間のことがふと信春の頭の中に思い出された。

後方に注意を配りながら再び武田軍は動き始めたが、信春は早くから浜松城の偵察隊が後方からつけてきているのに気づいていた。

その数は徐々に増してくる。

（われらを見張りながら、家康殿はどこで戦さを仕かけるのかを窺っているのだ）

信春の全身に緊張が走る。

数十騎だった徳川勢は千騎余りに膨れ上がり、浜松城の城門には家康の本陣を示す

「金扇」の馬印が揺れているのが信春の目に映った。

三方原を横断した武田軍は祝田の坂までやってくると停止した。

坂の降り口は一段高い瘤のようになっていて、大きな松の木が生えていた。

日はすでに西に傾き、朱色に染まった薄《すすき》の穂が風に揺れている。

隊列を浜松城の方へ向き直るように命ずると、信玄はこれまでの縦隊から横隊へと大きく兵たちを展開させた。

この時、引き摺られるような格好で武田軍を追尾していた家康の計算が外れた。

敵が祝田の坂を降り切り隘路に入り込んだところを襲うつもりでいたのだが、武田軍は坂の上で敵を迎え討つ陣型を取っていたのだ。

信春の目には、一瞬徳川の兵たちに怯えが走ったように映った。

慌てた徳川軍が陣型を整え始めたのを認めると、信玄はすかさず物見を放った。

敵陣の様子を探ってきた物見は「敵の備えは薄いので、戦えば必ず勝利しましょう」と復命したが、何事においても慎重な信玄は尚も念を入れようとして、「信春と一緒にもう一度見て参れ」と再び物見を走らせた。

これまで数々の合戦において信春の目に狂いがあったことは一度もなく、それにどんな激戦になろうと擦り傷一つ負わない強運を身につけていた。

目を凝らして敵の陣立てを眺めると、三河者はこれまで何度も手合わせをした越後兵のように見栄えのしない地味な形《なり》をしていたが、大将のためなら一歩も退かぬという力強さを感じさせまた陣立てからは大胆不敵さも窺えた。

（兵力が劣るくせに一重の網でわれらを包み込もうとするやつらの陣立ては気宇壮大だが、横一列の薄い布陣ではどうもならぬわ）

目の肥えた信春の目には、この家康の構えは薄皮一枚を広げた脆いものに映る。

（まだまだ若いな。お屋形が五十一歳の古狸ならやつはまだ二十九歳の若造だ。向こう意気だけでは勝てぬことをこの若造にしっかりと教えてやろう。どこか一ヶ所が破れると、そこから水が漏れるように、崩れる恐ろしさを骨の髄まで知らせてやらねばならぬわ）

敵陣に近づくにつれて、信春の見立ては勝利への確信へと移っていった。

二人を見つけた敵兵が鉄砲を撃ちかけてきたので、信春は物見を打ち切った。

「確かにこの物見の者の申す通り、徳川の備えはいかにも薄く、すぐにも合戦をしかけるべきでしょう」

信春が出陣を促すが、信玄は慎重な姿勢を崩さず、沈思しているようだった。

「御思慮はもっともと存じますが、この合戦の勝利は確実です。せっかく鴨が葱を背負ってきているのですぞ。戦わぬ手はありますまい」

自信に溢れた信春の意見に重臣たちの目が集まり、一同は信玄に決断を迫った。

虎綱をはじめ昌景・昌秀の目も決戦を嫌《いと》わぬ強い光を信玄に向けた。

「よし、信春がそれ程申すなら、この戦いは必ず勝つであろう」

巨大な松の根元に広げていた床几から立ち上がり、信玄は軍配を手に取るとそれを空に向かって大きく振った。

これを合図に今まで静まり返っていた武田軍は水を得た魚のように生き生きと動き始めた。

武田軍の先鋒は小山田隊だ。その後を内藤隊と山県隊が左右から信玄の本陣を守り、信春と勝頼隊は後方から本陣を支える。虎綱は信玄の本陣に加わった。殿を務めるのは穴山隊だ。

すなわち武田軍は縦に長く伸びた魚鱗の構えで徳川軍に臨んだのだ。

それに対して徳川軍は信春が報告したように皮一枚の薄い陣型だ。

各隊は横一列に並び、右翼を二家老の一人・酒井忠次が、もう一人の家老・石川数正隊が左翼を守っている。中央の家康本隊の傍らに信長からの援軍・佐久間信盛と平手汎秀隊が並んでいた。

戦機が熟し最前列にいる小山田隊から喚声が響いてくると、突然徳川軍の石川隊の頭上に石礫が降ってきた。

それは雨つぶのように石川隊の兵たちの鎧や冑に当たると、乾いた音がした。

「何じゃこれは。山猿はわれらを馬鹿にしておるのか！」

徳川の兵たちはこの石合戦を目にして呆然となった。

（鉄砲や矢の応酬があってから敵陣に向かって槍で突っ込むのが合戦の常識なのに、これでは源平合戦の頃より古いではないか）

「甲斐の山猿めは戦い方も知らぬのか」

多少とも信玄に畏怖の念を抱いていた徳川の兵は怒り出す。

「敵の挑発に乗るな。陣を固めてむやみに飛び出すな」

家康の旗本衆が走り回り、今にも最前線から飛び出そうと逸る兵たちを押さえにかかった。

石礫は敵の挑発だとわかっていても、兵たちは鎧や冑に石が当たると堪えようのない怒りが湧いてくる。

石礫の攻撃の的にされた石川隊の数騎が敵陣目がけて駆け出した。

「引き返せ。敵の挑発に乗るな」

旗本衆は続いて駆け出そうとする兵たちを押さえようとするが、彼らは制止を振り切って小山田隊に向かって突進する。

こうなるともう収拾がつかなくなってきた。

突撃していった仲間を見殺しに出来ないので、旗本衆もわれ先になって一直線に敵陣目がけて駆け出し、石川隊は集団となって小山田隊に向かってゆく破目になった。

時刻は申の刻を回っており、空も薄暗くなり始めている。

（家康殿は思いの外戦さを知らぬようだな。簡単に誘いに乗ってくるとは…）

信春は迫ってくる徳川軍を見てゆっくりと槍をしごいた。

敵兵が向かってくると、武田軍はわざと押されている格好でゆっくりと後退してゆくと、石川隊も酒井隊も一緒になって中央にいる小山田隊を押し始めた。

武田軍はわざと負けているふりをしていたが、徳川軍の意気は盛んでもし兵力に差がなければと、一瞬信春は冷や汗をかいた。

崩れた格好で小山田隊が後方に退くとそこに家康の旗本衆が加わり、勢いづいた石川隊が山県隊を襲ってきた。

そして山県隊が押されて退いてゆくのを目にすると、今度は酒井隊が左翼にいる内藤隊を襲撃する。

徳川軍の猛攻に武田軍の前方が潰されたように映ったが、信玄の脇を固めながら信春は冷静な目で戦況を分析していた。

（敵の疲れはもうすぐ現われてこよう。横に薄い陣型では、わずかの傷口でも綻んでくるものだ。そこが勝敗の分かれ目だ）

徳川の兵たちは退がる敵兵を追撃し、山県・内藤隊を数百メートルも後退させた。しばらく徳川軍の猛攻が続いたが、それでも信玄の本陣を崩す力はなかった。やがて敵の勢いに疲れが目立ってくると、徳川軍の前進する力が鈍ってきた。

「今だ。敵は息切れしておるぞ。これから攻撃に移れ！」

後方からは武田軍特有の押し太鼓が打ち鳴らされ、それが地鳴りのように響き始めると、この時を待ち侘びていた馬場隊・勝頼隊にやっと出番がやってきたのだ。

（伸び切った徳川軍を勝頼様とわが隊とで食い千切《ちぎ》り、敵の懐へ飛び込むのだ）

久しぶりの大戦さに信春の血が滾《たぎ》る。

新たに出現した馬場と勝頼隊とに側面を襲われ、敵は邁進力を失ってしまった。

徳川軍は一度退き陣型を立て直そうとしたが、信春はそうはさせなかった。

退く敵兵を馬場隊が思う様に蹂躙していると、武田の本陣からは総攻めを知らせる法螺貝の音が響いてきた。

この音を聞くとこれまで押された格好をしていた小山田・山県・内藤隊は息を吹き返したように、退く敵を追いかけ始める。

（敵に損害を与える最大の機会は敵と正面向いて戦っている時ではなく、退く敵を追いかける時だ）

いつも小畠虎盛が言っていた言葉が信春の頭の中を過った。

総崩れになりながらも家康を守りながら、敵は城の方へ退いてゆく。

日が暮れて辺りはもう薄暗くなり始め、空からは白い物まで降ってきた。

一塊になって戦場に留まり、家康を逃がそうと阿修羅のように暴れ回っている徳川の兵たちの姿を目にすると、信春の脳裏には川中島での戦った越後兵の姿が浮かんでくる。

（ここで手心を加えてはならぬ。家康殿の首を取っておかねば、今後やつはわれらにとって厄介な男となるやも知れぬ）

そう言えば討死した敵兵たちは、仰向けで浜松城に背を向けて倒れていた。

武田軍が浜松城にあと一歩と迫った頃には、もうすでに暗闇が辺りを覆っており、人の姿はぼんやりとしか映らず、顔形などはまったくわからなくなってきていた。

武田の兵たちは予《あらかじ》め用意していた合言葉をかけ合ったが、緊張のためか早口になったりつかえたりして聞きとりにくかったりすると、同士討ちが起こった。

犀ヶ崖の手前までくると、武田兵たちは一旦追跡を止めた。

「城の北方には犀ヶ崖という地面の裂け目が大口を開けている」という報告を、兵たちは前もって知らされていたからだ。

徳川の落武者たちはそこに架かった橋を使って城内に入っていくようだった。

西にある城門は開け放たれて、そこは真昼のように煌々と篝火が灯されていた。

櫓から伝わってくる陣太鼓の音が吹雪混じりの冷たい空気を震わせ、その腹に響くような調子は負けた徳川方の意地を訴えているようだった。

「城内へ付け入りましょう。城内には多少の備えはござろうが、城を落とす絶好のこの機会を逃す手はありませぬぞ」

勢い込む昌景は、城を目前にしてじっとしてはいられないようだった。

だが床几に腰を降ろした信玄はゆっくりと首を横に振った。

「もう夜も更けてきたことだし、この辺で矛を収めよう。今夜は敵の夜襲に備えてここに留まるので、こちらも相手に負けぬぐらい篝火を灯して明るくせよ。くれぐれも敵からの夜襲の用心を怠るな」

信玄は昌景の強行策を退ける。

「暗くなっても相手は地形に通じているが、こちらは初めてのところだ。何が起こるかわからぬ。お屋形はそれを心配されておられるのだ」

逸る昌景を信春が宥めると、他の重臣たちも渋々納得した。

夕方から戦いづめだったので武田兵たちもさすがに疲れが出てきたのか、夜が更けてくるとついうとうとと居眠りを始めた。

一同が寝静まった頃、突然闇を劈《つんざ》くような破裂音が轟いた。

本陣の兵は寝ぼけ眼を擦りながら慌てて武器を手にすると、敵に備えようとした。

「夜襲だ！　徳川軍が襲ってくるぞ！」

各隊に伝礼が飛び交うと、兵たちは槍を片手に陣営から飛び出していった。

しばらくするとあちこちの闇から絶叫が聞こえた。

「慌てるな。敵は小勢だ。近くに大きな裂け目があることを忘れてはならぬ」

信春は崖に注意するよう、四方に近習たちを走らせた。

鉄砲音はしだいに遠ざかってゆき、再び静寂が戻ってきた。

薄らと外が白んでくると、武田の兵たちは恐る恐る目の前に大口を開《あ》けている崖の下を覗き込んだ。

十メートルもあろう谷底には味方の死骸が空を見上げるような格好をして横たわっ

ていて、崖は約三里に渡って裂け目を晒しながら城の方までずっと伸びていた。

そして谷は城に近づくに従ってますます深くなってゆき、城の北にある深沼まで続いていた。

日が昇ってくると、信玄は重臣たちを本陣に呼び寄せた。

「やはり浜松城は落とさねば…」

眼を赤く腫らした昌景は城を攻め落とすことに固執する。

「城攻めには思わぬ時を食いましょう。このまま西へ向かうべきです」

上洛を逸る信玄に、信春は早くここから発たせたかった。

軋む体に鞭打って戦っている信玄の姿が、信春の目には痛々しかったのだ。

「何も城を攻め落とさずとも、この敗戦が伝われば遠江の国衆はおのずと家康殿の元から離れ、お屋形に近づいてくるでしょう。この勝利でわれらがここまで出張ってきた目的はすでに達したと愚考します」

脇から見かねた虎綱が口を挟む。

「何故お主たちはお屋形の体のことを考えぬのか」と虎綱は重臣たちを叱りつけたかった。

「そうだ。虎綱の申すように無理にこの城を落とす必要はない。これで家康殿はしばらくは立ち上がれまい」

　信玄の体を気づかう虎綱や信春の心配りに気づいたのか、昌秀が虎綱の主張に同意すると、他の重臣たちも堰を切ったように昌秀に続いた。

「わしも虎綱の意見に同感じゃ。こんな城一つにそのような時間を無駄にはできぬ」

　信玄の鶴の一声で浜松城は救われた。

（家康殿が破れたと知れば、信長殿は威信を賭けてわれらを阻止しようとするに違いない。だが本願寺の一向宗徒や朝倉・浅井と戦っている信長殿にはとてもそんな力はない。その隙にわれらが上洛するのだ）

　信春は馬に揺られながら上洛のことを考えていた。

　祝田の坂を下り刑部の宿に入った信玄は、三方原の戦勝を聞きつけた遠江の国衆や朝倉・浅井からの使者の応対に忙しく、本陣にしている寺院は来客で溢れ返った。

　彼らとの接客が済むと、信玄は右筆を呼びつけ、武田を待ち侘びる畿内の国衆たちに上洛の準備を急がせた。

　正月を刑部で過ごした武田軍は、井平から陣座峠を越え野田城を包囲した。

　野田城は信春の目には小っぽけな城に映る。

「お前ならどう攻める」

輿から降りて城の様子を窺った信玄は、攻め口を探している信春に声をかけた。

城は豊川の上流の右岸の台地の突端にあり、東南から西北へ、本丸・二の丸・三の丸と順に備わり、本丸の東南の下に出丸と侍屋敷があった。東北は桑淵の断崖があるので、攻め口は西北の高地からとなる。

「やはり地続きの西の山麓しかござりませぬな」

「そのようだな。攻め口はそこしかあるまい。城主は菅沼定盈だな。奥三河衆への見せしめに早々に落とせ」

城は小っぽけだが堅固だと判断した信玄は、城攻めを信春に任すと城の東の鳥居平に布陣した。

信春のところへ集まってきた虎綱は別にして、昌景・昌秀はようやく信玄の様子がいつもと違うことを知ったようだった。

「お屋形の病はまだ完治しておりませぬのか」と、心配顔で信春に問う。

「まあ年も年なのでなあ。早く上洛させてあげるのがわれらの務めだ」

信春は言葉を濁した。

本丸と二の丸・三の丸との連絡を断つために、信春は連れてきていた金山掘り人夫を西の山麓に集めさせ、水脈を絶とうとした。すると、敵の意図を察した城兵たちは二の丸・三の丸を棄てて本丸へと引いてしまった。

城攻めの報告のため、信玄のいる本陣に集まった重臣たちは、信玄の変わり様を目にして驚愕した。

最近体調がよくなってきたと聞いて安心していたのだが、目の前にいる信玄は痩せが目立ち、頰の骨が飛び出る程削げていたのだ。

「驚かせて済まぬ。正月を越してからどうも疲れ易く、最近とみに食欲がなく痩せ始めてきたようだ」

声には張りがなく、いつもの信玄とは別人のように映る。

（具合がよくないとは聞いてはいたが、まさかこれ程までとは…）

先行きの不安が重臣たちに広がった。

（お屋形のためにも早く城を落とさねば…）

「今度は東北の桑淵の方から掘らせてみよ」

信春は金山掘り人夫たちを叱咤し、朝から晩まで休みなく掘り続けさせ、掘り口の脇には小山が堆《うずたか》く盛られた。

数日後ついに水脈に当たったようで、噴き出した水で坑道が溢れ出し、坑道を満たした水は掘り口まで流れ出てきた。

金山掘り人夫を坑道から避難させ武田軍が城兵の様子を窺っていると、数日も経たぬ内に城兵たちは喉の渇きに苦しみ始めたようだった。

「槍をとって堂々と戦え」

「信玄は立派な武将だと聞いていたが、華々しい戦さを避けて水の手を切るなどという姑息な手段を取るとは、見下げ果てた凡将だわ」

塀の上から城兵たちは下の武田兵に唾を飛ばして叫ぶ。

「水をくれてやるから籠城の人数を教えろ」と武田の兵が敵の弱みにつけ込むと、

「三千人もいるわ」と五百しかいない城兵は嘘をついた。

「これは知らせてくれた礼だ」

水で一杯になった樽を差し入れてやると、網で引き上げた城兵たちはお互いにその樽を奪いあった。

このことを知った信春はその者を叱りつけたが、それにもかかわらず水を売る兵たちは続出した。

金を入れた瓶が塀から釣り下げられると、その金を懐にしまった兵がこっそりと瓶に水を入れてやった。

(もうすぐ開城するぞ)

そう思った信春は「敵はもうこれ以上抵抗できぬでしょう」と信玄に報告した。数日後、城兵の苦しむ姿に耐え切れなくなった定盈は、ついに開城を決意して武田の軍門に下った。

本陣は寺院が宛《あ》てがわれ本堂の信玄が伏せっている部屋には数個の火鉢が集められているが、隙間風が入ってきて寒さが堪《こた》える。その枕元には府中から連れてきた主治医の板坂法印が処方した薬包がお茶と一緒に置かれていて、漢方薬の匂いが部屋に充満している。信春をはじめ虎綱・昌景・昌秀らは信玄の伏せている部屋に顔を覗かせて代わる代わる彼の容態を窺う。

予想できないことが起こったのは、野田城が落ちた翌日のことだった。

病室を訪れた信春に向かって「今こそ信長を潰しておかねばならぬというのに」と蒲団から起き出した信玄は怒りに震える声でそう叫んだ。

「やつが越前に戻ってしまうと、折角わしが手がけてきた信長の包囲網が破れ、やつの息を吹き返らせてしまうのに…」

吐き棄てるようにこう言うと、信玄は今届いたばかりの書状を信春に手渡した。

「朝倉義景めはしばらく空けていた自分の領内のことが心配になってきたらしい。やつは今がどれ程大事な時であるかがわかっておらぬようだ。わしがこんな体で戦っておるというのに…」

痰がからむのか時々喉が鳴り、喉仏が上下する様子が薄くなった肉を通して透けて見えるが、衰えた体の中で眼だけはまるで別の生き物のように鋭い光を放っている。

「この書面から察すれば、春になれば義景様は越前から京へ戻ってこられるように窺えます。しばらく骨休めをされ、上洛するのは体がよくなってからでも遅くはござるまい」

今の信玄には休養が一番大切だと信春は思う。

「それまでに回復しておればよいが…」

信玄は体調がなかなか快方に向かわないことに苛立っているようだった。

(板坂法印は単なる疲れと申すが、日に日に体はだるく、食欲はなくなってゆく。これは死病ではないのか)

疲れてはいたが、横になっても信玄はなかなか十分な眠りにつけなかった。

考えが死の方へ向かうと、過去に出会った人々がしきりに懐かしく思い出される。

駿河に追放した父親の顔が浮かんでくると、それが川中島合戦で討死した山本勘助の顔になり、弟・信繁の顔に変わった。

外は雪が降っているのか、妙に静かだ。

(わしの一生もこの雪のように儚いものなのかも知れぬ。地面に降りてくるとやがて消えてゆく。こんな寂しい山里で朽ちてしまうのか…)

朝になって雨戸を開かせ障子から明るい陽光が射し込んでくるのを見ると、上洛への強い思いが胸中から四肢の末端まで滲み出してきて、まだまだこんなところでは死ねぬという軽い怒りにも似た気持ちが湧き起こってくる。

死への不安と上洛したいという欲望との葛藤に揺れている信玄の姿が、信春の目には痛々しく映る。

「わしにもしものことがあれば、勝頼を盛り立ててやってくれ。わしが築き上げてきた武田を頼むぞ」と縮んだ信玄の背中は、信春に語りかけているようだった。

(お屋形に取り憑いている病魔よ早く立ち去ってくれ。どんなことがあってもお屋形には上洛の夢を叶えさせてあげるのだ)

「これから暖かくなってくればお屋形の病も徐々に軽方に向かいましょう。これまで戦さ続きの日々でしたので、疲れ切った体をしばらく休ませることが肝要ですぞ」

「春までここで養生せよと申すのか…」

信玄の声は寂しそうだった。

「いえ、ここではゆっくりと養生できませぬ。『この寺では不自由だ』と板坂法印が申すので、今長篠城を修復させております。出来上がり次第そちらに移られませ」

「わしをそう病人扱いするな」

そう言って怒り出す信玄の強い反発を予期していた信春だったが、意外に素直に応じる信玄に病の重大さを思った。

三月に入って周囲の山々を覆う枯れ木が色づき始めると、庭の梅が咲き誇り山桜の薄い赤色がちらほら山腹に混じるようになってきた。その頃になると信玄の病は少し持ち直したようで、広縁に立ってその山桜を眺めるまでになってきた。

ずっと信玄の傍らから離れたくなかったが、信春は後ろ髪を引かれる思いで岩村城へ向かわなければならなくなった。

岩村城は信玄の上洛に先立ちすでに秋山信友によって開城させられていたが、岩村城を取り戻すために信長が岐阜城を発ったという情報を摑んだからだった。

八百騎を連れ岩村城の城門を潜ると、信春は新城主となった秋山とその妻の出迎えを受けた。

「これは噂に違わぬ美しい奥方様でござるのう」

秋山は岩村城開城の条件として、未亡人となって城を支えていた信長の叔母おつやの方を娶ることにしたのだ。

（秋山は城内の人心を上手く摑まえたものだ。さすがにお屋形の見る眼に狂いはなかったわ）

「水も滴る良い男と匂うように美々しい奥方が並ばれると、まるで大輪の牡丹の花が一度に開いたようだな」

信春がこう言うと、秋山は年甲斐もなく照れ、おつやの方は耳朶を赤くした。

（信長とはこの奥方を男にしたような顔立ちをしておるのか）

何やら公家育ちのような高貴な面持ちをした男の姿が浮かんできて、とても比叡山を焼き打ちにしたような激しい男を想像することはできなかった。

標高が七百二十一メートルもある高い山の頂にある岩村城への登り口は山の屋根伝いの道が一つあるだけなので、そこから攻め寄せた一万の織田軍は城兵の激しい抵抗にあって攻めあぐねている。

秘かに城を抜け出た信春は織田軍の背後に回りそこに兵を伏せると、大軍を頼んで大手口付近に夜営していた織田軍に横合いから斬り込んだ。

暗闇が織田軍を混乱させている時、大手口の城門が開き城兵が姿を現わした。

馬場隊は城兵と一緒になって逃げまどう敵兵を山の下まで追撃すると、多くの死骸を残したまま這々の体で岐阜の方へ逃亡してしまった。

「さすがはお屋形が自慢されるだけのことはござるわ。馬場殿の加勢で敵を撃退することができました」

慇懃に頭を下げる秋山は、大勝利にもかかわらず浮かぬ顔をした信春を見て不審を覚えた。

「何か心配事でもござるのか。馬場殿」

「いや、お屋形のことが気にかかるのでな…」

信春は言葉を濁した。

「お屋形のお加減はそんなにお悪いのか」

秋山は信玄が伏せっていることを耳にしてはいたが、その内春になれば上洛のために兵を動かすものと思っていたのだ。

「こちらの方は心配無用じゃ。これに懲りた信長めはしばらくは攻めることを見合わすでしょう。それがしもお屋形のことが気にかかるが、今は城を離れることはできませぬ。馬場殿、ここはもうよいのでさあ早くお屋形のところへ戻られよ」

「そうさせて貰えれば助かるわ」

（お屋形が回復なされておられるように…）

　春は過ぎ山桜が散り、山々の樹々が新緑に溢れる山道を、信春は信玄の回復を祈りながら馬を疾駆させた。

　だが長篠城内に足を踏み入れた途端、重く沈み込んだ城内の雰囲気が信春の体全体に伝わってきた。

　急いで廊下を渡り信玄の部屋に足を踏み入れた信春は、御一門衆や重臣たちが沈痛な顔つきで集まっているのを目にした。

　その輪の中心にいる信玄は縮んだように萎びて、その顔色は土色を帯びてすでに死相が浮かんでいた。

（何故だ。岩村城へ出向く時には廊下に立って山桜を愛でておられたのに…）

　信春が思わず信玄の枕元に跪くと、勝頼ら御一門衆と昌秀・昌景・虎綱らの目が一斉に信春のところへ注がれた。

　薄らと目を開いた信玄はそこに信春がいるのに気づくと、無理に微笑しようとした。

「残念じゃ。もう一息で信長と戦えるところだったのに…」

　信春の耳には信玄の呟きが風のそよぎのように軽いものに思われた。

信春の顔を見たので安心したのか、信玄の目は再び塞がれた。

信玄が眠っていることを認めた信春は、御一門衆をその場に残して「次室へ参ろう」と重臣たちを誘った。

病室の襖を閉じると、彼らは信春の周りに集まってきた。

「板坂の申すにはもう回復の見込みはないそうです。それなら間に合うかどうかわからぬが、一日だけでもお屋形に甲斐の土を踏ませてあげたいと思います」

昌景の提案に一同は声を押し殺して黙り込んでしまった。

突然虎綱がしゃくり上げ始めた。

「お屋形は百姓上りのわしを拾って下された。わしはそんなお屋形が神様のように思われ、この人の為なら自分の命など惜しくないとこれまで懸命に駆けてきたのだ。お屋形と一緒に戦さ働きできるのが楽しくて仕方がなかったのに、そのお屋形が亡くなればわしの生き甲斐はなくなってしまう。これからどうすればよいのだ…」

虎綱は悔しさをぶつけるように板張りの床を叩いた。

「わしとて同じだ。わしの父は信虎様に斬り殺されたが、お屋形は他国へ逃げたわしを甲斐へ呼び戻して仕官させて下された。その恩に報いるために、これまで死にもの狂いで仕えてきたのだ」

　虎綱の嗚咽に釣られたように昌秀が信玄への思いを吐き出すと、涙が頬を伝わった。

「わしもだ。兄は義信様の事件を引き起こした責任をとって切腹して果てた。そのことで皆に白い眼で見られ孤立するわしを憂えたお屋形は、山県の姓まで与えて下された。わしも今日まで死ぬ気でお屋形に仕えてきたのだ」

　泣き腫らした目を上げた昌景は、絞り出すように信春に訴える。

「お屋形との思いは尽きぬが、今は昌景の申すように一日でも早くお屋形に甲斐の土を踏ませてあげたい」

　信春は一同の思いを受け止め、御一門衆に「一旦帰国して再起を図るべきだ」と告げると彼らもそれを了承した。

　翌朝信玄に勝頼と信廉が一同の総意を伝えると、薄目を開いた信玄は無言で頷いた。

　信玄を乗せた輿は長篠城を発ち途中鳳来寺で止まると、数日間逗留したままで輿は動かなくなった。

　その後しばらくして輿は再び動き始めると、伊那街道をゆっくりと北へ進んだ。

（ここまでくれば織田・徳川軍に襲われる心配はない）

信玄の容態を気づかいながら、信春は時々輿を止めさせた。

鳳来寺から根羽へと伊那街道を通過した武田軍は、平谷・浪合を経て駒場の長岳寺を舎宿とした。そこで輿は急に動かなくなってしまった。

信玄の容態が悪化したからだ。

急に脈が速くなりすぐに板坂法印が呼ばれ、御一門衆と重臣たちは慌てて本堂に駆けつけてきた。

「朝に血を吐かれて血の塊が喉に詰まったのか急に息苦しくなり血塊を吐き出された時、歯も抜け落ちました」

手拭の中には血が付着した五〜六本の歯が、まるで昆虫か何か生き物のように血塊の中に混じっていた。

「口の中には出来物が充満しており、物を食べることも叶いませぬ。残念ながらよくもっても今日か明日の命のように思われます」

板坂は震える声を潜めた。

覚悟はしていたものの、板坂からこう告げられると、一同は肩を落として押し黙ってしまう。

この時目を醒ました信玄は、一同が彼の枕元に集まっているのに一瞬驚いたようだったが、ゆっくりと周囲の者たちを見渡すと、「いよいよお迎えがきたらしいな」と嗄《か》れ声で呟いた。その途切れ勝ちに口から出る信玄の言葉には、悔しさと諦めが混ざっているように思われた。

「これがわしの最期となろう。一同に申し残しておきたいことがあるので、わしの遺言だと思って心して聞いてくれ」

（武田の行末を思うと死んでも死に切れぬお気持ちであろうが、死と格闘しながら将来のことを悔しい思いで考えられておられるのだろう）

　思わず信春の目が潤む。

「わしが死んだら皆は勝頼を盛り立てて欲しい。なおわしの葬儀は無用じゃ。遺体は甲冑をつけたまま諏訪湖に沈めよ」

　声は次第に小さくなり、一同は信玄の枕元に近寄った。

「勝頼はいるか」

　にじり寄った勝頼が信玄の手を握ると、「勝頼は信春をわしと思って何事も相談せよ。それからわしが死ねば謙信と和を結べ。やつは男らしい武将だ。若いお前を苦しめたりはしない筈だ」

　ここまで話すと痰が喉につかえるのか、信玄は激しく咳込んだ。

勝頼は慌てて背中を摩《さす》る。

「問題は信長じゃ。やつはわしの死んだことを知れば武田領へ侵攻してこよう。その際には難所に陣を張り、決して一気に決着をつけようなどと考えるな。地形を生かして粘って戦え。攻撃するのは遠路からやってきた兵が疲れ、兵糧に苦しんだ時だぞ」

苦しい息の下でも信玄の頭の中がいささかも鈍っていないことが、信春には嬉しかった。

痰を出すのも一苦労のようで、辛そうに咳込むと信玄は多量の痰を吐いた。それは黄色く濁った粘っこいもので、鮮血が少し混じっていた。

痰が出切ってしまうとすっきりとしたのか、信玄は話を続けた。

「家康はわしの死を知れば駿河まで手を伸ばそうとするだろう。決して遠江まで出向かず、駿河領内まで引き込んでから討ち取れ。また北条氏政はわしの死を聞けば必ず敵となるだろうから、その覚悟をしておけ」

勝頼は信玄の遺言を一言も聞き逃すまいと信玄の口元を見詰める。

「信廉は誰も区別できぬ程わしとよく似ておる。甲斐に戻ればお前は兄のわしに成り代わってわしが生きているように思わせよ」

信廉に「自分の影武者になれ」と、信玄は命じた。

「もう一つ勝頼に申し添えておくことがある。三年間はわしの死を伏せ、他国への侵入はするな。病中だとは申せ、わしがまだ生きている間は武田領内に手出しする者はおらぬ筈だ。三年経ってわしの死を知った敵が戦さを挑んできたら、甲斐の領内まで引き入れ耐え抜けば必ず勝利しよう。くれぐれも軽率な戦さは避けよ。わかったな」

勝頼が頷くのを確かめると、信玄は話し疲れたのかしばらく目を閉じた。

激しい息遣いがこちらまで伝わり、肩が小きざみに震えている。

再び目を開いた信玄は、今度は枕元に集まる御一門衆と重臣たちに目を遣った。

「お前たちは勝頼を引き立てて、わしの頃よりも十倍も心して見守ってやってくれ」

信玄は次々と彼らの手を握ると、勝頼のことを頼む。

最後に信春が枕元に近寄ると、「長いようで短い一生だった。苦しい時もあったが、お前と出会えて楽しかったぞ。勝頼のことをよしなに…」と信玄はその痩せ細った手に力を込めたが、その弱々しさが信春には恨めしかった。

「それがしもお屋形には随分と可愛がって貰い、いろいろなことを学ばせて頂きました。後のことは御心配なく…」

いろいろな思いが頭の中を回ってきて、それ以上は声にならなかった。

四月十二日の朝の巳の刻（午前十時頃）、信玄は御一門衆・重臣たちが見守る中、眠っているような安らかな死に顔で、静かに息を引きとった。

覚悟していたことだったが、一同からはすすり泣きや嗚咽が漏れ始めた。

享年五十三歳、戦国随一の武将は鄙びた山里の小寺で、ひっそりと神に召されたのだった。


信玄が危惧したように、彼の死は武田家臣団の求心力を徐々に失わせていった。

さっそく勝頼を取り巻く側近たちは自分たちが権力を握るため、当時信玄の弟・信繁と比肩される程の実力者であり、「武田家を担っている」という自負に燃える内藤昌秀を落としめようと勝頼に内藤の悪口を告げたのだ。

何の前ぶれもなく勝頼の名前で内藤のところへ詰問状がきたが、その内容は根も葉もないつまらぬことだった。

立腹した内藤は相手との訴訟を求めたが、勝頼は内藤の訴えを、「奏者を通じて申し出よ」と一顧だにしなかった。

「取り巻きが邪魔をしてわしの意見が勝頼様まで通らぬ」と、内藤は怒り出した。

こんなことは信玄の時には一度も無かったことだった。

「馬鹿な取り巻きがわしから勝頼様を引き離そうとしているのだ」

憤怒に燃える内藤が年長者の信春に不満を漏らすと、内藤から話を聞き武田の将来を憂えた信春は、直接勝頼に会って意見しようとした。

だが側近の長坂と跡部は彼が勝頼と会うことを阻止し、どうしても勝頼に会わせようとしない。

(何とかせねば……)

どうしようかと迷っている信春のところに、勝頼の近習を務めている土屋惣蔵《そうぞう》から、「躑躅ヶ崎館には諏訪家の血筋を引く勝頼様を巡って信濃の商人たちが自由に出入りをしており、府中の柳小路や連雀町にゆくと商人たちが武田家の秘密を公然と口にしている仕末です。それに公事沙汰も金次第のようです」と最近の府中の様子を知らせてきた。

信玄が生きていた頃には考えられぬ事が次々と信春の耳に入ってくる。

(これでは内藤が怒るのも無理はないわ)

信春は府中の体たらくな有り様にため息を吐いた。

躑躅ヶ崎館から聞こえてくるのは今までのやり方を嫌い、耳に快い側近たちの意見に耳を傾ける勝頼の姿だった。

(われらが古くなってしまったのか、それとも時代が変わりつつあるのか。だがお屋

形から勝頼様のことを頼まれたからには何とかせねばならぬ。武田家のためにも長坂と跡部だけは勝頼様から遠ざけねばならぬぞ）

その年の七月、「病のため信玄が隠居して自分が武田家の家督を継ぐ」と勝頼は友好国に跡名相続を披露したが、信玄の死はほどなく周辺の国々に漏れ始め、九月に入ると長篠城は家康に奪われその上奥三河までもが徳川の手に落ちてしまった。

歯牙にもかけていなかった家康に奥三河を取られてしまい焦った勝頼は、「信玄公を越えるには戦さに勝って強さを誇示しなければなりませぬ。そうすれば重臣たちも勝頼様の実力を認めるようになるでしょう」と側近たちが囁く誘惑に耳を貸すようになり、耳に痛い重臣たちの諫言を無視して信玄の遺言を破ってしまった。

信玄の一年の喪も明けぬ内に領国外へ出陣した勝頼は、天正二年二月には美濃の明智をはじめわずかの間に小城を十八ヶ所も攻め落としてしまったのだ。

そして五月には信玄も落とせなかった遠江の高天神城を開城させ、勝頼は得意絶頂だった。

七月に凱旋して躑躅ヶ崎館で祝宴が開かれたが、酔ってしまった勝頼は側近たちを連れて先に宴席を立ち去ってしまった。

後には、この時とばかり意見しようと待ち構えていた信春ら重臣たちと若手の将たちだけがその場に残された。

「東美濃の小城と遠江の高天神城を落としたぐらいで勝利に酔うようでは、武田家は三年ももたぬだろう」

内藤の嘆きは浮かれた宴席の空気を大きく震わせた。

「そうだ。この勝利で勝頼様はいよいよわれらの諫言に耳を貸さなくなり、側近たちの言い分ばかりを取り上げなさるだろう。その結果、勝頼様は信長、家康殿との決戦を遂げようとなさるに違いない。そうなればもう取り返しがつかなくなるぞ」

勝頼の心驕りを、高坂姓を名乗るようになった虎綱は危惧する。

若い将兵たちの笑顔は老臣の諫言を聞くと曇りがちになり、煙たそうに彼らを眺め黙り込んでしまった。

そんな彼らの様子を見ると、信春は時代がすっかり変わってしまったことに不安の念を覚えた。

信玄の生きていた頃ならば将兵たちは勝てば兜の緒を締め、負ければ真剣に何故敗れたのかと敗因を探し反省するのが常だった。

(勝頼様の代になってから少しの勝利でも将兵たちは驕り高ぶり、信玄公の頃の慎ましい美風がなくなってきている)

この変わり様が、信春には嘆かわしかった。

(信長は畿内のことで忙しいようだが、やつの目が東に向くようになれば…)

信春は武田にとって一番警戒すべき相手は信長であると思っていた。

武田が生き残るには、「如何にして信長を孤立させるか」という信玄流の外交の老獪さが肝要で、向こう見ずな勝頼の若さを憂えた。

その勝頼を取り巻く側近と信春ら重臣たちの裂け目が決定的となったのは、天正二年も極月となった頃であった。

信玄が生前の頃には軍議は躑躅ヶ崎館内の正殿で甲斐源氏代々の御旗・楯無鎧が安置されている御旗屋で行われ、上段の座を信玄が占め、馬場、内藤、高坂、山県、秋山、原昌胤それに筆記者の小山田信茂《のぶしげ》が並んで座り、その年の暮れに来年一年間の御備えの談合を行うのが常であり、その時重臣たちは各自の領地の様子を信玄に報告したのだ。

だが信玄没後の天正二年の極月には、勝頼は不在で、しかも軍議は府中の山県昌景屋敷で行われた。

信玄が生きている頃のように上座は空けて勝頼のお越しを願ったが、「重臣たちだけで行え」と勝頼は使いの者を寄こしただけで、その上何の前触れもなく長坂と跡部が山県の屋敷へ押しかけてきたのだ。

玄関に出た内藤は、不意の訪問客を阻むように仁王立ちになり睨みつけた。

「信玄公の頃よりわれらはその向き向きの領地を任されておる。わしは箕輪城から西上野を、馬場様は松本から信濃全般を監視されている。また高坂は越後の上杉を押さえるために北信濃の海津城におり、山県は駿河から家康殿を見張るために、江尻城を任されている。他国との折衝は機密を要するということを、長年武田家に仕えている貴殿たちもよくご存じの筈だ。この席に侍《はべ》って貰っては困る。帰ってくれ」

苦虫を潰したような顔をして、内藤は二人の入室を拒むと、内藤の激しい拒否に出会って沈黙してしまった跡部に代わって、弁の立つ長坂がしゃしゃり出てきた。

「われらは勝頼様の言いつけでここへやってきたのだ。貴殿らは信玄公のお考えはよくご存じだろうが、新しくお屋形になられた勝頼様のお心はわかっておらぬではないか。勝頼様の考えをぜひ知って貰おうと思い、われらはここへやってきたのだ。そのわれらを追い払おうとするのはおかしいのではないか」

渋面を続ける内藤に、さも勝頼の代理であるかのように長坂が抗議する。

「勝頼様は他国からこの甲斐の国へこられた訳でもあるまい。われらも信玄公の頃から武田家に奉公しているのだ。勝頼様のお心などお主らよりもよく知っておるわ。勝頼様の側近にいると思ってあまり出しゃばって差し出口を挟むな」

そう言うと内藤は今にも摑みかからんばかりに長坂に詰め寄った。

頭に血が上ると何をしでかすかわからなくなる内藤の気質をよく知っている信春は、二人の間に入り腕の中で踠《もが》く内藤を離さず押さえ込む。

「われらは遠方の城を預かっている身なので、勝頼様とは疎遠になりかねぬ。長坂殿の申されることに耳を貸そうではないか」

信春はその場を執り成し、長坂の顔を立てようとした。

「馬場殿が折れてくれれば話し易い。実を申せば勝頼様はここ一年以内に美濃、尾張、三河の三ヶ国のどこかで信長と家康の二人と決着をつけたいと申されておるのだ」

信春の態度に気を許した長坂は、うっかりと勝頼の心中を漏らしてしまった。

それを聞くと、信春の腕の中で静かにしていた内藤が再び暴れ始めた。

「そんなことになれば武田が滅んでしまうではないか。釣閑斎《ちょうかんさい》（長坂）。お前がそのように若い勝頼様を誑《たぶら》かせたのだろう。義信様自害の折、お前は自分の息子・勝繁を信玄公に切腹させられたことを根に持ち、武田家を滅亡させてやろうと謀っておるのだろう」

勝繁のことを持ち出されると、長坂は烈火のように怒り出し羽交い締めにされている内藤に詰め寄ろうとした。

憤怒した長坂の姿を見ると、内藤はさらに彼を嘲笑した。

「お前はそのような考えで、勝頼様に忠義面を下げて側近に侍《はべ》っているのだろう。おのれが潔癖と思うなら公の場から引き込んで謹慎しておれ。それをせずに勝頼様に近づいているのは、勝頼様を唆《そそのか》して主家を滅ぼそうとしていると勘ぐられてもおかしくはないぞ。もしそうでないとしたらその証拠を見せてみろ」

長坂の顔は怒りで蒼白となった。

「何をぬかす。お前の父こそは元を工藤下総守と申して、信玄公の父・信虎様に御手討ちにされた者ではないか。それを信玄公に諂《へつら》って箕輪城を預かる身分になれたのではないか。お前は大口を叩いているが、これまでどんな手柄を立てたと申すのだ」

これを聞き急に顔色を変えた内藤は、羽交い締めをふり切り刀の鞘に手をかけて長坂に斬りつけようとした。

山県と高坂とが信春のところへ駆け寄り三人がかりで内藤を押え込んで長坂から引き離すと、小山田と原とが刀に手を伸ばした長坂を取り押さえた。

三人を引き摺りながら、「お前を殺してやる」と内藤は喚き続ける。

「跡部殿、長坂殿を連れて早くこの場を立ち去られよ」

信春の執り成しで尚も内藤に詰め寄ろうとする長坂を、跡部、小山田それに原とが三人がかりで無理矢理引き摺りながら山県の屋敷から出ていった。

長篠城

信玄が亡くなってからまる二年が経ち天正三年の五月になると、今までの晴天続きが嘘のように雨勝ちの鬱陶しい日々が続いた。

小っぽけな長篠城を外堀のようにして流れる大野川と寒狭《かんさ》川は水嵩を増し、土混じりの茶色い濁流が轟音を響かせて渦巻き、水面に落ちた木の枝や葉をあっという間に押し流す。

蟻が這い出る隙間もない程厳重にこの城を包囲した武田の兵たちが相手を威圧するように押太鼓を掻き鳴らすとその音は周囲の空気を震わせ、まるで今から勇壮な夏祭りが始まりそうな気分になってくる。

小雨が降りしきる中を立派な鎧を身につけた信春をはじめ内藤昌秀・山県昌景の三人は、土手の上に立って城内の様子を窺っていた。

武田軍の猛攻のため、城はすでに本丸を残すだけとなっていた。

「士気はまだ高いようだのう」

信春は早くこの城を落としたい。

「城兵たちは急に生き返ったようですわ」

内藤がため息を吐く。

「いつもは決戦を避けてきた織田・徳川の連合軍が後詰めとして設楽《しだら》原にやってきたことで元気づいたのでしょう」

連合軍がここから一里程離れた設楽原で陣地を構築し始めているのを山県は知っている。

「勝頼様が信長・家康殿と決戦しようなどと言い出されねばよいが…」

信春は勝ち気な勝頼がこれを好機として暴走することを憂える。

（どうしても決戦だけは避けねば…）

三人は城の視察を終えると、勝頼が本陣にしている医王寺へ急いだ。

長篠城を見降ろす高台にある医王寺の本堂では重臣が集まってすぐにも軍議が始ま

ろうとしていた。

　三人が席につくと勝頼が上座に座り、重臣たちはそれぞれの席についた。

　勝頼の傍らには信豊を筆頭に御一門衆の穴山信君・小山田信茂らが並び、その側には信春をはじめ内藤・山県・原昌胤が席を占め、勝頼の側近、跡部勝資・長坂虎房（釣閑斎）らに混じって外様衆の真田信綱・昌輝の兄弟や上野衆を束ねる小幡憲重・信貞父子らも本堂の後方に控えた。

　連合軍が布陣する設楽原の地形を、土屋昌続が絵図面を広げながら説明をする。

「雁峰山《かんぽうやま》の山麓から丘陵がひとでの腕のように南の方へ伸びており、その麓に広がる設楽原は複雑な地形をしている原野です。丘陵の裏側に兵を忍ばせておけば、こちらからはやつらの全容が摑めませぬ」

　昌続は設楽原が如何に特殊な形をしているかを申し述べると、さらに付け加える。

「設楽原に着いた連合軍は昨日より岐阜から運んできた木材を使って柵を築いているようです。設楽原は雁峰山と豊川に挟まれた狭いところで、雁峰山の山麓を北に回り込まれぬように柵を設け、その柵は南の豊川までの半里程途切れることなく走っております。連合軍の兵力はどこにもなく、この柵を打ち破らぬ限り敵陣には斬り込めませぬ」

「連合軍の兵力はどれ程だ」

勝頼は頭を掻き始めた。これは彼が苛立ってきた時の仕種だということは、長年勝頼を見てきた信春にはよくわかった。

「何分敵は丘陵の後ろに潜んでいるので、はっきりとした数は把握できていませんが、物見からの報告によりますと徳川軍八千に織田の兵は三万は下るまいとか…」

これを聞くと、勝頼の頬が興奮のためか朱に染まる。

「わが方が一万五千。敵の兵力はその二倍か。武田の兵一人が相手を二人倒せばよいだけのことだ」

勝頼の口調は怒ったように響く。

（勝気な勝頼様のことだ。連合軍の後詰めがやってくる前に長篠城を落とせなかったことを内心では焦っておられるのだ。「連合軍と一気に勝敗を決する」となど申されねばよいが…）

信春は勝頼の若さからくる猪突猛進ぶりを危惧する。

「お主たちならどうする」

勝頼の目は反対を称《とな》えかねない重臣たちを素通りして、側近の長坂・跡部の方へ流れた。

「馬塞ぎの柵などわれら武田軍の力を持ってすれば理由《わけ》もなく打ち破れましょう」

長坂の傲岸な態度は二倍の敵を吞んでかかっているように映る。

これを聴き咎めた信春は、「敵は柵に使う木材に見せかけて、大量の鉄砲を用意しているようだ」と実戦に乏しい長坂の大言壮語に、勝頼が引き摺られぬように注意を呼びかけた。

「何、鉄砲など雨が降れば役には立つまい」

跡部は長坂の肩を持とうとした。

二人は勝頼が高遠城主になった時、若い勝頼が伊那郡を治めるのに苦労しないように付けられた家老で、年をとっているが武将というよりは内政家だ。

信玄の生きていた頃には、この二人が戦略にまで口を挟むことはなかったので、信玄の戦さに賭けた緻密さと用心深さを知っている重臣たちは、この二人の軽薄さに思わず舌打ちをせずにはいられなかった。

「信長は雑賀衆との戦いで雨の中でも鉄砲を使える工夫を凝らしているのだぞ」

短気な内藤は大声を張り上げて立ち上がると、跡部に詰め寄ろうとした。

二人が摑み合いの喧嘩など始めないように、信春と山県は跡部に迫ろうとしている内藤を元の席まで連れ戻した。

軍議の場は戦さに逸る勝頼とそれを諫めようとする重臣たちとの間で揉め始めた

が、勝頼はどうしてもこの場で決着をつけてやろうという姿勢を崩そうとはしない。

「二倍の敵の懐に飛び込んでゆけばいくら武田といえども勝算はござりませぬ。いずれにしても、今回は甲斐へ退くのが賢明であろうかと思われますが…」

血が滲む思いで今の領土まで切り取ってきた信玄の苦労を思うと、信春は信玄のためにも無残な負け戦さはどうしても回避したかった。

「これは馬場殿ともあろうお方が弱気なことを申されますな」

長坂が皮肉る。

「時には弱気も必要ですぞ。勝頼様は勝ちに拘《こだわ》り過ぎるところがあります。連合軍とはこれからも幾度も戦わねばならぬ相手です。戦さは常に勝つばかりとは限りませぬ。時には敗れることもありましょうが、慎重な戦いには大敗はござりませぬ。上杉との川中島がよい例です。双方五度も顔を合わせましたが、決戦となったのはただ一度だけでした。正面からぶつかり、たとえ勝ったとしても大きな痛手を負うことを知っている大将同士の戦さでした。信玄公がいつも申されていたように、地の理・人の和そして時が味方してくれねば戦さには勝てませぬ」

信春はこの場に信玄がいてくれたら「若い勝頼様を諫めて下さるのになあ」と思っていると、傍らから山県が口を添えてくれた。

「馬場様の申すことは信玄公がいつも口にされていた『確かに勝つ見込みがある時以外は決戦を避けよ』ということです。もし決戦となれば味方が運よく勝利しても莫大な犠牲を生み、領内は疲弊し怨嗟の声が至るところから湧き上がり、領国は内部から崩壊してゆくでしょう。それ故この度は退くことが肝要かと存じます」

山県の加勢を得た信春は、「ぜひ決戦をすべきではない」と語気を荒げる。

しかし勝頼は「織田が勢力を伸ばし、その手先の徳川もじわじわと領土を広げてきておる。このままでは織田も徳川もやがては大国となるやも知れぬ。今ここで叩いておかねば、相手が大国となってしまってからでは今度はこっちがやられてしまおう。今まではこちらから攻めても相手は閉じた貝が蓋をしたように出てこなかったが、今度は二人揃って目の前にいるのだ。今を逃せばもう叩き潰す機会はやってこないぞ」

勝頼はまるで聞き分けのない子供のように、「お前たちは慎重過ぎる」と重臣たちに不満をぶつけた。

「どうしても相手を叩いておきたいのなら兵をゆっくりと退却させ、追撃してくる敵を伊那谷まで誘い込んで討ち取ればよいでしょう」

最良の案ではないが、もし信玄が生きていたなら用いたかも知れぬ戦い方を信春は進言した。

「ならば今包囲している長篠城はどうするのだ」

　案の定勝頼は乗り気になってきた。

　今度は内藤がその続きを話す。

「城は力攻めで落とせばよいでしょう。城内に五百の鉄砲があれば、こちらが総がかりすれば二発目の鉄砲が放たれた後には城は落ちておりましょう。もっともこちらも千人の犠牲を出すことになりましょうが……」

「千人の犠牲」と聞き勝頼は少し嫌な顔をした。

「長篠城を救おうと連合軍がわが陣へ攻め寄せてくればどうするのだ」

「それこそこちらの思う壺です。その時は勝頼様に城に入って貰い、われらが寒狭川を挟んで戦いましょう」

　内藤と勝頼とのやり取りを聞き、御一門衆は決戦に逸る勝頼を持て余し、傍観しているようだった。

（彼らが反対してくれれば決戦を回避できるのに……）

　信春は希望を彼らの意見に求めた。

「穴山様はどう思われましょう」

　穴山信君は甲斐源氏の一門で、母は信虎の娘、妻は信玄の娘という名門の出で河内領の領主でもあった。

信君が決戦に否を称えればさすがの勝頼も引き下がらざるを得ない。

「わしも重臣たちの意見に賛成じゃ」

この信君の発言に重臣たちの目が輝いた。

「穴山殿までが慎重なことを。わしは敵に後ろを見せたくない。ここで戦わずに背中を見せて退くようなことをすれば、長篠城にいる奥平のように今後武田から離反する者が続出してくるぞ」

勝頼が穴山の意見に逆らうと、軍議の場には重い沈黙が広がった。

「短慮は命取りになりますぞ。それに敵は鉄砲を用意して待ち構えております。狩場で待ち伏せしている猟師のところへ猛進する猪のようなものですぞ」

勝頼が決戦を諦めるように、信春は懸命に言葉を尽くす。

「連合軍は織田・徳川の寄せ集めの兵たちに過ぎぬ。われらのような精鋭ではないので、一旦柵が破られれば、やつらは統制が取れなくなるだろう」

御一門衆からも反対されて孤立する勝頼は、それでも頑なさを崩さない。

「多量の鉄砲に正面からぶつかってゆけば、柵を破るまでに味方の半分は死ぬでしょう」

信春が冷静に話せば話す程、勝頼は意地になった。

「最初の一発目を外せば、弾込めに時間がかかる。その隙にわれらは柵に取りつき柵を倒すのだ」

こうなれば勝頼はもう誰の意見にも耳を貸さない駄々っ子のように映る。

「そう思うようにゆきましょうか。戦場は雨で泥濘《ぬか》るんでおり、歩行も困難でそう簡単に敵陣まで進めぬと存じますが……」

「敵の両翼に回り込めば、敵も前方だけに注意しておれぬようになりましょう」

冷静な信春の話しぶりに、押され気味の勝頼を見かねて、長坂が口を挟む。

「回り込める地形かどうか、事前に調べておる土屋昌続殿にもう一度説明して貰おう」

しゃしゃり出る側近の態度に怒りを爆発させそうになる気持ちを押さえ、信春は昌続に再び設楽原の地形の特殊さを繰り返させた。

「両端から回り込めぬとなると、正面から切り崩すしか方法はないのか」

説明を聞き終わった勝頼は苛立った。

「何故こちらから仕かけねばなりませぬのか。敵をこちらへ引き寄せる手もありましょうに」

信春の意見に逆らう勝頼を見かねた原昌胤が我慢の堰を切る。

昌胤は冷静沈着な男で陣取りには特異な才能を持っており、「原昌胤に任せておけばまず間違いはあるまい」と言わせる程、信玄の信頼が厚かった男だ。

「戦いは仕かけられるより、仕かけた方が勝つものだ」

退却に傾きかけている軍議の流れに、跡部が異議を称えた。

「お前のような者から戦さの講釈を受けようとは思ってもいなかったわ」

原は憤激を露《あら》わにした。

「お前たちが決戦を望まぬなら無理にとは申さぬ。甲斐へ帰りたい者は止めはせぬ。とにかく明日は連合軍が見えるところまで陣を進めるぞ」

凛とした勝頼の声が本堂に響き渡った。それは誰にも有無を言わせぬ威圧的なものだった。

信春にはそれがこれまでずっと押さえつけられてきた勝頼が放った、重臣たちや御一門衆たちへの悲痛な抗議の声のように映った。

この勝頼の決意を耳にした信春の脳裏には死の淵に立った信玄の姿が鮮明に浮かんできた。それは苦しい息の下で肩を激しく上下に揺らし、枕元に集まった重臣一人一人の差し出す手を痩せ細った手で握りしめ、「勝頼のことを頼むぞ」と目に涙を浮かべた信玄の姿で、その弱々しい声までもがはっきりと信春の耳元まで聴こえてきた。

　そして重臣たちを名残り惜しそうに見詰める信玄の寂しそうな顔を見たのは、つい昨日のことのように思われた。

（「三年間は大戦さを避けて領内の充実に力を注げ」という信玄公の遺言を、何故勝頼様に遵守させることができなかったのか。勝頼様を補佐することを約束し、それが守れなかったのはわれらの責任だ。信玄公にどのようにお詫びを申せばよいのか…）

　信春は己の無力さを思うと、悔やんでも悔やみ切れなかった。

　明日の戦さのことを思うと、信春の心は曇りがちとなった。

「われらの意見も出尽くしました。勝頼様の出陣の気持ちが変わらねば、われらも仕方がございませぬ」

　信春の沈み切った表情を目にすると、医王寺を出る重臣たちの足どりは重かった。

「前もって戦地を見ておこう」

　信春が言い出すと、山県・内藤それに土屋昌続を加えた一行は寒狭川に沿って川岸を北に遡る。

　この川は川幅が広く、土手の両側は岩を削り取ったような険阻な崖が屹立し、橋が架けられていないので上流にある出沢まで進む。

ここから鮎滝・大淵・鵜の首と深い峡谷に入ってゆくと、その峡谷の入り口にある「猿橋」と呼ばれるところだけは急に川幅が狭くなり、川中に大岩が点在していて岩伝いに渡河できる唯一の渡し場だった。

長篠城へ出陣する武田軍は、あらかじめそこに橋を架けていた。

橋から下を覗くと大岩が水流で削り取られて十六尺（約五メートル）もある絶壁がそそり立っている。その切り立った崖を渦巻く濁流が恐ろしい轟音を立てながら、猛烈な勢いで水を押し流していた。

猿橋を通過すると雁峰山の山麓を細い道が続き、さらに進むと丘の山頂までやってきた。ここは「清井田」と呼ばれ、すぐ西には五反田川が流れている丘陵だ。

その前方を眺めると、雁峰山から別の丘陵が伸びており、連合軍はさらにもう一つ先の丘陵に布陣しているようだ。

この台地は合戦の後、「弾正台地」と呼ばれた。

「ここからでは敵陣の様子がわかりませぬ。前方の台地まで進んでみましょう」

土屋の勧めで、信春らはさらに西へ駒を進めた。

次に登った台地は「清井田」より広く、合戦中勝頼が本陣とした高台で、戦いの後信長によって「信玄台地」と名づけられたところだ。

「信玄台地」にはまだ連合軍の手は伸びてはおらず、さらに先に見える丘陵には色とりどりの敵方の旌旗がびっしりと並んでいて、丘陵の手前を馬防柵が延々と続いているのが望まれた。

その二つの台地の間を北の雁峰山から滲み出した山水を集めて、連吾川が溢れんばかりの水量を勢いよく流している。

連合軍が布陣している「弾正台地」と「信玄台地」との間は三百三十間（約六百メートル）ぐらいの距離しかなく、そこには水を張った稲田が広がり、青々とした稲穂が風に揺れている。

「柵は三段もあるぞ。こちらから攻めさせておいて、柵内からわれらを鉄砲で狙い撃とうという腹づもりか」

「柵の前には深い空堀が掘られており、そこから出た土で柵の前に高い土塁を築いておるぞ」

「馬に乗って柵のところまで乗り上げるのは困難そうだ」

「まるで城のようだ」

敵陣の堅固な様子を知ると、四人は明日の戦いをどのように進めようかと迷う。

目を凝らすと「弾正台地」の前面には上半身裸の兵たちが忙しそうに陣の構築をし

ている姿が窺え、杭を打ち空堀を掘る音が風に乗ってこちらまで響いてくる。

(姿を晒している敵兵の数だけでも恐ろしく多いのに、一体どれぐらいの兵が「弾正台地」の奥に潜んでいるのか)

それを思うと、戦さ慣れしている四人でさえ、思わず胴震えが止まらなくなった。

(旗印から見て、北は織田が南を徳川軍が布陣しているようだ)

「南から徳川の陣へ回り込めるかどうか探っておこう」

信春は気になっている柵が途切れる南端を自分の目で確かめておきたかった。

連吾川は南で豊川と合流する前に、敵が布陣する「弾正台地」の西側を貫通する大宮川と一緒になるのだが、この二つの川が合流して豊川に注ぎ始める地点から川岸は急に増加した水流で抉《えぐ》られ始め、険阻な崖に変貌しているので、当然ここには馬防柵はなかった。

「どうもここから南へは迂回できぬようだな。お前が調べてきたように、雁峰山とこの豊川に挟まれた狭い空間でしか戦えぬようだ」

土屋に向かって信春は呟く。

敵兵が四人の姿を見つけたのか、こちらの方を指差して何か大声を上げ始めた。

「もうこの辺で物見は打ち切ろう。本陣を敷く地はこの丘陵しか無さそうだな」

信春たちは元きた道を戻り始めたが、四人の胸にはこれまで味わったことのないような巨大な不安が渦巻いていた。

「ここに泉が湧いているぞ」

山県が松林の中に湧き水があるのに気づいた。

「そう申せばこの辺りを『清井田』と呼ぶらしい。地元の者たちは清泉で有名なところだと申しておったわ」

湧き水を求めて駆け出した土屋の後を他の三人が続く。

「馬場様にはここの特別席をどうぞ」

若い土屋は馬から降りて首筋から汗が滴り落ちている信春を労り、枝ぶりのよい松の根元に誘うと、他の二人のために日蔭を探す。

そして清水から汲んできた水を入れた馬柄杓をまず年配の信春に差し出すと、信春はそれを水呑みに移し旨そうに一気に飲み干す。

水呑みは信春の手から湧き出す汗を手で拭っている内藤・山県に回され最後に土屋が飲み干すと、一同は喉ごしの冷たい水で生き返ったように思った。

人心地ついた四人のところに灌木と葦原を吹き渡ってきた湿り気を帯びた風が吹いてくると、一気に暑気を拭い去った。

「思えばわれらは信玄公に引き立てられ、何度戦場を疾駆したことか。幸いにも命長らえて今まで生き延びることができたが、信玄公は戦う前に敵の陣型から相手の心理に至るまで丹念に調べ尽くされ、勝つ見込みが立って初めて戦さをなされてきた。だが、今度は敵の兵力、鉄砲の数、台地の西側の様子など不明なことが多い。明日の一戦はどちらに転ぶかわからぬので大いに不安は残るが、今となれば仕方がない。わしは右翼を受け持とう。幸いこの地はわが領地の伊那に近いので、形勢が不利だと判断した折は、わしが殿《しんがり》となって連合軍を引き付けるので、その間にお前たちは勝頼様を守って甲斐まで退いてくれ」

信春が殿の役目を申し出ると、「馬場様のお気持ちはよくわかりました。それがしは中央に陣取り、馬場様の合図があれば馬場様と合流しましょう」と返答した内藤の声はいつもより湿っていた。

「それがしは左翼を守り、徳川軍に当たりましょう。運が味方すれば家康殿の首を土産に甲斐へ持ち帰れるやも知れませぬぞ」

山県の声はしんみりと響く。

「年寄り衆は心配性ですな。明日の戦いは大勝利間違いなしですぞ。敵の本陣にはそれがしが一番乗りをいたしましょう」

剽軽な土屋の物言いに老将たちの頬が泣き笑いのような歪んだ顔になる。

四人が本陣へと駒を進めていると、空一面に雨雲が広がり雷鳴が轟き始めた。

「こりゃ一雨やってきそうだ。明日一日中雨が降り続けば連合軍の鉄砲も役には立つまいぞ」

土屋のはしゃいだ声に拍車をかけるように、大粒の雨が降り出した。

稲妻が光り、雷鳴の響きが周囲の山々を揺るがすと、見る見る間に連吾川の水が溢れ出し、蛙が勢いを得て大合唱を始めた。


五月二十一日の朝は昨夜の雨が嘘のように上がり、晴れ渡った。

「信玄台地」まで進軍しそこに布陣した武田軍は陣型を整え法螺貝を吹き鳴らすと、各部隊は押し太鼓を打ち鳴らし鉄砲避けの竹の束を手にした足軽兵を先頭に騎馬隊が続き弓・槍・鉄砲隊が整列した。

連合軍の右・左翼を守る兵は柵外に姿を現わすが、中央の兵は柵内に潜んでいるのか静まり返っている。

武田軍が出撃を控えていると、突然長篠城のある東方からは激しい鉄砲の雷鳴と鯨波が風に乗ってこちらの方まで運ばれてきたので、一斉に武田の兵たちは何が起こったのかと東の方を振り返る。

（長篠城の城兵たちが突出したのか。それとも…）

信春の頭の中に一抹の不安が過ると、長篠城の様子を確かめるために各部隊から物見が放たれた。

武田の本陣にも動揺が広がったようで、大将旗の「大」の旌旗が「信玄台地」に留まったまままるで迷っているかのように風に揺れている。

物見は半刻も経たない内に戻ってきた。

「長篠城を包囲している裏山の鳶ヶ巣の砦が急襲され、連合軍は君ヶ臥床・姥ヶ懐や久間山の砦を攻撃しておる様子です」

「何！　敵は豊川を渡り南の船着山を迂回して、わが方の砦を奇襲したと申すのか…」

信春は茫然自失したまま言葉を失った。

地形から見てまさか敵の一部が迂回してこようとは予想だにしていなかったのだ。

「味方の砦が敵の手によって次々と焼け落とされた」と次に放った物見が敵方が優勢であることを報告する。

「これは大変なことになってきたわ。前進を止めてこのままただちに軍を寒狭川の東まで退くべきだ」

その場に自分の部隊を留め血相を変えた信春は、勝頼のいる本陣に駆け込んだ。

そこには緊張した面持ちをした重臣たちが顔を引き攣らせ、勝頼の周りに詰めかけていた。

「退路を断たれた今となっては、ここから撤退する訳にはゆかぬ。押し出すべきだ」

この時になっても、勝頼はなお意地を張り通そうとした。

「今ならまだ間に合いまする。すぐにも撤退すべきですぞ」

信春はいつもになく大声を張り上げて懸命に叫ぶ。

信春が必死に説得する姿を目にすると、重臣たちはこの時になって初めて、信玄の生前の頃には経験したことがなかった難しい局面に遭遇していることを知った。

「敵陣に斬り込み一ヶ所でも穴を開けて、突破口を開こう。そこから敵を攪乱してやつらの足並みが乱れた隙を見透かして、その時退却すればよいのだ」

「前面の敵を相当叩いておかないと、やつらはわれらに付け込んでくるぞ」

「まず敵の一角を崩そう」

敵に先を越され選択肢が限られ、その上変わらぬ勝頼の決意を知ると、重臣たちの目は前面に立ち並ぶ馬防柵に向いた。

まず右翼の馬場隊が先に動いた。

馬場隊は鉄砲と槍隊を率いて雁峰山の山麓にある小さな丘陵の丸山を攻め立てると、そこを守っていた佐久間隊は大した抵抗もなく柵内に逃げ込んでしまった。

（おかしいぞ。敵はもっと懸命に丸山を守ろうとする筈だが…）

あまりのあっけなさが気になった。

丸山の頂に白地の縦長の旗に二本の黒筋が蛇行している「よろけ二条」の旌旗がはためくと、武田兵たちからどっと歓声が上がった。

右翼の馬場隊が丸山を占領した頃、左翼の山県隊は連吾川を挟んで「弾正台地」の端に布陣する徳川軍と対峙していた。

武田の重臣たちの戦術は右翼の馬場隊が北に迂回して柵内に入り込むのと同時に、左翼の山県隊は連吾川の下流を渡河し、柵が途切れた川路村から敵陣に斬り込んで徳川軍を攪乱する。そして連合軍の両脇が混乱した隙を突いて、守備が薄くなった敵の中央へ武田の本隊が突入するといったものだった。

徳川軍の最右翼には「金の揚羽蝶」と「浅黄に黒餅」の指物が翻っている。

「あの指物は大久保兄弟ですぞ」

徳川軍と顔を合わせたことのある山県の家臣はこの指物を何度も目にしていた。

「よし、大久保隊を血祭りにあげてやろう」

柵の外で敵を挑発する大久保隊に山県の鉄砲隊が近づき火縄に点火したが、先に火を吹いたのは大久保隊の方だった。

周囲の山々に雷鳴のような轟音が響くと、白い幔幕が視界を塞ぎ一寸先も見えなくなった。

風が白煙を押しやると、そこには倒れ伏したり、動けずに唸っている兵士の姿が散在していたが、山県の兵たちは持ち場から一歩も離れず盛んに鉄砲を撃ち返し、鉄砲の応酬が済むと柵外で白兵戦を演じた。

槍や刀を手にした戦さとなると武田の兵たちは本来の強さを発揮し、敵わぬと思った大久保隊は柵内へと逃げ込んでしまった。

山県隊は一つ目の柵に取り付くと引き倒し始め、鉄砲隊や弓隊がそれを助ける。

武田兵が放つ鉄砲玉や矢の餌食となっている大久保隊を目にすると、左翼から大須賀・榊原隊が駆けつけてきて側面から銃撃を浴びせ始めた。

そのため次々と撃ち倒された兵士を目にした山県は、一旦退こうとして退却を告げる法螺貝を吹かせた。

「それ、敵は退くぞ。今こそ柵から出て討ち取れ」

逃げてゆく敵を追撃しようと、大久保隊は再び柵外に出てきた。

鉄砲玉の届かないところまで退いた山県は、兵を纏め再び攻撃に転じると、白兵戦では武田兵に敵うものはなく、大久保隊は再び追い散らされ、這々の体で柵の内に逃げ込んでしまった。

「卑怯者めが。柵から出てこい。柵がなければ戦えぬのか！」

「なにお！　つべこべぬかすな。われらの手土産を受け取れ！」

柵内から轟音が炸裂し空気が大きく震えると、一つ目の柵に取り付いていた山県隊の半数近くが地面に転がる。

それでも山県隊は柵が途切れた南へ迂回しようとするが、土手は険しい崖を形成しているので、縄を伝わって水際まで降りて渡河しても、また見上げるような対岸の絶壁をよじ登らなければならない。

対岸には登ってくる敵に備えて大久保隊の兵が見張っており、切り立った崖を登り切るまではこちらからの援護射撃が必要だった。

身を隠すところがないが、それでも対岸の崖をよじ登り敵陣に辿り着いた山県隊は、柵内にいる敵を追い散らすと渡河を続ける味方と合流しようとした。

だが大久保隊の危機を知った榊原・本多隊が駆けつけてくると、柵内にいる味方の兵たちはあちこちで撃ち殺された。

　山県は味方の兵を助けようと援護射撃を行ったが、やがて集まってきた敵兵の一斉射撃を受けて退却をしなければならなかった。

　一方丸山を占領した信春は、左翼を守る織田軍を適当にあしらいながら戦況の成りゆきを観察していた。

「お先にご免」

　信春が止める間もなく右翼の一端を担う土屋昌続が馬場隊の脇を擦り抜けて、敵の佐久間隊を目がけて突っ込んでいった。

　先頭を駆ける土屋の姿は一旦柵の手前にある堆《うずたか》い土塁の奥に消えてしまったが、再び姿を現わした時には一つ目の柵に取り付いていた。

　敵の弾丸をものともせずに一つ目の柵を打ち破ると、次に二つ目の柵を引き倒しにかかる。

　土屋の猛攻ぶりに二つ目の柵内を守る敵の滝川一益《かずます》隊は追い散らされ、土屋は猛然と三つ目の柵に迫る。

　その時後退していた滝川隊が一斉に鉄砲の火蓋を切ったので、柵の破壊に懸命になっていた土屋の騎馬兵は胸や腹を撃たれ次々と落馬したが、倒れてもなおも柵を倒そうとする土屋の手は柵にかかったままだった。

　胸から血を流している土屋の意識が薄れ始め目の前が霞んでくると、突然生前に見慣れた信玄が現れ土屋の脇に立って何か囁いたように思われた。

　微笑む信玄の方へ手を伸ばそうとすると、その人影は煙のように消えてしまった。

（これでやっと信玄公から受けた恩を果たすことができたぞ。泉下にいる信玄公がそれを見届けにこられたのだ）

　信玄その人が今まさに目の前に立っていたと思った土屋の死顔は、信玄と出会えて笑っているようだった。

　武田の中央隊は内藤を筆頭に、原昌胤、小山田信茂、小幡憲重・信貞父子それに安中衆であった。

　中央隊を束ねる内藤は鉄砲玉が頬を掠めても顔色ひとつ変えず、一つ目と二つ目の柵を破りさらに三つ目の柵を破ると八剱神社にある家康の本陣まで攻め込んだ。

　思わぬ敵の勢いに家康の本陣は蜂の巣をつっついたような混乱に陥ったが主君の危機を目にした家康の家臣たちが駆けつけてきたので、味方の兵たちは内藤の目の前で撃ち倒され始めた。

（これはあまりにも深入りしすぎたわ）

味方の兵が鉄砲の餌食になるのを目にした内藤は、「信玄台地」の上にある天王山の自陣に退こうとするが、敵兵は中央から突出した内藤隊を切り崩そうと北から迂回して横腹を突こうとした。

これを見た小幡、小山田、原隊が「それ、内藤殿を討たすな」と叫び、敵の横合いから突っ込んだ。

白兵戦になると連合軍は脆い。敵は簡単に突き崩され柵内に逃げ込んでしまった。

日が昇ってから始まった戦さは正午を回ってもなかなか決着がつかなかった。

武田軍は柵を打ち破って敵陣へ襲いかかろうと突撃を繰り返していたが、さすがに長時間の戦闘で疲れが見えてきたのを敵は見逃さなかった。

「それ、武田軍は喘いでおるぞ。総攻めじゃ」

敵将の信長の号礼を耳にすると、「弾正台地」の奥からは鉄砲や槍や弓矢を手にした新手の兵たちが続々と姿を現わす。

「敵が総攻めをしてくるぞ」

柵の手前で手古ずっていた武田の兵たちは、これで自分たちの得意な白兵戦ができると勇み立ち、「信玄台地」からこの様子を眺めていた勝頼は、「望むところだ。こちらも総攻めに移れ」と中央に温存させていた御一門衆たちに使い番を走らせた。

（これでまもなく信長と家康の首が見られるぞ）

勝頼の頭の中に一瞬勝利の女神が微笑んだ。

だがここで思わぬことが起こった。

連合軍の鉄砲足軽たちが先頭を駆けてきて片膝をついて騎馬隊の武田の重臣たちを目がけて鉄砲を放つと、鉄砲隊の後方からは弓矢・槍を手にした足軽が駆けてくる。

どこから湧き出てくるのかと思う程に膨れ上がった敵兵の姿を目にすると、まず中央を守る田峯衆が戦場を放棄して北の雁峰山の方へ逃げ出すと、それに続くかのように武田の御一門衆である武田信廉・一条信龍らが制止する勝頼を無視して退却し始めたのだ。

丸山からこの光景を注視していた信春は、自分の目を疑う。

中央の御一門衆が抜けた隙間を埋めるように、数で優る連合軍が割り込んできたので、武田軍は左・右翼の間に楔が打ち込まれたような格好になってしまった。

それでも小幡憲重・信貞の赤武者隊は連合軍を相手に一歩も引かずに奮戦していたが、徐々にその数を減らしながらやがて敗走に移っていった。

敗走してゆく兵たちを止めようと勝頼は本陣に留まり続けたが、怯え切った味方の兵たちは勝頼の制止を振り切って去ってゆく。

その様子が丸山からはよく見えた。

憤怒で苛立ちを隠せぬ勝頼を想って信春は早く勝頼のところへいってやりたかったが、中央の本陣と丸山との間には早くも連合軍の兵士たちで溢れ始めていた。

その内御一門衆を代表する穴山隊までもが、勝頼に無断で退却を始めた。

「こちらも負けずに総攻めをせよ」

焦る勝頼は喚き続け、逃げる兵たちを呼び止めようとするが、怯え切った兵たちの耳には届かぬのか、彼らは逃げるように戦場から消えてゆく。

（これは悪夢だ。信玄公が苦心して築かれた武田の精兵たちが惨めな姿を晒して逃げ回っている。このような無様な有様を泉下の信玄公がご覧になられたら、何と申されることか…）

急に頭の中が空っぽになってしまった信春の目には、不敗を誇っていた味方の兵が見るも無残な姿で敗走してゆく姿がまるで悪夢を見ているように映った。

思ってもみなかったことが現実となってくると、この場をどう収拾したらよいのか、錯乱した信春は全くわからなくなってきた。

武田の中央隊が退却しそこへ連合軍が押し寄せてきたので、左翼の山県隊も馬場隊と同様に取り残されてしまった。

武田軍の崩壊を目にした山県も茫然自失の状態だったが、それでもやっと現実に立ち戻ると死の覚悟を固めた。

（もう十分武田のために働いたわ。わしのやり残した仕事は勝頼様を無事甲斐へ落とすことだけだ）

討死を決意した山県は本陣へ伝礼を走らす。

「今ならまだ寒狭川までは敵の手が回っておりませぬ。早く猿橋まで落ちて下され。後はわれら重臣たちが引き受けますので…」

山県から決意を知らされると、勝頼は自らの周囲にいる予備兵を山県の方へ回そうとした。

「武田を支えてきたのは馬場や山県らの重臣たちだ」と常々信玄が言っていたのを、この時になって初めて勝頼は思い出したようだった。

「山県を救い出せ。山県を殺してはならぬ」

勝頼の絶叫が周囲に響く。

「勝頼様あっての武田家ですぞ。家臣は宝物ですが、この際勝頼様はこの場を無事に退くことだけをお考え下され。ここは一旦田峯か武節城まで退却し、そこで陣を立て直すべきです。勝頼様さえ無事ならまたよい風も吹くでしょうが、ここで討死などすれば勝頼様を守って死んでいった者たちは浮かばれませぬ。早くお立ち退き下され」

側近の土屋惣蔵の懸命な執り成しで、勝頼はやっと自分が武田の棟梁であることを思い出したようだった。

ついに勝頼の「大」の旌旗が本陣を離れ東に向かって動き始めた頃には、盾となって本陣を防いでいる重臣たちのところには早くも蟻の大軍のような連合軍が迫ってきていた。

左翼の山県隊は数を減らしながらも、勝頼の退却を助けるように徐々に後退する。

白糸縅《おどし》の具足に金の大鍬形を打った冑が陽光に白く輝き、山県の姿は敵からも味方からもよく目立つ。

「あの立派な身なりをした男を狙え。あれが有名な山県昌景だ」

これを聞くと、敵の狙撃兵たちは大将首を手にしようと山県に銃口を向ける。

叢に隠れていた狙撃兵が一斉に馬上で軍配を振っている山県一人に狙いを定めて鉄砲を放つと、数十発もの弾丸が山県の体を貫いた。

「家康ごときが！」と気が遠くなる己を励ましながら、山県は恐しい形相で群がってくる敵兵を睨みつけた。

そして顔を歪めてしばらく両手で鞍の前輪をしっかりと押さえて姿勢を保ちながら

手にしていた采配を口に銜《くわ》えて襲ってくる痛みに堪えていたが、やがて力尽きたのか馬から真っ逆さまに落ちてしまった。

敵の足軽たちが山県の首を取ろうと群がってきたが、山県の家臣たちは集まってくる足軽たちを怒りを込めた形相で槍で突き伏せ、鉄砲を放った者たちを探し出そうとした。

「下郎めが！　己《うぬ》らにわが主人の首など渡してなるものか！」

山県の側近衆を束ねていた志村又左衛門は返り血で真っ赤になった顔を手で拭うと、赤い涙を流しながら咆哮した。

「大将同士の一騎打ちならまだ諦めもつこうが、名も無き足軽が飛び道具などを使いおって…」

志村はすでに事切れている主人の死体を背負うと、無人の百姓家へ飛び込んだ。

家の外からはまだ激しい銃声と喚声が聞こえてくる。

静かに主人の死体を土間に降ろすと、志村は憤怒で大きく見開いたその両目を閉じてやり、主人に向かって念仏を唱えていたが、やがて念仏は号泣に変わっていった。

そして、気を取り直したように小刀を抜き、震える右手に左手を添えると一気にその小刀を握る手に力を加えた。

骨が砕ける音と確かな手応えを感じながら閉じていた目を開くと、主人の首は土間に転がっていた。

急いでその首を拾い上げた志村は、懐から「黒地に白桔梗」の旌旗を取り出し鮮血でまだ生温かい主人の首を旗で包み込み、ありったけの金の入った銅銭入れと主人が愛用していた小刀「小烏丸」を胴体の上に置き、「くれぐれも武田衆の供養をお願い申す」と走り書きを残すとそのまま寒狭川へと向かった。

「山県昌景殿討死！」

この知らせは武田の武将たちに大きな衝撃を与えた。

（信玄公が戦さの神様だと誉め称えられたあの山県が死んでしまったのか…）

「信玄台地」の中央の天王山の陣中に戻っていた内藤は、この知らせを悲痛な思いで聞いた。

（これで武田はまもなく滅亡するだろう。山県はよい死に場所を得たものよ。わしも信玄公が手塩にかけられた領国が滅ぶ様を目にするつもりはない。幸い本隊は退却しているし、馬場様が殿を務めて下さっておれば、無事に勝頼様を逃がしてくれる筈だ。わしは十分に生きたので何も悔いは無い。死ぬ前にもう一暴れしてやろう）

信玄から「人衆を扱うことでは武田家無双の侍大将だ」と賞賛された内藤だった

が、千五百余りいた家臣は今では百人を数える程になっている。

それでも残兵を集め、内藤は潮のように寄せてくる敵兵の中に突っ込み家康と刺し違えてやろうと思った。

家康の本陣である「金扇」の馬印が悠か遠くに見え、その周囲にうごめく家臣たちの旗印が、「白地に胴赤」の内藤の旌旗の行く手を塞ぐが、前へ前へと進んだ。

群がる敵兵との乱戦で、ふと気がつくと手勢はすべて討死し、内藤はただ一人だけが取り残されていた。

鎧には無数の矢が突き刺さりまるで針鼠のようになり、返り血で赤鬼の形相となった内藤は、槍を杖にして仁王立ち姿で近づく敵兵を睨み据えていた。

体を動かすだけで喉がぜいぜいと鳴った。

敵の足軽たちはこの満身創痍の男を遠くから槍衾《やりぶすま》で押し包んでいるだけで、誰も近づこうとはしなかった。

勝敗はすでに決まっており、内藤は早く槍を放り投げ天を仰いで両手を伸ばして地面に寝転びたかった。

道連れを作ってもしかたがなかったが、こんな時でも闘争本能は棄てることはできないようで、近づいてきた敵兵を一撃で仕留める度に体内を流れる血は喜びを覚えた。

　そんな鬼のような男を敵兵たちは恐れ、遠巻きにして見守るだけだった。

　徳川の諸将たちは阿修羅のような内藤に敬意を表したのか、鉄砲を向けることを禁じる。

「さすがは武田家にその人ありと言われた内藤殿だわ。武将とはかくありたいものよ」

　周囲に集まってきた敵将からは感嘆の声が上がる。彼らにとっては勝敗は時の運だ。立場が変わればその時は己の一挙手一投足が試されるのだ。

（果たして、このような場面になっても、わしはこの男のように武士として立派に振る舞えるだろうか）

　彼らはそんな目で最期まで闘争心を失わない内藤の姿を呆然として眺めていた。

　その時一本の流れ矢が内藤の首に突き刺さると、「あっ」と叫んだ彼はがくっと片膝をついた。

　それを見た足軽の一人が内藤に飛びかかったが、立ち上がりざま手にした槍で内藤はその足軽を突き倒しぜいぜいと肩で息をしていたが、その一瞬の隙を突き、「内藤殿の首はわしが頂戴した」と朝比奈弥太郎が背後から内藤の背中に槍をつけた。

思わぬ方向からの攻撃に前のめりに倒れた内藤の背中に朝比奈はすかさず飛び乗ると、小刀でその首を掻き切ってしまった。


勝頼の「大」の旌旗が動き始めたのを見届けると、信春は潮が満ちてくるような敵兵を上手く捌きながら隊伍を崩さずに東へと退いてゆく。

馬場隊が退くと敵の足軽たちは追いすがり槍を突きかけてくるが、これを追い返し突き崩すとしばらくは敵兵も襲ってはこない。

その間に馬場隊はゆっくりと後退するが、兵の数が増えてくると敵は再び馬場隊を襲ってくる。

何度もこれを繰り返しながら後退してゆき、その度に数を減らしながら信春は寒狭川の唯一の渡し場である猿橋が見えるところまでやってきた。

(猿橋を渡ってしまうと深い峡谷が続いている。敵の追撃もここまでだ。これ以上深追いはできまい)

勝頼が猿橋を渡り切るのを見届けた信春は、出沢《すざわ》の橋詰めまで隊を戻す。

大淵の西にある山麓のところへくると、よい格好をした松の切り株が目に入った。

この日花縅《おどし》の具足に鍬形の星冑を身にまとった信春は、いつもの月毛の馬に乗り、馬の背中には白覆輪《しろぶくりん》の黒鞍を置いていた。

主人が背から降りるのを知ると、馬は悲しそうに一声嘶《いな》いた。

切り株に腰を降ろし目を寒狭川の方へ向けると、敗走する武田兵の群れは蟻の行列のように続々と繋がり、中には足を滑らせて谷底へ転落する者もある。

変わり果てた兵たちの姿を見ていると、思わず悲痛の叫びが信春の口から漏れた。

（これでわしの仕事も終わった。信玄公と数え切れぬ程出陣したが、まだ一度も負傷したことがない。そう言えば今日も擦り傷一つないわ。われながら不思議なことよ）

七百余りいた兵はすでに八十人ばかりになっており、思い思いに松林の中で小休止をしている。

山を吹き抜ける涼風が血に染まった信春の頰を撫でる。

あまりの気持ちよさに、信春は殺伐とした合戦のことを忘れてしばらく眠ってしまったようだった。

影ができて目の前に人が立っているような気がして目を開くと、そこに信春が見たのは若い頃に見慣れた信玄の姿だった。

一瞬信春はまだ夢を見ているのかと錯覚したが、信玄はいつもの冑を身につけて、腰を降ろしている信春を黙って見降ろしていた。

「お屋形が何故ここに…」

　信春の血糊が張りついた顔を見詰めるだけで、黙ったまま信玄は微笑んだように映った。

「われらが勝頼様の側にいながら、下手な采配でお屋形からお預かりした兵たちを殺してしまいました。今更この皺腹を掻き斬ってもその罪を償うことはできませぬ」

　敗戦があたかも己の責任であるかのように訴える信春を、信玄は制した。

「何を申す。お前たちはよくやってくれたではないか。礼を申すのはわしの方だ」

「……」

「わしの代で武田家は膨れ上がったが、どの一族でも未来永劫に繁栄することはできぬ。時代の流れには逆らえぬわ」

　優しい声だった。

　もう一声かけようとすると、信玄の影は霧が薄らぐように消えてしまった。

「わしは夢を見ていたのか…」

　周りを見回すと、山麓には追手の姿が映った。

　勝頼を無事に落としたことが信春の心を軽くしており、今はただ早く楽になりたいだけで、もう何も心残りはなかった。

「わしは武田の馬場信春じゃ。討ち取って手柄にせよ」と大声で叫び、信春は猿橋に向かう敵の注意をこちらの方へ向けようとした。

（もう十分に生きたわ。後は虎綱がいる。やつなら上手く勝頼様を助けてやっていくだろう）

信春の顔には仕事をやり遂げた満足気な表情が浮かんでいた。

（完）

本書は、書き下ろし作品です。

【参考文献】

『武田信玄』笹本正治　ミネルヴァ書房
『武田信虎』平山優　戎光祥出版
『武田信玄に学ぶ』上野晴朗　新人物往来社
『謙信と信玄』井上鋭夫　吉川弘文館
『武田信玄のすべて』磯貝正義編　新人物往来社
『武田史料集』校注　清水茂夫・服部治則　新人物往来社
『武田・上杉軍記』小林計一郎　新人物往来社
『戦国大名武田氏の家臣団』丸島和洋　教育評論社
『武田二十四将伝』坂本徳一　新人物往来社
『新編武田二十四将正伝』平山優　武田神社
『武田信玄』平山優　吉川弘文館
『武田信玄合戦録』柴辻俊六　角川選書
『戦国武田の城』中田正光　洋泉社

『甲陽軍鑑原本現代訳（上・中・下）』腰原哲朗訳　教育社
『定本武田勝頼』上野晴朗　新人物往来社
『武田勝頼』丸島和洋　平凡社
『武田信玄を歩く』土橋治重　新人物往来社
『山本勘助のすべて』上野晴朗・萩原三雄編　新人物往来社
『甲陽軍鑑』佐藤正英　ちくま学芸文庫
『武田信玄（上）』上野晴朗　潮出版社
『山本勘助』上野晴朗　新人物往来社
『川中島の戦い（上・下）』平山優　学研M文庫
『山本勘助』平山優　講談社現代新書
『信州の城と古戦場』南原公平　しなのき書房
『真説・川中島合戦』三池純正　洋泉社
『長野の山城ベスト50を歩く』河西克造・三島正之・中井均編　サンライズ出版
『古戦場は語る　長篠・設楽原の戦い』新城市設楽原歴史資料館　風媒社
『三方原之戦』高柳光壽　春秋社
『松代を見て歩き』松代文化財ボランティアの会編　松代藩文化施設管理事務所

『武田信玄大事典』柴辻俊六編　新人物往来社
『歴史群像シリーズ5　武田信玄（風林火山の大戦略）』学研プラス
『歴史群像シリーズ6　風林火山（信玄の戦いと武田二十四将）』学研プラス
『戦国合戦大事典（二）』新人物往来社
『戦国合戦大事典（三）』新人物往来社
『口語私訳箕輪軍記』大塚實　箕輪城まつり奉賛会
『長野氏興廃史』斎藤平治郎　箕輪城まつり奉賛会
『箕輪城と長野氏』近藤義雄　戎光祥出版
『ぐんまの城三十選』飯森康広・清水豊・秋本太郎　上毛新聞社
『箕輪城物語』下田徳太郎　群馬県群馬郡箕輪町教育委員会
『長野業政と箕輪城』久保田順一　戎光祥出版
『上州合戦記（上・下）』山崎一　上毛新聞社
『関東戦国史』黒田基樹　角川ソフィア文庫
『北条氏康の妻　瑞渓院』黒田基樹　平凡社
『歴史群像シリーズ8　上杉謙信』学研プラス
『歴史群像シリーズ14　真説戦国　北条五代』学研プラス

人物文庫

武田《たけだ》信玄《しんげん》と四天王《してんのう》

二〇二一年一〇月二七日［初版発行］

著者――野中信二《のなかしんじ》

発行者――佐久間重嘉

発行所――株式会社学陽書房

東京都千代田区飯田橋一－九－三 〒一〇二－〇〇七二

〈営業部〉電話＝〇三－三二六一－一一一一

FAX＝〇三－五二一一－三三〇〇

〈編集部〉電話＝〇三－三二六一－一一一二

http://www.gakuyo.co.jp/

フォーマットデザイン――川畑博昭

印刷所――東光整版印刷株式会社

製本所――錦明印刷株式会社

乱丁・落丁は送料小社負担にてお取り替え致します。

定価はカバーに表示してあります。

ISBN978-4-313-75303-7 C0193